○闲雅小品丛书○

主编 曹亚瑟

细听鬼唱诗
——志异小品赏读

赵松 注评

中州古籍出版社
·郑州·

图书在版编目(CIP)数据

细听鬼唱诗：志异小品赏读 / 赵松注评．—郑州：中州古籍出版社，2016．1（2023．6重印）
（闲雅小品丛书）
ISBN 978-7-5348-5758-4

Ⅰ．①细… Ⅱ．①赵… Ⅲ．①小品文–作品集–中国–古代 Ⅳ．① I276.4

中国版本图书馆 CIP 数据核字（2015）第 277689 号

XI TING GUI CHANG SHI：ZHIYI XIAOPIN SHANGDU

细听鬼唱诗：志异小品赏读

丛书策划	梁瑞霞
责任编辑	张 雯
责任校对	牛冰岩
装帧设计	知耕书房

出 版 社	中州古籍出版社（地址：郑州市郑东新区祥盛街 27 号 6 层 邮编：450016 电话：0371-65723280）
发行单位	河南省新华书店发行集团有限公司
承印单位	郑州印之星印务有限公司
开　　本	890 mm × 1240 mm　A5
印　　张	10
字　　数	200 千字
版　　次	2016 年 1 月第 1 版
印　　次	2023 年 6 月第 4 次印刷
定　　价	25.00 元

本书如有印装质量问题，请联系出版社调换。

前言

现代中国作家里,最自觉梳理传统小说脉络的,是鲁迅。他不但编有《古小说钩沉》、《唐宋传奇集》,还写了《中国小说史略》、《中国小说的历史的变迁》。他讲中国古代小说演变史,是点到为止,但线索清晰、简明扼要。值得注意的是,在那样一个西风劲吹的时代里,对传统小说文体深加究研,他是大有深意的。他后来的《故事新编》,虽不成功(自评失于"油滑"),但从写作方式上看,他显然试图从六朝志怪与唐宋传奇里发现一些文体基因并加以激活。从这个意义上说,不成功的《故事新编》却是鲁迅小说中真正的异类,因为它蕴藏了更多的可能性。

六朝志怪与唐宋传奇固然有内在的渊源,但若由此认为它们构成了一条相承相继的发展线索,就很容易简化甚至忽视这两个阶段小说文体的差异性。它们的差异性其实要大过连续性。在志怪的诸多可能性中，唐宋传奇不过是发展变化的方向之一，还有很多的可能性隐含于志怪的基因里。当然就志怪而言，从汉魏六朝直到清末民初，其实从未消失过。在这漫长的过程中，对它认识得最为深刻透彻的，是蒲松龄和纪昀。蒲松龄是创造的天才，破古代小说之樊篱的集大成者，至今无人超越；纪昀则是大学问家，为志怪体而有拙朴自然之气，行文淡定从容又不失冷峻。现代作家中除了鲁迅，得益于志怪小说最多的，是孙犁，他在晚年成为国内小说家中绝无仅有的文体意义上的异类。对比当代大多数观念含糊肤浅、在实践上了无贡献的小说家们，孙犁的意义与价值还没有得到充分的认识。

如果说"五四"时期作家们对西方小说观念与技巧的借鉴学习还能保持头脑的清醒，并注意保持自身特色，那么进入20世纪80年代，在经历了漫长停滞倒退期之后，大量涌入的不同类型的西方近现代小说经典作品彻底将中国多数小说家送进了迷宫，使他们陷入不自觉的尴尬境地——既不能如法炮制，又无法原创，只能似是而非地以粗疏的方式保持着写作的惯性。在这样的背景下，你很难要求作家们去冷静耐心地梳理传统小说的脉络，去发现其中还有哪些基因是可以激活衍生的。而西方小说在经历了一百多年的花样翻新之后，于20世纪80年代现出创造力匮乏的状态。他们耗尽了自己的传统资源。或许换个角度我们也可以乐观地说，曾因种种原因而"落伍"的我们，"不幸"中的"万幸"是，正因对西方小说的学习模仿是表面化的，才没像拉美作家那样西化，而是以一种粗陋的方式在原地踏步的状态中保持着诸多可能性。以现在和未来的眼光来看，我们的传统小说资源还远远没到穷尽的时候，单是在志怪这个领域，就潜藏太多的可能性。

说这些，并不是想为这么一本薄薄的志怪小品选罩上光环，这本小书如果说还有什么价值的话，在我看来也就是引发读者的阅读兴趣，让读者知道在我们的传统中还有过志怪这样的一种文体和丰富的实践。当然，它所做出的选择是相当感性的，主要基于我个人对于传统小说的阅读与想象。一方面，我相信读者在看到出现在汉代的《汲冢琐语》中的《晋治氏女徒》和《刑史子臣》时，会惊讶于作者手法之老练，而在看到《五丁力士》时会赞叹作者的惊人想象力，在读《外国道人》和《阳羡书生》时会惊讶于作者在空间思维方面的奇特能力，在看纪昀的《唐打猎》时会觉得即使只是继承传统志怪写法也同样能写得漂亮，在读过蒲松龄的《酒友》时会折服于他能把志怪推到如此高的境界；另一方面，也希望读者能感觉到，在演变的过程中，志怪在面对要叙事还是要构建的两难中其实丧失了很多变化的动力，而这种不能自觉所导致的"惰性"，直到蒲松龄出现才有了惊艳之变，但此变又几乎是绝响。

在中国小说的大脉络上，比之于由宋元话本到明清长篇小说所构成的那条明线，志怪线索显得有些暧昧。尤其是在蒲松龄、纪昀那里达到顶峰之后，人们通常只是注意到他们对于《左传》、《史记》笔法的化用，而没有重视他们对于六朝志怪以及类似笔记体作品里极为丰富元素的发掘。尽管后来鲁迅注意到了这个问题，但西风盛行之下，这种重视并没有引发后来者在观念与技术层面的响应，因而国人对于传统小说脉络的认识长期处于表面化、简单化的状态。从浩如烟海的志怪作品里挑出这么一百多篇，将这些志怪故事编选在一起，不过是试图通过对这些并非系统研究后选出的样本的解析，透露古人在志怪写作的技术层面上的点点滴滴，进而引发人们对于中国传统叙事方式的反思，无论是经史子集，还是志怪、笔记、话本以及明清小说，对其中所隐藏的不同类型的叙事方式以及演变线索，做出更深入的研究与思考。如何从这博大的沉积层里，发现关于中国传统叙事方式中仍然保有活性的基因，并在现在的写作实践中将它们激活，衍生出新的东西，是非常值得去尝试的事。完成了这本小书的编选评注之后，我其实有种特别强烈的愿望，就是能对志怪做长期的研究，然后写出一部《志怪：中国小说传统的一条线索》，从写作方式、方法、观念的角度，来对古代志怪的演变历程进行更为恰当的呈现。

希望这本小书能够成为一个引发行动的由头。实事求是地讲，它并不系统，也不深入。从编选的角度来说，它有着太多的个人喜好色彩；从赏读的层面上说，也并没有把写作技术与叙事方式的问题做出更深广的清厘。就我个人而言，编选它，写它的赏读，就像是一个孩子在湖边打水漂儿，其乐趣更多的还是在于找到一些小又扁圆的石头并不断投掷出去，渴望它们能在水面上飞得更远一些，激起更多的小小波圈……换个角度来说，还是为了让人们看到那么宽广巨深的湖的存在。

目录

卷一　缘自神仙

佚　名	夸父逐日	3
	黄帝女魃	5
佚　名	羿	7
佚　名	东王公	9
	尺郭	11
	朴父	13
佚　名	王母降武帝	15
刘　向	江妃二女	19
	萧史	22
	邗子	24
佚　名	炎洲	26
	凤麟洲	29
扬　雄	五丁力士	32
郭　宪	东方朔	35
张　华	八月槎	39

干　宝	成公智琼	41
	宋定伯	46
葛　洪	壶公	48
	皇初平	52
陶渊明	寻羊成仙	54
	丁令威	56
刘义庆	天台仙缘	58
王　嘉	贯月查	61
吴　均	杨宝	63
	赵文韶	65
佚　名	如愿	67
佚　名	子卿花神	69
裴　铏	刃服雷神	72
蒲松龄	画壁	75

卷二　物化有情

郭　宪	勒毕国	81
曹　丕	张奋宅	83
郭　璞	姑获鸟	85
干　宝	斑狐书生	87
	蚕马	90
荀　氏	杨丑奴	93
陶渊明	白水素女	95
	腹瘕病	98
	蛟子	100
	杨生狗	102

孔　约	谢宗龟缘	104
刘义庆	藻居	106
	吕球	109
	鹦鹉	111
刘敬叔	白鹤	112
	蚁灭门	114
东阳无疑	化虎	116
	狐庙	118
郭季产	枕精	120
吴　均	紫荆树	122
佚　名	白鱼江郎	124
佚　名	审雨堂	125
侯　白	灵芝寺	128
牛僧孺	元无有	131
	韦协律兄	133
蒲松龄	海公子	135
纪　昀	狐赏牡丹	137

卷三　鬼异千姿

吕不韦	黎丘丈人	141
曹　丕	谈生	143
	蒋济亡儿	145
陆　氏	钟繇	148
干　宝	宋大贤	150
	倪彦思家魅	152
荀　氏	嵇康	154

	周子长	156
	秦树	158
陶渊明	阿香	160
	李仲文女	162
	徐玄方女	164
佚 名	顾邵	167
刘义庆	雨中小儿	170
	新死鬼	172
	买粉儿	175
	石氏女	177
祖台之	鬼子	179
刘敬叔	紫姑神	181
	陆机	183
祖冲之	王瑶家鬼	185
吴 均	王敬伯	187
佚 名	胡熙女鬼子	192
	邹览	194
牛 肃	萧正人	196
洪 迈	京师酒肆	198
	张鬼子	200
	泗州邸怪	202
钱希言	鬼戏	203
袁 枚	鬼畏人拼命	205
	鬼有三技	207
	吹气退鬼	209
	怪弄爆竹	211

卷四　奇情怪谭

佚　名	晋治氏女徒	215
	刑史子臣	217
郭　宪	丽娟	219
张　华	秦青韩娥	221
	千日酒	223
干　宝	河间男女	225
	相思树	227
王　嘉	李夫人	229
	怨碑	232
	翔风	235
荀　氏	外国道人	238
陶渊明	虹丈夫	241
刘义庆	贾弼换头	243
佚　名	夏侯弘	245
祖冲之	比肩人	248
吴　均	阳羡书生	250
萧　绎	优师木人	253
佚　名	首阳山天女	255
皇甫氏	京都儒士	257
都　穆	丘长春	260
	清凉石	263
	铁冠道人	267
蒲松龄	酒友	270
	祝翁	273

	口技 ……………………	275
	偷桃 ……………………	278
	金世成 …………………	282
纪　昀	唐打猎 …………………	284
	剧盗 ……………………	287
	椒树 ……………………	289
俞　樾	梦画姻缘 ………………	291
	水遁 ……………………	295
	屠户 ……………………	299

卷一 缘自神仙

夸父逐日 佚名

夸父与日逐走,入日①。渴欲得饮,饮于河、渭②;河、渭不足,北饮大泽③。未至,道渴而死。弃其杖,化为邓林④。

《山海经》⑤

【注释】

①夸父:传说中的巨人神。入日:接近太阳。

②河:黄河。渭:渭水。

③大泽:北方的大湖。

④邓林:本意是树木。也是树林之名。毕沅认为,"邓林"的"邓",与"桃"音近,"邓林"即桃林。

⑤《山海经》:此书分《山经》、《海经》两部分,分别约成于战国中期和中后期,非出自一人之手,在流传中合为一书。《山海经》之名最早见于《史记·大宛列传》。

【赏读】

我们似乎可以从这样一个想象开始:在大旱之年,村里最有威望的长者,给饱受干旱之苦的老百姓们讲传说。什么样的故事,能让人们觉得这样沉重的旱灾是可以理解的呢?你们看,黄河,还有渭水,为什么都干涸了呢?它们其实不是今天才如此。在很久很久以前,有个叫夸父的人,跟太阳比谁跑得快,跑了一整天,他渴得不行，就喝干了黄河、渭水，随后又喝北方大湖的水。即使这样，他最后还是渴死了。倒下时，他的手杖丢到了一边，化作了树林。

　　有意思的是，故事里并没有讲，这个夸父到底是普通人，还是什么半人半神的巨人族类？如果只是常人，他即便有逐日奔走的爱好，也会因为过度奔走而渴死在路上，怎么能喝干黄河、渭水呢？如果说夸父是神，他最后怎么会死？关于夸父的这一切不解释的好处，就是听的人可以尽情地想象。但这样讲与这样想的目的，并不是为了让人真的就相信夸父是真实存在过的，而是为了给旱灾一个可以理解的理由。说不定又有夸父那样的人跳出来跟太阳赛跑来着呢？同时还隐含着劝诫的意思：人不管成为了什么样了不得的人，都不能失去对天地的敬畏之心，否则的话就会变得狂妄自大，不知死活地像夸父那样与太阳争胜负，最后只会像虫子似的轻易死掉。

黄帝女魃 佚名

有系昆之山者，有共工①之台，射者不敢北向。有人衣青衣，名曰黄帝女魃②。蚩尤③作兵伐黄帝，黄帝乃令应龙④攻之冀州之野。应龙畜水。蚩尤请风伯雨师，纵大风雨。黄帝乃下天女曰魃，雨止，遂杀蚩尤。魃不得复上，所居不雨。叔均⑤言之帝，后置之赤水之北。叔均乃为田祖。魃时亡之，所欲逐之者，令曰："神北行！"先除水道，决通沟渎。

《山海经》

【注释】

①共工：诸侯，炎帝之后，姜姓，曾与黄帝后裔颛顼争帝位。
②魃（bá）：黄帝女，旱神。
③蚩尤：炎帝之后。
④应龙：黄帝的神兽，是有翼之龙。
⑤叔均：后稷之孙，最早使用牛耕地的人。

【赏读】

女魃是黄帝手下的神。黄帝跟炎帝的战争持续了很久，最后一战，就是"涿鹿之战"，黄帝打败了炎帝手下最重要的人物蚩尤，从此掌握天下。而这一关键之战的焦点人物，就是女魃。这位干旱之神打败了蚩尤请来的风神、雨神，帮助黄帝手下的神兽应龙（据说是有翼的龙。按照《大荒东经》里的说法，蚩尤与夸父，都是他杀的。他是个雨神，后来居于南方，所以南方多雨）杀了蚩尤。

这个让人觉得时空有点错乱的故事开篇就讲共工台。在传说中，共工是炎帝后裔，火神祝融的儿子。但有意思的是，他不是玩火的火神，而是玩水的水神。他终因玩水玩出了灾害，被黄帝后裔颛顼所杀。但在别的传说里，共工是被应龙杀死的，这样一来，共工就又属于黄帝时代了。黄帝在位时间，或者就说黄帝时代吧，也许真的很长久，比如说好几百年，因为在很大程度上，"黄帝"就是个权力的象征符号，就像有熊氏的图腾。

共工虽死，但威名尚在，以至于射箭的人都不敢朝这边射箭。而共工台作为一座纪念碑，是用来怀念共工的。其所在的系昆之山，还有位穿青衣的神，就是黄帝手下的女魃。她帮助应龙打败蚩尤之后，就居于北方了，所以北方多干旱，而且后来据说一听到女魃要出行，地方上就要赶紧先把水道沟渠疏通一下，以防干旱。

蚩尤也是一位死后仍有威名的人。而在另外的传说中，他还是兵器的发明者，因为他得到了葛庐山的铜矿，所以剑矛戈戟铠就都创造出来了。这跟后来的考古研究得出的判断倒是匹配的，就是说，从那个时代一直到商代以及周代的初期，掌握了铜矿资源的人，会形成相应的统治力。据说蚩尤跟他的兄弟共有八十多人，都是兽身人首，特别威武能战，镇服了天下各部……后来他们被黄帝杀了之后，天下各部就不怕了。黄帝特地让人画了蚩尤的威武肖像传示各地，于是大家就以为蚩尤还活着，都不闹了。

这个类似于神话的故事，讲起来却完全不同于今人习惯想象的神话。中国上古时代，神话并没有像古希腊、古罗马的神话那样系统化——各种神分工明确、各司其事，众神会帮助凡人，也会主导凡人的命运。在我们的神话传说里，神、人界限并不是很清晰，神不仅明显有人的属性，还是凡人的领导者，或者说就是由领导者演变的。从这个意义上说，将领袖神话，似乎是中国的一个古老的传统。

羿 佚名

　　羿^①年五岁,父母入山。其母处之大树下,待蝉鸣,还欲取之。群蝉俱鸣,遂捐^②去。羿为山间所养。羿年二十,能习弓矢。仰天叹曰:"我将射远方,矢至吾门止。"因扦^③即射,矢摩地截草,径至羿门。随矢去,躬随往寻。每食麋,则余一杯。

《括地图》^④

【注释】

①羿(yì):本为神话中的天神。有射十日、除兽害的传说。后与夏少康氏时的后羿相混淆。后羿又曰夷羿,号有穷氏。

②捐:弃。

③扦(hàn):张弓。

④《括地图》:此书不见著录,已佚。《北堂书钞》、《艺文类聚》、《初学记》、《太平御览》等引有佚文,皆无作者。

【赏读】

　　羿跟后羿,原本不是一个人。后来传说流传得久了,二者就成了一个人。所以后人通常只知有个后羿,而不知他之前其实还有个羿,就以为那个射下九个太阳的,是后羿,而不知道其实后羿是神话中的天神。而这里讲的,是羿的故事。

　　这个故事很不完整,尤其是结尾。但前面很有意思,写羿五岁时被父母丢在了山里，然后被山里人收养，长到二十岁时学会了射箭。他的父母为什么会抛弃他？他们为什么要入山，又为什么要在入山时把儿子丢在树下？是出于某种迷信禁忌，还是出于某种神秘的习俗，或者仅仅是因为无奈的逃亡？不管怎么说，其父母入山这件事本身确实给我们一种很神秘的感觉，我们只能猜测，但不会有答案。

他母亲是明显舍不得他的，听到蝉的鸣叫声，就想重新带上他走，但她听到所有的蝉都叫了起来，就放弃了，显然是处在很紧张的状态里。而他父亲则没有任何表示。一个五岁的孩子已开始有清晰的记忆了，这样被抛弃的一幕，他一定终生难忘。他为何当时没有叫喊父母回来带上他呢？也许当时他只是睡着了，被母亲放在了树下，醒来后，发现父母都不在了。他肯定是呼喊过的，直到哭得声嘶力竭。当然也有可能他只是默默地站在那里，就像他的那个喜欢沉默的父亲一样，站在那里，待了很久，直到被人发现。

他对家的概念是异常强烈的。对于父母抛弃他这件事，他显然始终都难以释怀。成为善射者之后，有一天他仰天叹道："我要射向远方，箭到的地方，就是我的家门。"这是个很耐人寻味的象征事件，被射出去的箭在某种程度上也是被抛弃的，但跟其他被抛弃之物的最大区别，就是它是有目标的，是带着强劲的力量和尖锐度的。作为射箭者的他，此时已不再是被抛弃者，而是一个主动有力的人，他要在箭停止的地方，建立自己的家园，非常强势。

最后结尾的那句话，显得很突兀。就是说他有了自己的家之后，每次喝米汤时，都会留一杯。或许这就是一个纪念。其中透露出的信息很可能是，这杯汤是留给母亲的，小时候的很多事情他都还记得，而母亲最疼爱他。父母的入山，弃他于不顾，很可能也就是因为穷困潦倒，没法生活下去了。羿是在长大之后，才慢慢明白了这些的。

东王公 佚 名

东荒山中,有大石室,东王公①居焉。长一丈,头发皓白,人形鸟面而虎尾,载一黑熊,左右顾望。恒与玉女更投壶②,每投千二百矫③。设有入不出者,天为之嘻嘘。矫出而脱误④不接者,天为之笑。

《神异经》⑤

【注释】

①东王公:传说中西王母的配偶。

②恒与玉女更投壶:玉女,仙女。更,轮替。投壶,当时酒宴间的一种游戏,古用为礼,即是往壶里投箭。

③矫:跃出。

④脱误(wù):脱,不中。误,同误。

⑤《神异经》:此书今存一卷,应为西汉之作,作者无考。

【赏读】

很多时候,我们都会觉得奇怪的是,西汉人的想象力究竟是建立在什么样的背景下?像《东王公》这样的神话传说,其来源究竟是什么?或许我们可以假设一下,这可能是古人在面对不同地理环境下的大风现象所做出的想象。但这样的推断,又会显得非常无趣,相当于把一个耐人寻味的神话故事退化成为一个气候学猜测。

　　这个东王公的故事,如不是在这里看到,恐怕就没人知道了。但要是对应着想,就不难想到西王母,这位神仙的名气要比东王公大得多,而且其故事流传得更久远。或许把东王公想象为玉皇大帝的前身也未尝不可。关于中国古代的神仙们,实际上始终都没有一个清晰完整的谱系。在古代中国人的心中,最重要的始终是人间世界,而神的世界究竟该如何,可以根据时代的变迁而顺势调整补充。

　　这位东王公的形象不免让人想起《封神演义》里的雷震子,或者说,写《封神演义》的作者完全可能会看过这篇志怪故事,所以我们才会在小说里看到那么多的半人半神角色。他们与人的最大不同,就是他们与野兽有着密切关系。不只是身体上的某部分借用了野兽的,还要把野兽变成坐骑。

　　有意思的是,在这篇故事里,天被人格化了。东王公与玉女玩投壶游戏的过程中,天竟然会因为投壶的中与不中,而发出不同的声音,或嘘或笑,就像一个正在看戏的观众。这样的一个场景之所以会单独成立,其实很可能是试图暗示更原始的创世故事,东王公与玉女的游戏,在很大程度上更像一种阴阳交合而创造万物的过程,投壶不过是个含蓄的暗喻而已。

尺　郭 佚名

　　东南方有人焉，周行天下，身长七丈，腹围如其长。头戴鸡父①，魌头②，朱衣缟带，以赤蛇绕额，尾合于头。不饮不食，朝吞恶鬼三千，暮吞三百，但吞不咋③。此人以鬼为饭，以雾为浆。名曰尺郭，一名食邪，一名黄父。

《神异经》

【注释】

　　①鸡父：雄鸡。

　　②魌（qī）头：古时打鬼驱疫时扮神者所戴的面具。

　　③咋（zé）：咬。

【赏读】

　　假如把这个故事里的"人"，改成"神"，那么神奇度就会减掉大半。正因是人才足够奇特。这个走遍天下的人，单是从体量来说，简直就像一个神奇的大桶，但作者并不满足于此，还要给他一个更夸张的形象。用现在的眼光来看，他的形象——戴着鸡头，穿红衣服系白带子，把赤蛇绕在额头上，与其说像个天下至奇之人，倒不如说更像个神汉，就是北方人过去常说的跳大神的。

　　这个"人"的神奇之处，是从"不饮不食"开始展现的。接下来的三句话，给人的感觉简直可以称作波澜壮阔：早上吞恶鬼三千，晚上吞三百，而且只是吞下，都不会动动嘴巴咀嚼。此人吃鬼就是吃饭了，那么他喝什么呢？他把雾当成了喝的，吃鬼饮雾，多么让人震撼的场景！为什么是早晨三千而晚上三百呢？大概是因为到了晚上，阴气就重了，鬼的能量就更强大些，这位奇人也就只能吃十分之一了。

听说过打鬼、捉鬼、驱鬼的，没听说过吃鬼的。或许这位奇人，就是当时以驱鬼为业的有奇术之人吧，他吃下去的，可能只是鬼的某种象征物。在传说流传中，这个故事不断被放大了，让人觉得这位有三个名字的人更近乎于神了。可以想象，当大人们对孩子们讲述这位吃鬼奇人的故事时，孩子们所有对鬼的恐惧都会消解吧？而那些被他吃掉的鬼，简直就跟蚂蚁似的微不足道。

朴 父 _{佚名}

　　东南隅太荒之中，有朴父焉。夫妇并高千里，腹围自辅①。天初立时，使其夫妻导开百川，懒不用意，谪之，并立东南。男露其势，女露其牝②，气息如人，不畏寒暑，不饮不食，唯饮天露。须黄河清，当复使其夫妇导治百川。

《神异经》

【注释】

　　①腹围自辅：腹围与身高相等。

　　②势：阳具。牝（pìn）：阴门。

【赏读】

　　这是中国式的创世纪故事的一个片断。朴父夫妇是开天辟地时代的两位神，或者是半人半神的巨人。他们的职责是导开天下江河。因为不大用心用力，被"天"处罚，并立在东南一角。这里有个关键句，就是"天初立时"，这话的意思，显然不是说开天辟地之时，而是指具有最高神位的"天"刚刚确立自己的主宰权时。正如《易传·系辞上》里说的，"天尊地卑，乾坤定矣"。说到底，是指最初的世界秩序的确定。而在这个时期，大地上水灾应该比较普遍，这是个非常大的问题。因此才会有"使其（朴父）夫妻导开百川"的说法，其实就是治水患的意思。只是这夫妻二人不是很用心，结果被贬，还要罚站于大地的东南方向。

　　作者着意强调他们在被罚站时，露出了生殖器。这个特征很重要，因为这意味着他们并不是完全意义上的神，更像是半人半神式的巨人。这个信息非常有意思，因为在古希腊传说中，就有泰坦族，也就是巨人族存在。而且在玛雅文明的考古发现中，也有证据证明地球上确实存在过跟人类不大一样的巨人族。所以在这个故事里，作者强调了朴父夫妇作为巨人族，除了气息与人类相似以外，其他方面与人有着根本上的不同，比如不怕冷也不怕热，不用吃喝，显然人是不可能做到这一点的，最重要的一点是，他们饮"天露"。

　　按照故事里提供的逻辑，如果他们夫妻能认真治水，估计天下也就没有水患了，或者说很少水患。但也正因为他们得罪了"天"，被贬到东南罚站，所以天下的水患一时也还是治不了。无形中这个故事提供了水患没完没了的理由。他们什么时候才会回来重新治水呢？要等到黄河变清的时候。这简直是开了个玩笑，因为即使是在汉代，这也是个难以实现的目标。这就好像在暗示，大家还是接受现实吧。黄河不清，水患难了，只有靠人力勉力去改善了。

王母降武帝 佚名

东郡送一短人，长七寸，衣冠具足。上①疑其山精，常令在案上行，召东方朔问。朔至，呼短人曰："巨灵②，汝何忽叛来，阿母还未？"短人不对，因指朔谓上曰："王母种桃，三千年一著子，此儿不良，已三过偷之矣。遂失王母意，故被谪来此。"上大惊，始知朔非世中人。短人谓上曰："王母使臣来告陛下求道之法，唯有清净，不宜躁扰。复五年，与帝会。"言终不见。上愈恨，招朔问其道，朔曰："陛下自当知。"上以其神人，不敢逼也。

王母遣使谓帝曰："七月七日，我当暂来。"帝至日，扫宫内，然九华灯。七月七日，上于承华殿斋。日正中，忽见有青鸟从西方来，集殿前。上问东方朔。朔对曰："西王母暮必降尊像，上宜洒扫以待之。"上乃施帷帐，烧兜末香，香，兜渠国所献也，香如大豆，涂宫门，闻数百里。关中尝大疫，死者相系，烧此香，死者止。

是夜漏七刻③，空中无云，隐如雷声，竟天紫色。有顷，王母至，乘紫车，玉女夹驭，载七胜，履玄琼凤文之舄，青气如云，有二青鸟如乌，夹侍母旁。下车，上迎拜，延母坐，请不死之药。母曰："太上之药，有中华紫蜜、云山朱蜜、玉津金浆。

其次药，有五云之浆、风实云子、玄霜绛雪，上握兰园之金精，下摘园丘之紫柰④。帝滞情不遣，欲心尚多，不死之药，未可致也。"因出桃七枚，母自啖二枚，与帝五枚。帝留核着前。王母问曰："用此何为？"上曰："此桃美，欲种之。"母笑曰："此桃三千年一著子，非下土所植也。"留至五更，谈语世事，而不肯言鬼神，肃然便去。东方朔于朱雀牖中窥母。母谓帝曰："此儿好作罪过，疏妄无赖，久被斥退，不得还天，然原心无罪，寻当得还，帝善遇之。"母既去，上惆怅良久。

上又至海上，考竟诸道士尤妖妄者百余人，西王母遣使谓上曰："求仙信邪？欲见神人而先杀戮，吾与帝绝矣。"又至三桃："食此可得极寿。"使至之日，东方朔死。上疑之，问使者，曰："朔是木帝⑤精，为岁星，下游人中，以观天下，非陛下臣也。"上厚葬之。

《汉孝武故事》⑥

【注释】

①上：汉武帝。

②巨灵：河神，又名巨灵胡。

③夜漏七刻：古以漏壶计时，一昼夜百刻，实九十六刻。一昼夜十二时，每时八刻。夜共五时，由戌时到寅时，戌时为晚七点到晚九点，夜七刻则为晚八点四十五分左右。

④紫柰（nài）：柰，即林檎、沙果。仙家以紫柰为仙品。

⑤木帝：木星，又称岁星。

⑥《汉孝武故事》：又题《汉武帝故事》、《汉武故事》，原书二卷，旧题班固撰，不可信。

【赏读】
　　历史上的东方朔，是汉武帝手下的一位能人、奇人以及幽默大师。司马迁在《史记》里，将东方朔列入《滑稽列传》，其实很大程度上，是在强调他的个性。在汉武帝那样一位强势帝王、霸道君主统治下，东方朔屡次大胆直言却又能得善终，不能不说是个奇迹。说他幽默、智慧、能言善辩、机智灵活、有文才，似乎都有道理，但对于喜听故事、爱讲故事的人来说，还远远不够。因为无论怎么看，东方朔在那个时代里都太像一个绝无仅有的奇人。
　　这个神话故事，把东方朔列入了仙班。似乎只有如此，才能说得通东方朔的全部传奇人生。表面上，这个故事写的是西王母下凡会见汉武帝以及提示东方朔的真实身份，但实际上，这个故事还有延伸的主题，就是生与死。人有生就必有死，无人能幸免，除非得道成仙，或吃了不死仙丹。在这个故事里，汉武帝显然并没有奢望成仙，而只是想吃到不死之药，也就是说，他想长生。天上神仙的日子如何，毕竟还只是想象，当然不如在人间做个长生不老的帝王快活。但这种想法，在神仙眼中，又是微不足道的，甚至有点可笑。当汉武帝吃了西王母赐的仙桃，想把桃核留下来自己种出仙桃树时，西王母就在不经意间嘲笑了他，三千年一结果，即使人间能种得了它，你吃得到吗？你毕竟只是个凡人而已，虽然你贵为帝王。
　　把西王母驾临的过程写得那么夸张，其实目的只有一个，就是为证明东方朔其实是神仙做足铺垫。但是要说写得最引人遐想的，其实还是要属开头的那几句关于七寸小人儿的描述。这个小人儿竟然叫巨灵！这名字当然很容易就让人想起《西游记》里的那个巨灵神。可它竟然变成了七寸小人儿，在汉武帝的桌子上像个宠物似的走动，这该有多么奇妙啊。奇事得找奇人来咨询一下才行，汉武帝自然就得找东方朔。这没什么可奇怪的，真正让人称奇的，是小人儿巨灵跟东方朔的对话。短短三两句，特别动人。东方朔像看到老朋友似的问巨灵：你怎么跑这儿来了呢？咱阿妈（西王母）回来了吗？那小人儿立即就揭穿了东方朔的真实身份，原来东方朔在天上也不是老实人，三次或者多次偷了王母的仙桃，让王母很生气，就把他贬到了人间。不用多说，《西游记》中孙悟空偷蟠桃的故事，看来用的是东方朔的素材。

面对汉武帝的追问，东方朔答复得特别巧妙，他说你将来自然会知道。巨灵小人儿还带来了西王母对汉武帝的劝告："唯有清净，不宜躁扰。"说白了就是，您别瞎折腾了，那样除了骚扰百姓，没别的好处，要是能做到这一点，您自然也就会知道什么是道了。也就是劝汉武帝重拾"文景之治"时代的黄老哲学，还是要无为而治、不扰民的好。当然最重要的信息，其实还是提醒汉武帝，要善待东方朔，虽说他犯了错误被贬下凡间，但终归还是个神。

汉武帝不仅好大喜功，还好杀戮，连自己的妃子、儿子都不放过，历史上都有记载。这个故事里，借西王母之口，直接批判了汉武帝的残忍行径。并且直接告诉他：我是不想再见到你了。我虽然不见你了，但你还是得善待东方朔，因为毕竟他还是神仙本质。后来东方朔死了之后，汉武帝又起了疑心，神仙也会死啊？西王母的使臣就告诉他东方朔究竟是何许神仙。言外之意是，人家东方朔那可不是死了，是回天上了。因此他还得厚葬东方朔。汉武帝虽然吃了仙桃，但并没有长生不老。为什么？因他太好杀戮。这个故事终归还是有劝诫意义的。

江妃二女 刘向①

　　江妃二女者,不知何所人也。出游于江汉之湄②,逢郑交甫,见而悦之,不知其神人也。谓其仆曰:"我欲下请其佩③。"仆曰:"此间之人,皆习于辞④,不得,恐罹悔焉。"

　　交甫不听,遂下与之言曰:"二女劳矣。"二女曰:"客子有劳,妾何劳之有!"交甫曰:"橘是柚也,我盛之以筥⑤,令附汉水,将流而下,我遵其旁,采其芝而茹之,以知吾为不逊也。原请子之佩。"二女曰:"橘是柚也,我盛之以莒⑥,令附汉水,将流而下,我遵其旁,采其芝而茹之。"遂手解佩与交甫,交甫悦,受而怀之,中当心,趋去数十步,视佩,空怀无佩。顾二女,忽然不见。《诗》曰:"汉有游女,不可求思。"此之谓也。

《列仙传》

【注释】

①刘向(约前77~前6):西汉经学家、目录学家、文学家。本名更生,字子政,沛(今江苏沛县)人。汉初楚元王(刘交)四世孙。治《春秋穀梁传》。曾任谏大夫、宗正等。成帝时,任光禄大夫,终中垒校尉。曾校阅皇家藏书,撰成《别录》,为我国最早的目录学著作。著有《新序》、《说苑》、《列女传》、《列仙传》等。

②江汉:长江、汉水。湄:岸边,水草交接的地方。

③佩：玉佩。
④习于辞：善于言辞。
⑤笥（sì）：竹制方形容器。
⑥筥（jǔ）：圆形竹筐。

【赏读】

江妃二女在古代诗赋里被用频率很高。文人遇到仙女、神女，生发爱慕之情，是中国古代早已有之的一种不平凡感情的想象模式。时代变迁，文人想象的对象，从仙女变成了鬼、狐，这是个很耐人寻味的变化。估计除了与社会风气、文人幻想趣味的变化密切相关之外，再就是出于读者"现实感"的考量，神仙再好，毕竟遥不可及，且不可亵玩，倒不如回到尘世间，把想象与欲望系于鬼狐之类，来得更为切近些。

实际上，我们若是先看结尾引用的《诗经》里的那句诗，就很容易想到，这个故事，很可能是从这句诗中反推出来的，写的是文人想象中的失落感。不仅超凡的仙境是不可企及的，包括偶尔出现在尘世中的仙女、神女，也是可望而不可即的。只是自顾自地想象、思慕一番是可以的，但千万不要想着像在现实中那样去真的触及，否则得到的就只有失望的结局。

郑交甫在看到江妃二女时，并不知道她们是神女。他怀着倾慕美人之心，想为潇洒风流之事，当然这里说的风流，并非就是要落实到欲望层面，只是一个文人看到两个风华飘逸的美人，想要结交而已。所以才会说他要请求她们给他玉珮，留个纪念，或者可能的话留作将来交往的证物。他其实知道这样做很唐突，但也确实克制不住这种一见倾心的感觉。

这个故事的主体部分是由对话呈现的。整个对话过程，都很有意思。先是郑交甫跟仆人的对话。仆人很现实，说这里的人特别能说会道,您最好不要去招惹,不然恐怕会后悔的。当然郑交甫不可能听得进去这种劝告。但他也清楚,自己的搭讪,一定要显得很正派,还要有文采,以便让对方知道自己是个有身份有教养的人,除了彬彬有礼,还要以诗来表达自己的心意。

在客气地打过招呼之后,他说:"看似橘子,其实是柚子,盛在筥里,置于汉水,顺流而下,我在下游,等待着它,配食灵芝。"他用此诗暗示对方,他的情感表达是很认真庄重的,不是随随便便的,而且他的内心之情比表现出来的还要丰富,如果她们能懂,那么他就会拿出更多的诚意等待她们的回应。然后又亮出自己的本意,说从这首诗里,你们应能看出我没有不尊重二位的意思,只是想求赐二位身上的玉佩。江妃二女听完,也回应以诗,其实就是同一首诗,只是换了个关键字——"筦"替代了"筥",筦也是一种竹器,是圆的。因为筦是圆的,所以有暗示满足对方所愿的意思。其实就是在说,她们认同了他的表达,随即就把玉佩给了他。

他当然就特别欣喜,把玉佩揣在怀里,紧贴着心口,生怕丢了。高高兴兴地走出几十步远,他又想再看一眼这个玉佩,别弄掉了。结果,哪里有什么玉佩,什么都没有。再回头看去,那二位也早已踪影皆无。这时他才恍然意识到,她们并不是凡间的美女,而是传说中的出没于江汉流域的神女。作者最后以《诗经》中的名句作结束,意思是:倾慕神仙的事,只适合在诗赋中,莫作他想。

萧 史 刘 向

萧史①者，秦穆公②时人也。善吹箫，能致孔雀、白鹤于庭。穆公有女字弄玉，好之。公遂以女妻焉。日教弄玉吹箫，作凤鸣。居数年，吹似凤声，凤凰来止其屋。公为作凤台。夫妇止其上，不下数年。一旦，皆随凤凰飞去。故秦人为作凤女祠于雍宫③中，时有箫声而已。

《列仙传》

【注释】

①萧史：亦作箫史。

②秦穆公：春秋时秦国国君，名任好，公元前659年～公元前621年在位。

③雍宫：雍都之宫殿。秦自德公始建都于雍（今陕西凤翔南），穆公时亦都于此。

【赏读】

萧史弄玉、相如文君、琴瑟合鸣，古人喜用它们形容天成契合的爱情。这个故事很美，悠远，意味深长。虽然只有一百来个字，却足以荡气回肠。不管用什么语言（古文或白话文）来叙述，这个故事都有一种超脱凡俗的仙气萦绕其中；而且作者写得很朴素，不夸饰，不雕琢，也不演绎，它就在那里。无论萧史还是弄玉，是什么样的人，说了什么样的话，全不交代，仿佛只是写一下经过而已。但越是细细品味，就越是会觉得这故事讲得别致。

萧史善吹箫，这个要怎么形容？作者不说作为听者的人的反应，而直书他的箫声引来孔雀、白鹤，都是很飘逸漂亮的有仙气儿的鸟。它们都会被引来，何况人？仅此一例，就把萧史的箫声之美，推向了极致。再多说就俗了。可是把箫吹得再好，毕竟还是需要人间知音。弄玉就是知音，没多余的话，就是两个字："好之"。秦穆公更直接，毫不犹豫地就顺从了女儿的意思，把她嫁给了萧史。其间发生了什么样的因缘际会，这两个人是怎么碰上的，又是如何生发出恋情的，都省略了。貌似直截，其实里面全是故事，随你如何想象。这样的感情契合，能催发什么？前面说能引来孔雀与白鹤，已令人惊异。接下来就更奇了，萧史教弄玉吹箫，能"作凤鸣"。"凤鸣"可能是萧史创作的箫曲的名字。数年后，又"吹似凤声"，他们吹箫的境界又精进了，进入了化境，不仅曲子美好，而且像凤鸣叫的声音，所以才有"凤凰来止其屋"。

从这个意义上看，萧史、弄玉之间的感情并不只是世俗意义上的爱情，而是更近乎于一种"道情"。吹箫是他们修炼的一种方式。在箫声里，他们超脱了世俗，化情于箫声，化声于道境，于此也就化去生死。所以最后说他们跟凤凰飞走了，是成仙了，还是仙逝了？都不重要了。他们成就的，是世人很难体悟的某种永恒的状态，唯一的注解，或许就是仍在雍宫凤女祠里缭绕不绝的箫声。

邗　子 刘向

邗①子者,自言蜀人也。好放犬子,时有犬走入山穴,邗子随入十余宿行,度数百里,上出山头,上有台殿宫府,青松森然。仙吏侍卫甚严,见故妇主洗鱼,与邗子符②一函并药,便使还与成都令桥君,桥君发函,有鱼子也。著池中养之,一年皆为龙形。复送符还山上,犬色更赤,有长翰③,常随邗子往来百余年,遂留止山上。时下来护其宗族。蜀人立祠于穴口,常有鼓吹传呼声。西南数千里共奉祠焉。

《列仙传》

【注释】

①邗（hán）：姓。古有邗国。
②符：信。
③长翰：长毛。

【赏读】

六朝时,关于神仙洞府的传说极多,此篇应算是它们的发端了。这个故事有两条线交织在一起：一条线,是邗子和他的狗；另一条线,是鱼子变成龙。邗子是个爱狗懂狗的人,通常这种人都有种难得的执着,为了心爱的狗什么都愿付出。有了这个前提,才会有后来的神奇经历。狗跑进了山洞里,他怕狗丢了,就紧跟着进去了,一口气跟了十几个晚上,走出几百里路,可见其执着的程度。正因如此,他才有机会见到山上的仙宫神府。

当然这个故事并不是要写邢子的执着,主要还是用他引出后面的神奇故事。他见到了已故的女主人,像活着时一样,在那里洗鱼,准备做饭的样子。我们可以想象,邢子当时该有多么惊讶,死人能复生吗?显然他是个很憨厚的人,面对过去的女主人,有的只是尊敬有加,而不会有任何惊诧。这个不惊讶的调子,是为了后面的奇事做铺垫,几句话就把邢子的奇遇转为寻常状态。然后邢子变成了信使,带上信函和药,送给成都的一位官员桥先生。

信函里装的是什么?鱼子。这个不奇怪,邢子见到女主人时,她不正在洗鱼吗?女主人为什么要送鱼子给桥先生呢?奇妙的事情随即发生了,桥先生对这信函和药,毫无惊讶之意,还心领神会地将鱼子放到水池里。在信函里装了十几天的鱼子,还能活吗?当然能活,而且一年后,这些鱼子都长成了龙。作者写到这里,并不去写鱼子变成龙后人们如何惊诧不已,而仍然以一种常态的方式,继续写这个故事。仿佛在说,这有什么可奇怪的呢?

邢子这信使的差事,一做就是一百多年。后来就连跟他进山出山的那条狗,都长出了满身长长的红毛。后来邢子也留在了仙山上,只有那条狗,有时还会下山来,保护邢子的家族后人。当地人还给邢子建了祠堂,把他当成了神来敬奉。估计祠中除了他的塑像之外,还有那条狗的塑像在一旁侍立吧。那位桥先生呢,后来是不是也归隐仙山之上?还有,那些鱼子变成的龙又怎么样了?随你去想好了。

炎 洲 佚名

炎洲①在南海中,地方二千里,去北岸九万里。上有风生兽,似豹,青色,大如狸。张网取之,积薪数车以烧之,薪尽而兽不然,灰中而立,毛亦不焦。斫刺不入,打之如皮囊。以铁锤锻其头数十下,乃死,而张口向风,须臾复活。以石上菖蒲塞其鼻,即死。取其脑,和菊花服之,尽十斤,得寿五百年。

又有火林山,山中有火光兽,大如鼠,毛长三四寸,或赤,或白。山可三百里许,晦夜即见此山林,乃是此兽光照,状如火光相似。取其兽毛,缉②以为布,时人号为火浣布也。国人衣服之,若有垢污,以灰汁浣之,终无洁净,唯火烧此衣服,两盘饭间,振摆其垢自落,洁白如雪。亦多仙家。

《十洲记》③

【注释】

①炎洲:传说中的南方火洲,盖指南洋诸火山岛。其名有火山国、炎火山、燃洲、自燃洲、火洲等。

②缉:织。

③《十洲记》:此书又题《海内十洲记》、《十洲三岛记》,一卷,今存。据考证为东汉末期道徒所著。

【赏读】

　　古人在讲这种奇怪得不可思议的故事时，往往表现出特别的淡定，好像就应该是那样的，没什么可惊讶的，只要把事实讲出来就可以了。这样讲下来，效果就非常特别，会让后来的读者觉得，这里面讲到的事情就是真实的，没有什么可怀疑的，不免心向往之。

　　炎洲是哪里？今天的人可以猜测说，它是菲律宾、马来西亚之类的国度，但这样的想象没什么实际意义，因为《十洲记》本来就不是本地理学的书，更不是海外历史方面的书，在很大程度上，它只能算是一本想象之书。对于当时的人们来说，对中国以外的国度产生想象是非常自然的事情。陆地上的其他国度，不管多远，还是能够验证的，海外的国度，就不大好验证了，因此写海外的故事，就会有更广阔的想象空间，也更容易吸引人。

　　这里讲了两个奇兽的事，而且很对应，一风一火。但主旨都是讲不怕火烧。写风生兽非常神奇之前，对它的形象描述得比较具体，它是个青色的猫科动物，得用网捕捉。这样来说就很容易让人在脑海里浮想出它的形象，容易相信它是真有的。这种风生兽不怕火烧，也不怕砍、刺。这样一说就有点像孙悟空了，刀枪不入，水火不侵，读者不免会觉得有点夸张。作者就此笔锋一转，这种兽也有命门，就是它的头。把它的头放在铁砧上，用铁锤砸数十下，就死了。看到这里，又会让人心里不免叹息，如是则未免太过残忍了。但是，这不是结局，作者马上写道，要是让它张口对着风吹一下，它转眼间就会复活。

　　那么它会不会就是一种不死神兽呢？不是。让它死，比所有人想象的都要简单得多，甚至可以说，这是个根本不会有人想得到的杀死它的方法——长在石头上的菖蒲，才是它的致命敌人。只要把石菖蒲塞到它的鼻子里，它就会死。写到这里，完成了揭密的作者还不满足，还要再揭示它的一个神奇点，当然这个点非常文人化——将它的脑子和菊花一起吃下，可以长寿五百年。这样的说法，或许可以缓解一些对于"神兽也会死"的那种莫名感伤吧。至于是不是真的会有这样的长寿奇迹，其实并不重要。

另一个神奇的小兽，是在火林山里才有的。这个火林山，自然会让我们想到火山。而作者说到火光兽像老鼠那么大，那就很有可能是关于岩浆涌出火山口之后，在山林间流淌时的样子的想象。写到这里时，作者的笔法很高明，先是采取了一个远视角，说天黑后，火林山会发光，是因为有火光兽在里面待着。读过上面故事的人，可能会按照那个逻辑去想象一下，是不是它也不怕火，轻易不会死呢？

但作者随即从另一个间离的视角，不写火光兽有什么样的特性，而是写它的毛。用它的毛织成的布，叫火浣布，顾名思义，就是可以用火来清洗的布。当地人穿这种布做的衣服，要是弄脏了，日常的洗法是洗不干净的，只有把衣服放在火里烧，顶多吃两盘饭的时间，把衣服拿出来一抖，上面的脏东西自动就会脱落，衣服也就干净了，雪白雪白的。这里透露的一个重要信息是，火光兽的毛是白的。

可是，这样的白毛火光兽，又是如何发出火光的呢？这种火光兽会不会也有生死呢？是不是也有某种植物就是它的天敌呢？作者都没有再作交代，只能让读者自己去想象了。最后的结尾处，作者笔头一转，又加了个当时比较时尚的想象，说火林山是神仙居住的地方。如此读来更令人心旷神怡了。

凤麟洲 佚名

凤麟洲，在西海①之中央，地方一千五百里。洲四面有弱水②绕之，鸿毛不浮，不可越也。洲上多凤麟，数万各为群。又有山川池泽及神药百种。亦多仙家，煮凤喙及麟角，合煎作胶，名之为续弦胶，或名连金泥。此胶能续弓弩已断之弦、连刀剑断折之金。更以胶连续之，使力士掣之，他处乃断，所续之际终无断也。

武帝天汉③三年，帝幸北海④，祠恒山。四月，西国⑤王使至，献灵胶四两，吉光⑥毛裘二领。武帝受以付外库，不知胶裘二物之妙用也。以为西国虽远，而上贡者不奇，稽留使者未遣。又，时武帝幸上林苑射虎，而弩弦断。使者时从驾，又上胶一分，使口濡以续弩弦。帝惊曰："异物也！"乃使武士数人，共对掣引之，终日不脱，如未续时也。胶色青如碧玉。吉光毛裘，黄色，盖神马之类也。裘入水，数日不沉，入火不焦。帝于是乃悟，厚谢使者而遣去，赐以牡桂⑦、干姜等诸物，是西国之所无者。

又盖思东方朔之远见。周穆王时，西胡献昆吾割玉刀及夜光常满杯。刀长一尺，杯受三升。刀切玉如切泥，杯是白玉之精，光明夜照。冥夕出杯于中庭，以向天，比明而水汁已满于杯中也，汁甘而香美，斯实灵人之器。秦始皇时，西胡献切玉刀，无复常满杯耳。如此胶之所出，从凤麟洲来，剑之所出，必从流洲来，并是西海中所有也。

《十洲记》

【注释】

①西海：传说中的西方尽头处之海。

②弱水：传说中西方水名，据说此水连羽毛都浮不起来。

③天汉：汉武帝年号，公元前100~前97年。

④北海：北海郡，汉景帝中元二年（前148）分齐郡置郡，治所在营陵（今山东昌乐东南）。

⑤西国：西域。

⑥吉光：一种神马。

⑦牡桂：桂树之一种，其木芳香。

【赏读】

这里我们可以先假设一下，要是先讲汉武帝对于西国所贡神奇之物的态度的前后变化那一段，对于这个故事的效果会有什么样的影响？如果这个故事只有前两段，那实际上并没有什么影响，可是现在这个故事恰恰是有第三段在，这就不一样了。

因为假如我们把第一段跟第二段互换位置，那整个叙事就会是这样的：先写汉武帝对于西国进贡神奇之物的态度的前后变化，后写西国的那个神奇之地凤麟洲及其所产神奇之物，最后再写东方朔讲过的周穆王以及秦始皇时代的宝物来源的故事。这样讲来，事还是那些事，然而整个故事就会显得很平，没有了层次感。

作者的方式是开篇就先讲凤麟洲那一段，因为这样读者读完这一段时会觉得奇异，拿什么来证明它的真实性呢？一个下意识的疑问，就把胃口吊了起来。于是作者接着就讲汉武帝对于西国所贡神奇之物的态度：先是轻视，后是惊讶。在这一段里不但描述了续弦胶的神奇功效，还引出了另外一种奇物——入水不沉、受火不焦的吉光毛裘。这样一来，读者对于凤麟洲的想象空间就会进一步被打开：凤麟洲到底还有多少神奇之物啊？

最后一段作者又引出东方朔讲的故事，因为东方朔的博闻能言是非常有名的。他讲了两个时代的西国进贡宝物的事。远在周穆王时代，西国就进贡了切玉刀和夜光杯。到了秦始皇时代，则只进贡切玉刀了，似乎是在暗示中国对西国影响力在某种意义上的减弱。到了汉武帝时，西国进贡的物品又丰富了起来，而且还换了种类，说明西国对大汉国威、尤其是汉武帝的龙威很在意，或者说汉朝对西国的影响力要比秦始皇时大得多。在这样的结构下，这个故事讲起来从总体层次上就感觉特别丰富。

五丁力士 扬雄[①]

天为蜀王生五丁力士[②]，能徙蜀山。王死，五丁辄立大石，长三丈，重千钧，号曰"石井"。千人不能动，万人不能移。

蜀王据有巴蜀之地，本治广都，后徙治成都。秦惠王时，蜀王不降秦，秦亦无道出于蜀。蜀王从万余人，东猎褒谷[③]，卒见秦惠王。惠王以金一笥遗蜀王，蜀王报以礼物，物尽化为土。秦王大怒，臣下皆再拜贺曰："土者，地也，秦当得蜀矣！"

秦惠王欲伐蜀，以道不通，乃刻五石牛[④]，置金其后。蜀人见之，以为牛能大便金[⑤]。牛下有养卒，以为此天牛也，能便金。蜀王以为然，即发卒千人，使五丁力士拖牛成道，致三枚于成都。秦道得通，石牛之力也。后遣丞相张仪[⑥]等将兵，随石牛道伐蜀。

武都人有善知蜀王者，将其妻女适蜀王。居蜀之后，不习水土，欲归，蜀王爱其女留之，乃作《伊鸣》之声六曲以乐之。或曰前是武都丈夫，化为女子，颜色美好，盖山之精也。蜀王娶以为妻。不习水土，疾病欲归，蜀王留之，无几物故。蜀王发卒，于武都担土，于成都郭中葬之。盖地数亩，高七丈，号曰"武担"。以石作镜一枚，径二丈，高五尺，表其墓。

于是秦王知蜀王好色，乃献美女五人与蜀王，爱之，遣五丁迎女。还至梓潼⑦，见一大蛇入山穴中。一丁引其尾，不能出，五丁共引蛇，五女往就观之。山崩，压五丁，五丁踏蛇大呼。秦王五女及送迎者上山，化为石。因名其山曰"五妇山"也。蜀王登台，望之不来，因名"五妇候台"。蜀王亲理作冢，皆致方石，以志其墓。

《蜀王本纪》

【注释】

①扬雄（前53~18）：西汉末年文学家、思想家、语言学家。早年以辞赋闻名，强调辞赋创作是"欲讽反劝"，晚年认为作赋乃是"童子雕虫篆刻，壮夫不为"。他在《法言》中还主张文学应当宗经、征圣，以儒家经书为典范。

②五丁力士：五丁，五男；力士，力大之人。明代曹学佺《蜀中名胜记》卷九："武都山有玉妃溪。《成都耆老传》载：妃与五丁同生，父母弃之溪。后闻呱呱声，就视，乃一女五男。女即蜀妃，男即五丁。"

③褒谷：今陕西汉中以北。

④刻五石牛：用石头刻成五头牛。

⑤便金：拉下很多金子。

⑥张仪（？~前309）：战国时著名的政治家、外交家和谋略家。魏国安邑（今山西万荣）人，贵族后裔。曾两次为秦相，又两次为魏相。卒于任上，葬于今开封市东郊宴台河村。

⑦梓（zǐ）潼：今属四川。

【赏读】

实际上这是个前后矛盾的传说。开篇说五丁力士是上天赐给蜀王的，他们力大无比，能搬动大山。蜀王死后，他们为之立的牛状巨石用万人都没法移动。但结尾处，说的却是五丁力士在试图将那条大蛇从山洞里拉出来的时候，造成了山崩，把他们都压在了下面。然后蜀王为了纪念他们，亲自用方石给他们做了墓，还写了墓志。作者似乎有意在保留这种既矛盾又原生的传说状态，因为他要讲的本来就不是必须在逻辑上无可挑剔的故事，而是可能的故事，所以这里面实际上是讲了五个小故事，都可以独立成章。

五个故事各有各的奇处，最奇的是第二段关于石牛的故事，听起来真是比古希腊的特洛伊木马记还要有意思。秦国为打通蜀道，设了个局——造了五头巨大的石牛，在牛身后撒了金子，说是石牛粪，还派了兵卒负责养石牛。结果蜀王就派五丁力士带人抢了石牛拖之入蜀，拖出来的路线，就成了入蜀之道，这样秦人就得以伐蜀了。这个故事讲的不是神仙鬼怪的超凡之力，而是讲五丁力士的超人之力。他们就像是巨人时代的遗民后裔，在普通人的时代里最后闪光，留下了巨大的想象空间。

另外仔细读下来，会发现"五"在全篇里出现得特别频繁。五丁力士、五石牛自不必说了，在第四个故事里提到的那个石镜高五尺，在第五个故事里秦王献给蜀王的美女也是五个，最后她们化成了石头，叫"五妇山"，蜀王望她们的台叫"五妇候台"，这些都能说明，在作者当时的语境里，"五"是个非常重要的数字，或许跟"五行"有某种关系。

东方朔 郭宪①

东方朔②,字曼倩。父张夷,字少平,妻田氏女。享年二百岁,颜如童子。

朔母田氏寡居,梦太白星临其上,因有娠。田氏叹曰:"无夫而娠,人将弃我。"乃移向代郡东方里为居。五月旦生朔,因以所居里为氏,朔为名。朔生三日而田氏死,时景帝三年也。邻母拾而养之。年三岁,天下秘谶,一览暗诵于口,常指拟天下,空中独语。

邻母忽失朔,累月方归,母答之。后复去,经年乃归。母忽见,大惊曰:"汝行经年一归,何以慰我耶?"朔曰:"儿至紫泥海,有紫水污衣,仍过虞渊前浣,朝发中返,何云经年乎?"母又问之:"汝悉是何处行?"朔曰:"儿澣③衣竟,暂息冥都崇台④。王公饴儿以粟丹霞浆,儿食之既多,饱闷几死,乃饮玄天黄露半合,即醒。既而还,路遇一苍虎,息于路傍。儿骑虎还,打捶过痛,虎啮儿,脚伤。"母悲嗟,乃裂青布裳裹之。朔复去之,去家万里,见一枯树,脱向来布裳挂于树。布化为龙,因名其地为布龙泽。

朔以元封⑤中游濛鸿之泽,忽见王母采桑于白海之滨。俄有黄眉翁⑥,指阿母以告朔曰:"昔为吾妻,托形为太白之精。今汝亦此星精也。吾却食吞气,已九千余岁。目中瞳子,色皆青光,能见幽隐之物。三千岁一反骨洗髓,二千岁一刻肉伐毛。自吾生,已三洗髓、五伐毛矣。"

《洞冥记》

【注释】

①郭宪:字子横,生卒不详,汝南(今安徽太和北)人,少时学于东海王仲子,好方术。王莽新朝时不仕,隐于海滨。东汉光武帝时拜为博士,建武七年(31)迁光禄勋。为人刚直,多谏帝失,后以病辞归,卒于家。著有《洞冥记》。此书又题为《汉武洞冥记》、《汉武帝别国洞冥记》、《别国洞冥记》等,四卷。

②东方朔(前154~前93):字曼倩,平原厌次(今山东陵县神头镇,一说今山东惠民)人。西汉辞赋家。汉武帝即位,东方朔上书自荐,诏拜为郎。后任常侍郎、太中大夫等职。他性格诙谐,言辞敏捷,滑稽多智,常在武帝前谈笑取乐,"然时观察颜色,直言切谏"(《汉书·东方朔传》)。

③湔(jiān):洗。

④冥都崇台:冥府的高台。

⑤元封:汉武帝年号(前110~前105)。

⑥黄眉翁:即东王公。

【赏读】

这个故事可称"东方朔前传",把东方朔为什么不是凡人的原委讲了出来。讲这样的故事,注定要奇中生奇才能吸引人。因此作者开篇写东方朔的家世时,制造的第一次惊奇,就是东方朔的父亲竟然是张夷,姓张,而不是姓东方。然后第二次惊奇随即出现,张夷是个活了二百岁还保持着儿童样子的奇人。

第三次惊奇是张夷死后寡居的田氏怀了孕。寡妇怀孕,在任何时代都会是比较难堪的事。但田氏声称自己是梦到太白金星才有孕的。这自然很容易让人联想到《圣经》里圣母马利亚的无玷而孕的故事,让马利亚怀孕的不是世间凡人,所以耶稣是上帝之子。田氏因梦到太白金星而孕,有了太白金星的儿子,这样的神奇说法固然可能会缓解一些舆论的质疑,但终归不会长期有效。所以她选择离开家乡,然后把夫姓也改掉,以代郡东方里的"东方"为姓。而实际上太白金星,也就是启明星,本来也是早晨出现在东方的,因此从这个意义上说,梦到太白金星的说法,很可能是从东方这个姓反推出来的。

第四次惊奇是东方朔生下来三天就成了孤儿,被邻妇收养之后,长到三岁时发生的事。在说第四次惊奇之前,顺便先说一下"三"。东方朔生下三天,母亲去世;当时是汉景帝三年(前154);然后是他长到三岁开始有令人吃惊的事。作者连续用了三次"三",显然不是无意的。天、地、人,是三。《易经》里的乾卦,写出来,也是"三",而乾象征着天。"三"是中国古代文化里重要的数字。作者这样用"三"来叙事,其实就是想暗示,东方朔是上天赐给人间的孩子,注定是个奇人,或者说他不是凡间的人。"年三岁,天下秘讖,一览暗诵于口,常指㧒天下,空中独语。"一言以蔽之,东方朔三岁时,就什么都明白了。至于接下来他还会有什么让人惊奇的事,只是对这种明白的发挥而已。

随后发生的东方朔离家出走、回来、再出走的故事,可以说是每次无不让人惊奇。初次出走,离家一个月才回来,养母只是打了东方朔。至于他当时几岁,去哪里了,看到过什么,经历了什么,靠什么活下来的,作者都省略了,留给读者去想象。其叙述的重点,是接下来发生的东方朔离家一年再回来讲的经历。而这一段描述,写得特别精彩。当然让养母觉得悲喜交集的是,这孩子离家出走一年，竟然还能回来。但她这次没有再打东方朔，只是问他：你这样做对得起我吗？东方朔这次是不能不讲了。有意思的是，他并没有当成传奇经历来讲，而是当成平常事来讲的，完全是孩子的角度。他说他是早上出去，在紫泥海弄脏了衣服，然后在虞渊洗了一下，中午就回来了啊？言下之意是，怎么会是一年呢？其实这就是所谓"天上一日、地上一年"的另一个说法。意思是东方朔去的，并非凡间之地，而是冥都崇台。

东方朔见到了什么呢？他在冥都崇台睡了一觉，然后有位王公贵族或者王先生吧，给他吃了粟丹霞浆，估计就是粟米汤之类的，还把他撑到了，接着又喝了半盒玄天黄露，就醒了，原来是个梦。他在回来路上，遇到一只灰白色的老虎伏在路边，就骑了上去，像骑驴一样回家来了，结果因为捶打老虎重了，被它咬伤了脚。讲到这里，估计他的养母已经完全惊呆了，她赶紧从青布衣裳上扯下一块布，很伤心地叹息着给他包上伤口。这一段写得特别感人，她知道这个孩子不是凡人，可能下次离开就再也不会回来了，但眼下能做的，也就是给他包扎伤口了。果然，东方朔再次离家，就是万里之外了，他把自己的布衣裳挂在了树上，算是与过去彻底道别了，结果这衣裳就变成了龙。

汉武帝元封年间，东方朔去濛鸿之泽游玩，在白海之滨看到王母在那儿采桑。然后有个黄眉老头儿就指着王母告诉东方朔："过去她是我妻子，我呢化身为太白金星，你也是太白金星。我什么都不吃，只吐纳呼吸，已经九千多年了，你看我的瞳孔，都是青色的光，我能看到别人看不到的东西。每三千年，我会换一次骨髓，每二千年我换一次皮毛。从我生来到现在，已换过三次骨髓、五次皮毛了。"这里其实就是在最后交代一下，东方朔的真正父母，原来是太白金星跟王母。王母是神仙，自是不必多说了，黄眉老头儿相当于半人半神，所以虽然长生不死，但也还是要换骨髓和皮毛，言下之意，就是东方朔也类似于此。

八月槎 张华[①]

旧说云:天河与海通。近世有人居海渚者,年年八月有浮槎[②]来,甚大,往反不失期。人有奇志,立飞阁于查[③]上,多赍粮,乘槎而去。十余日中,犹观星月日辰,自后芒芒忽忽,亦不觉昼夜。去十余日,奄至一处,有城郭状,居舍甚严。遥望宫中多织妇,见一丈夫牵牛,渚次饮之。牵牛人乃惊问曰:"何由至此?"此人见说来意,并问此是何处。答曰:"君还至蜀都,访严君平[④],则知之。"竟不上岸,因还如期。后至蜀,问君平,曰:"某年月日,有客星犯牵牛宿[⑤]。"计年月,正是此人到天河时也。

《博物志》

【注释】

①张华(232~300):字茂先,范阳方城(今河北廊坊固安西南)人。少孤贫,仕魏为佐著作郎、中书郎,入晋历任黄门侍郎、中书令、度支尚书、太常、右光禄大夫、侍中、中书监,官终司空,世称张司空。赵王司马伦篡位时遇害。编有中国第一部博物学著作《博物志》。

②槎(chá):木筏。

③查:通"槎"。

④严君平:名遵,西汉蜀人,在成都以算卦为生,扬雄年少时曾从其游学。

⑤客星：忽隐忽现之星，即天文学中的新星。牵牛宿：俗称牛郎星，即河鼓二。另，二十八宿之牛宿，亦称牵牛，属摩羯星座。

【赏读】

　　本文讲的是一个人出海探奇，结果证明牛郎织女其实在一起的故事。既然大海能通银河，那么显然银河很可能也就不是我们从地上看到的那样只是隔开了牛郎织女的状态，这是视角的问题，也是对宇宙空间完全不同的理解方式的问题。把银河视为天河，并且与海相通，在今天看来只能说是一种奇想，但在那个时代人的想象中似乎是不难理解的，这其中实际上包含着天地一体的观念。想来那时的人对海的认识还只停留于想象，更不用说什么航海的概念了。这里提到的"客星"，就是通常说的新星或超新星，是指以前星空中没发现过的；"牛宿"，就是牵牛星，即牛郎星，它与织女星隔银河相对。

　　这个故事听起来既神奇又荒诞不经，用今天的话来说，银河是我们地球乃至太阳系所在的大星系，跟通不通海是完全扯不上边的，更不用说漂洋过海还能越过银河抵达牛郎星了。实际上那个人坐着船出海，最后来到的那个地方，只不过是个海中大岛，比如说海南岛之类的。那个被他当成"牛郎"的人让他回去问严君平，或许看到这里你会恍然大悟，作者原来是在用这个故事为严君平捧场呢。严君平的话如果用今天的科幻式思维来解释，应该是这样的：一个巨大的超新星的爆发所产生的能量导致银河系发生重大的引力场结构变化，从而形成了某种穿越通道，使得星空里的瞬间穿越成为了可能。

　　更有可能的是，那个人确实认识严君平，而严君平却没有告诉那位勇敢的冒险家他其实到的并不是什么牵牛星，看到的也不是什么牛郎，只是一个在海外的老熟人，却说是发生了一个客星犯牵牛宿的天象事件，这样说的结果就是，这位冒险家、严君平以及海外熟人，都成了传奇。

成公智琼 干宝[①]

魏济北国从事掾[②]弦超,字义起。以嘉平中夜独宿,梦有神女来从之,自称天上玉女,东郡人,姓成公[③],字智琼,早失父母,天帝哀其孤苦,遣令下嫁从夫。义起当其梦也,精爽感悟,嘉其美异,非常人之容,觉寤钦想,若存若亡,如此三四夕。

一旦,显然来游。驾辎輧车[④],从八婢,服绫罗绮绣之衣,姿颜容体,状若飞仙,自言年七十,视之如十五六女,车上有壶榼[⑤],清白琉璃五具,饮啖奇异,馔具醴酒。与义起共饮食。谓义起曰:"我天上玉女,见遣下嫁,故来从君。不谓君德,盖宿时感运,宜为夫妇。不能有益,亦不为损。然行来常可得驾轻车乘肥马,饮食常可得远味异膳,缯素常可得充用不乏。然我神人,不能为君生子,亦无妒忌之性,不害君婚姻之义。"遂为夫妇。

赠其诗一篇。其文曰:"飘飖浮勃逢,敖曹云石[⑥]滋。芝英不须润,至德与时期。神仙岂虚降,应运来相之。纳我荣五族,逆我致祸灾。"此其诗之大较。其文二百余言,不能悉录。又注《易》七卷,有卦有象,以彖为属,故其文言既有义理,又可以占吉凶,犹扬子之《太玄》、薛氏之《中经》也。义起皆能通其旨意,用之占候。

作夫妇经七八年。父母为义起取妇之后，分日而燕、分夕而寝，夜来晨去，倏忽若飞，唯义起见之，他人不见也。虽居暗室，辄闻人声，常见踪迹，然不见其形。每义起当有行来，智琼已敕驾于门，百里不移两时，千里不过半日。

义起后为济北王门下掾，文钦作乱⑦，景帝东征，诸王见移于邺宫，官属亦随监国西徙。邺下狭窄，四吏共一小屋。义起独卧，智琼常得往来，同室之人，颇疑非常。智琼止能隐其形，不能藏其声，且芬香之气，达于室宇，遂为伴吏所疑。后义起尝使至京师，空手入市，智琼给其五匹弱绯，五端绸纭⑧，采色光泽，非邺市所有。同房吏问意状，义起性疏拙，遂具言之。吏以白监国，委曲问之，亦恐天下有此妖幻，不咎责也。

后夕归，玉女已求去，曰："我神仙人也，虽与君交，不愿人知，而君性疏漏，我自努力矣。"呼侍御人，下酒啖食；发簏⑨，取织成裙衫两裆遗义起，又赠诗一首，把臂告辞，涕零溜漓，肃然升车，去若飞流。义起忧感积日，殆至委顿。

去后积五年，义起奉国使至洛，到济北鱼山下，陌上西行，遥望曲到头，有一马车，似智琼。驱驰前至，视之，果是玉女也。遂披帷相见，悲喜交至，控左授绥，同乘至洛，遂为室家，克复旧好，至太康⑩中犹在。但不日日往来。每于三月三日、五月五日、七月七日、九月九日、月旦、十五，辄下往来，来辄经宿而去。

张敏为之赋《神女》，其序曰："世之言神仙者多矣，然未之或验。至如弦氏之归，则近信而有征者。甘露中，河济间往来京师者，颇说其事，闻之常以鬼魅之妖耳。及游东土，论者洋洋，异人同辞，犹以流俗小人好传浮伪之事，直谓讹谣，未遑考核。会见济北刘长史，其人明察清信之士也。亲见义起，受其所言，读其文章，见其衣服赠遗之物，自非义起凡下陋才所能构合也。又推问左右知识之者，云当神女之来，咸闻香薰之气，言语之声，此即非义起淫惑梦想明矣。又人见义起强甚，雨行大泽中而不沾濡，益怪之。夫鬼魅之近人也，无不羸病损瘦。今义起平安无恙，而与神人饮燕寝处，纵情兼欲，岂不异哉！"

余览其歌诗，辞旨清伟，故为之作赋。赋曰："皇览余之纯德，步朱阙之峥嵘。靡飞除而入秘殿，侍太极之穆清。帝愍余之勤肃，将休余于中州。托玄静以自处，是应夫子之好仇。于是主人忧然而问之曰：尔岂是周之褒姒、齐之文姜，孽妇淫鬼，来自藏乎？傥亦汉之游女，江之娥皇，厌真乐怨，倦仙侍乎？于是神女乃敛袂正襟而对曰：我实贞淑，子何猜焉！且辩言知礼，恭为令则，美姿天挺，盛饰表德，以此承欢，君有何惑？尔乃敷茵席，垂组帐。嘉旨既设，同牢而飨。微闻芳泽，心荡意放。于是寻房中之至嬿，极长夜之欢情。心眄眄以忽忽，想北里之遗声。既澹泊于幽默，扬觉寐而中惊。赋斯时之要妙，进伟服之纷敷。俯抚衽而告辞，仰长叹以欷吁。乘云雾而变化，遥弃我其焉如。"

弦超为神女所降，论者以为神仙，或以为鬼魅，不可得也正也。著作郎干宝以《周易》筮之，遇"颐之益"，以示同僚郎。郭璞曰："颐，贞吉，正以养身，雷动山下，气性唯新，变而之'益'，延寿永年，乘龙御风，乃升于天。此仙人之卦也。"

《搜神记》

【注释】

①干宝（？～336）：字令升，原籍汝南郡新蔡（今属河南）。生于吴末，少勤学，博览群书，好阴阳术数，曾向韩友学占卜之术。西晋怀帝永嘉中召为著作郎。后因随陶侃平杜弢之叛，封关内侯。是著名的史学家、小说家，著作颇多，最有名的是《晋纪》二十卷及《搜神记》三十卷，俱佚，今存辑本。《搜神记》被称为六朝志怪之冠。

②掾：原为佐助的意思，后为副官佐或官署属员的通称。

③成公：复姓。

④辎軿（zī píng）车：有帷幕屏蔽的车。

⑤壶榼（kē）：泛指盛酒或茶水的容器。

⑥敖曹云石：指乐器和鸣。敖曹，声音喧杂。云石，石磬，八音之一，泛指乐器。

⑦文钦作乱：指毌丘俭、文钦代表曹魏势力对抗司马势力之战，后战败，毌丘俭死，文钦逃至东吴。

⑧五端绐纻（yīn zhù）：端，帛之长度单位，二丈为一端，二端为一两，即一匹。绐纻，做褥、垫用的苎麻布。

⑨簏（lù）：竹编盛物器，类似于箱。

⑩太康：西晋武帝司马炎年号。

【赏读】

书生遇女仙，即使是在晋代，也不是什么新鲜故事。既然是说故事，只要说得好听，耐人琢磨，也就可以了，实不必像追究历史那样处处求证，否则所有的类似故事可能也就都不用讲了。姑妄言之姑听之，讲得有趣，听得惬意，是最理想的状态。但这个《搜神记》里为数不多的篇幅较长的故事，读下来的效果却是，有些不着力的地方反而有点意思，而更多的那些特别着力的地方却让人不禁摇头。从叙事的角度来说，这是个很值得思考的现象。

先说有意思的地方。成公智琼这位女仙托梦给弦超之后不久，就现身要跟他做夫妻，开出的条件非常宽松且丰厚，弦超完全不需要负任何责任，也没有任何代价。说这段有意思，原因在于这种想象很有一种庸俗的书呆子气，不免读之让人一笑。尤其是成夫妻后成公智琼赠弦超的诗，最后两句简直就是利诱加威胁："纳我荣五族，逆我致祸灾"，听起来实在是没有什么神仙的境界。随后又说她注《易经》如何如何，其实对于一个女仙来说，这又算得了什么特别的能耐？

成公智琼跟着弦超在邺宫那段，算是比较有意思的。说她有声音、有香气，而不见形影痕迹，话虽不多，但颇能引发人的一些想象。

宋定伯 干宝

南阳宋定伯年少时，夜行逢鬼。问之，鬼言："我是鬼。"鬼问："汝复谁？"宋定伯诳之，言："我亦鬼。"鬼问："欲至何所？"答曰："欲至宛市。"鬼言："我亦欲至宛市。"遂行数里。鬼言："步行太迟，可共递相担①，何如？"定伯曰："大善。"

鬼便先担定伯数里。鬼言："卿太重，不是鬼也？"定伯言："我新鬼，故身重耳。"定伯因复担鬼，鬼略无重。如是再三。定伯复言："我新鬼，不知鬼悉何所畏忌？"鬼答曰："唯不喜人唾。"于是共行。道遇水，定伯令鬼先渡，听之了无水音。定伯自渡，漕漼②作声。鬼复言："何以有声？"定伯曰："新死不习渡水故耳，勿怪也。"

行欲至宛市，定伯便担鬼著肩上，急执之。鬼大呼，声咋咋然。索下，不复听之。径至宛市中，下着地，化为一羊，便卖之，恐其变化，唾之。得钱千百五，乃去。当时有言："定伯卖鬼，得钱千五。"

《搜神记》

【注释】

①共递相担：互相交替背着。
②漕漼（cuī）：水声。

【赏读】

  这个故事，妙就妙在它叙事的层次与转折上。实际上前面的一系列对话，始终处在宋定伯将要露馅而又用一种比较简单的方式勉强化解的状态里，并保持着一种隐含着某种幽默意味的紧张感。每次对话，都构成了一个叙事层面，从宋定伯自称是鬼，到与鬼互背，言轻重，再到问鬼怕什么，及至与鬼渡河，层层递进，都保持着非常好的叙事张力。鬼轻人重，鬼言怕唾沫，鬼涉水无声而人有声，这三个细节是每个层次的支撑点，所以讲起来就很生动而且饱满。

  最妙的还是最后的一转，因为在此之前的一系列情节，都不断地增强了读者的猜想，宋定伯该如何摆脱鬼，或者说如何处置这鬼呢？但最后的结果却是完全出人意料的，宋定伯把鬼给卖了！让人惊奇的不只是把鬼卖了，还包括鬼落地就化成了一只羊，这个变化实在是让人匪夷所思。当然这很可能是因为鬼想脱身而在紧急中的一种选择，但为什么会这样，没人能知道原因。不管怎么说，宋定伯是把鬼给卖了，赚了一笔钱。而且这事在当时还传为佳话，讲述者是谁呢？当然是宋定伯自己了。我们甚至可以想象一下他讲的时候是什么样的场景，很可能是在小酒馆里，喝得微醺时，侃侃而谈，讲前面跟鬼的对话时，大家还是笑着听的，及至最后说到鬼变羊，且卖了一千五百钱，估计大家只有瞠目结舌了。大家都相信吗？不一定，但这故事却传了下来，为何？因为他讲得漂亮。

壶 公 葛洪[①]

　　壶公者,不知其姓名。今世所有《召军符》、《召鬼神治病王府符》凡二十余卷,皆出于壶公,故或名为《壶公符》。

　　汝南费长房,为市掾时,忽见公从远方来,入市卖药,人莫识之。其卖药口不二价,治百病皆愈。语买药者曰:"服此药,必吐出某物,某日当愈。"皆如其言。得钱日收数万,而随施与市道贫乏饥冻者,所留者甚少。常悬一空壶于坐上,日入之后,公辄转足跳入壶中,人莫知所在。唯长房于楼上见之,知其非常人也。长房乃日日自扫除公座前地,及供馔物,公受而不谢,如此积久。长房不懈,亦不敢有所求。

　　公知长房笃信,语长房曰:"至暮无人时更来。"长房如其言而往。公语长房曰:"卿见我跳入壶中时,卿便随我跳,自当得入。"长房承公言为试,展足不觉已入。既入之后,不复见壶,但见楼观五色,重门阁道,见公左右侍者数十人。公语长房曰:"我仙人也,忝天曹职。所统供事不勤,以此见谪,暂还人间耳。卿可教,故得见我。"长房不坐,顿首自陈:"肉人无知,积劫厚,幸谬见哀愍,犹如剖棺布气,生枯起朽,但见臭秽顽弊,不任驱使。若见怜念,百生之厚幸也。"公曰:"审尔大佳,勿语人也。"

　　公后诣长房于楼上曰:"我有少酒,汝相共饮之。酒在楼下。"长房遣人取之,不能举。益至数十人,莫能得上。长房白公,公乃自下,以一指提上,与长房共饮之。酒器不过如拳大,饮之至旦不尽。公告长房曰:"我某日当去,卿能去否?"长房曰:"思去之心,不可复言。惟欲令亲属不觉不知,当作何计?"公曰:"易耳。"乃取一青竹杖与长房,戒之曰:"卿以竹归家,便称病。后日,即以此竹杖置卧处,嘿然便来。"长房如公所言,而家人见此竹是长房死了,哭泣殡之。

　　长房随公去,恍惚不知何所之。公独留之于群虎中,虎磨牙张口,欲噬长房,长房不惧。明日,又内②长房石室中,头上有大石,方数丈,茅绳悬之,诸蛇并往啮,绳欲断,而长房自若。公往撰之曰:"子可教矣。"乃命啖溷③,溷臭恶非常,中有虫长寸许,长房色难之,公乃叹谢遣之曰:"子不得仙也!今以子为地上主者,可寿数百余岁。"为传封符一卷,付之曰:"带此可举诸鬼神,尝称使者,可以治病消灾。"长房忧不能到家,公以竹杖与之,曰:"但骑此,到家耳。"长房辞去,骑杖,忽然如睡,已到家。家人谓之鬼,具述前事。乃发视,棺中惟一竹杖,乃信之。长房以所骑竹杖投葛陂中,视之乃青龙耳。长房自谓去家一日,推之已一年矣。

　　长房乃行符收鬼治病,无不愈者,每与人同坐共语,而目瞋诃遣。人问其故,曰:"怒鬼魅之犯法耳。"汝南郡中常有鬼怪,岁辄数来。来时导从威仪,如太守入府,打鼓,周行内外匝,乃还去,甚以为患。后长房诣府君,而正值此鬼来到府门前,府君驰入,独留长房。鬼知之不敢前,欲去,长房厉声呼:"使捉前来!"鬼乃下车,把版伏庭中,叩头乞得自改。长房呵曰:"汝死老鬼，不念温凉，无故导从唐突官府，君知当死否？急复真形！"鬼须臾成大鳖，如车轮，头长丈余。长房急复令还就人形。以一札符付之，令送与葛陂君。鬼叩头流涕，持札去。使人追视之，以札立陂边，以颈绕札而死。

东海君来旱，长房后到东海，见其民请雨，谓之曰："东海君有罪，君前系于葛陂，今当赦之。"令其作雨，于是即有大雨。长房曾与人共行，见一书生，黄巾被裘，无鞍骑马，下而叩头，长房曰："促还他马，赦汝罪。"人问之，长房曰："此狸耳，盗社公马也。"又尝与客坐，使至市市鲊，顷刻而还。或一日之间，人见在千里之外者数处。

《神仙传》

【注释】

①葛洪（约281～341）：东晋名医，字稚川，丹阳句容（今属江苏）人。少家贫好学，尤好神仙导养之法。西晋惠帝时参与平定石冰之乱，有功加伏波将军。光熙元年（306）为广州刺史嵇含参军。东晋成帝咸和（326～334）初先后为王导的主簿、司徒掾及谘议参军。后归隐罗浮山炼丹，自号抱朴子。著有《肘后备急方》四卷，书中最早记载一些传染病（如天花）的症候及诊治。"天行发斑疮"是全世界最早有关天花的记载。其在炼丹方面也颇有心得，丹书《抱朴子·内篇》具体地描写了炼制金银丹药等有关化学的知识。其《神仙传》今存十卷。

②内：通"纳"。

③啖溷（dàn hùn）：吃或给人吃肮脏物。

【赏读】

这个故事实际包括壶公与费长房两部分。最出彩的就是壶公这部分，写的是被贬谪至凡间的神仙的事迹，但不管这位壶公如何神奇，其主旨还是行善。虽然写的是神仙行迹，但这个神仙也并不是到了凡间就会表现出无所不能的样子，而是仍旧会按凡间的基本规矩行事。比如壶公是卖药给人治病的，虽不能还价，但他得了钱基本上都给了那些穷困之人，而不是简单地施以神力送药布钱给大家了事。也就是说，神仙到了凡间，也不能为了行善而随意暴露自己的身份。这似乎也可以理解为天条的范畴。总的来说，这天上、人间、阴间，或者说神、人、鬼这三界，还是有一定界限的，这也是一种秩序。但唯有诚心向善之人，才会有仙缘。这是作者写这个故事的潜台词。

壶公的那个壶，用今天的科幻式话语来说，可以称之为"异度空间"。费长房是个有心之人，也是个诚信之人。正是因为人品好，有向善行善之心，费长房才可能与这个壶公结缘。壶公是有心引导费长房成仙的，之前的卖药施钱行为是为了引起费长房的注意。壶中一聚，最终确定费长房对壶公的信任，而一小壶总也喝不完的酒，不过是点缀而已。壶公有心成就费长房成仙，费长房也有心追随，但最后却没能成功，主要原因，还是费长房破不掉眼见为实的那些事物之相。

第一次壶公以青竹杖化为费长房的肉身，代费长房留在凡间，其实是要让费长房明白，仙跟人之区别，在于人依赖于肉身，而仙人则不会，要想成仙，第一要破掉对肉身的执念，因为肉身不过是个虚相。而后壶公带着他去经历虎群、蛇群的恐吓，费长房都承受住了，表现得很淡定，唯独在壶公让他去吃厕所里的生蛆粪便时，他退缩了。在壶公眼中，这些污物其实与虎、蛇无异，都是虚相，但费长房却看不明白，结果是注定有缘识仙而无缘成仙，只能继续留在凡间做凡人，多活几百岁，用些仙术驱鬼惩怪，做些有利生民的事了。

皇初平 葛　洪

皇初平者，丹谿①人也。年十五而使牧羊。有道士见其良谨②，便将至金华山石室中。四十余年忽然，不复念家。

其兄初起，入山索初平，历年不能得见。后在市中，有道士善卜，乃问之曰："吾有弟名初平，因令牧羊失之，今四十余年，不知死生所在。愿道君为占之。"道士曰："金华山中有一牧羊儿，姓皇名初平，是卿弟非耶？"初起闻之惊喜，即随道士去寻求，果得相见。

兄弟悲喜，因问弟曰："羊皆何在？"初平曰："羊近在山东。"初起往视，了不见羊，但见白石无数。还谓初平曰："山东无羊也。"初平曰："羊在耳，但兄自不见之。"初平便乃俱往看之，乃叱曰："羊起！"于是白石皆变为羊，数万头。初起曰："弟独得神通如此，吾可学否？"初平曰："唯好道，便得耳。"初起便弃妻子，留就初平。共服松脂、茯苓。至五千日，能坐在立亡③，行于日中无影，而有童子之色。

后乃俱还乡里，诸亲死亡略尽，乃复还去。临去，以方授南伯逢。易姓为赤，初平改字为赤松子，初起改字为鲁班。其后传服此药而得仙者，数十人焉。

《神仙传》

【注释】

①丹豀（xī）：即丹溪，水名，在今浙江义乌境内。

②良谨：善良恭谨。

③坐在立亡：坐着还在，站起转眼即无影无踪。

【赏读】

得道成仙，之所以是个很有吸引力和想象空间的事，一个重要原因是对于老百姓和达官贵人来说，机会是均等的。一个放羊的孩子，当然没有什么机会轻易就发达起来，但这不代表他没有机会得道成仙。凭什么呢？作者开始就明确了两点：一是人要"良谨"，说白了就是人要好；二是要有道士帮忙。说明这个故事意在推崇道教，而成仙只是个证明。概括地说，只要是好人，并且愿意信仰道教，这神仙就能当成。

这样一来，似乎很容易成为一种说教式的故事。但读下来时，你又不能这样简单下定论。皇初平走失了四十年，他兄长找了四十年，这说明什么？重情义。兄弟重逢的对话特别好玩，很生活化，一见面大哥问的不是弟弟是否别来无恙，而是问羊在哪里，让人听了不免要哑然失笑了。这是为了引出后面的神技。皇初平能把白石头变成数万头羊，这对于哥哥皇初起来说，实在是太有诱惑力了。他还是抱着世俗功利的眼光来看待这个石头变羊的奇迹。

动机虽然不纯，但皇初起还是能舍家弃子来修道的。这里要告诉读者，要想修道有成，就得舍得了世俗的一切。待到修道有成之后，他们兄弟二人又回了老家，等那些亲戚都死了，他们才重新回到山里继续修行。在这里作者暗示我们的是，尽管修道是要舍弃家庭之类的背景环境的，但是，感恩之心还是要有的，对亲人还是要有个交代才好。因此最后他们兄弟二人临走时还留了些仙药给人们，让他们也有了成仙的可能。

寻羊成仙 陶渊明[①]

会稽剡县民袁柏、根硕二人猎,经深山重岭甚多。见一群山羊,六七头,遂经一石桥,甚狭而峻,羊去,根等亦随渡,向绝崖。崖正赤壁立,名曰赤城。上有水流下,广狭如匹布,剡人谓之瀑布。

羊径有山穴,如门,豁然而过。既入,内甚平敞,草木皆香。有一小屋,二女子住在其中,年皆十五六,容色甚美,著青衣。一名莹珠,一名洁玉。见二人至,欣然云:"早望汝来。"遂为室家。

忽二女出行,云:"复有得婿者,往庆之。"曳履于绝岩上行,琅琅然。二人思归,潜去归路。二女知,追还。乃谓曰:"自可去。"乃以一腕囊与根等,语曰:"慎勿开也。"于是乃归。

后出行,家人开其囊,囊如莲花,一重去,复一重,至五盖,中有小青鸟飞去。根还知此,怅然而已。后根于田中耕,家依常饷[②]之,见在田中不动,就视,但有壳,如蝉蜕也。

《搜神后记》

【注释】

①陶渊明(365?~427):一名潜,字元亮,号五柳先生,私谥靖节,浔阳柴桑(今江西九江)人。生活年代经历了东晋后期至

南朝刘宋的初期。曾任江州祭酒、镇军参军、彭泽令等,后辞官归隐。他是中国历史上最伟大的诗人之一,田园诗的创始者,魏晋文人的杰出代表,著有《陶渊明集》等。《搜神后记》疑为其所作。

②饷(xiǎng):送饭。

【赏读】

曾有人怀疑《搜神后记》非陶渊明所作,是有人托名而作。但看其文辞,俊雅别致,比之于干宝,时有优之,不是文章高手很难做到。这个故事就可以为证。初看前面两段,会觉得又是《桃花源记》一类的故事。但读到一半,就发现不一样了。它的出彩处,全在后面。

一般的入山遇仙的故事,总是写入山的人离开山中之后,再也找不到这个地方了,也就完结了。但这个故事的特别之处就是它并不这样简单处理。袁柏和根硕二人因为想家而悄悄离开,结果被二女觉察后又追了回来。但追他们回来,并不是不让他们走,而是给了根硕一样东西——戴在手腕上的香囊。通常我们会觉得,这只是纪念物而已,或者,是什么法器之类的东西。但女子嘱咐他不要打开,这就留了个悬念。当然我们知道它一定会被打开的。只是比较让人意外的是,打开它的并不是根硕本人,而是他的家人。写打开腕囊这个场面写得很美,说它像莲花一样,一层层的,有五层,最后里面出来一个小青鸟,飞走了。

我们知道,在古人的诗文中,青鸟是传递情书的,是情鸟。所以当这个场景发生的时候,我们会觉得这是写情之所寄啊。那当初女子为什么嘱咐他不要打开呢?因为俗世人情与世外之情,是不能并存的。根硕的怅然,大概也是为此吧。当然最后的结局出人意料,它不是写根硕又重新入山寻那女子,而是写他在田中干活期间,只剩下一个躯壳,就像蝉蜕。这就特别有意思,不是说魂走了,身体还在,而说蝉蜕下了壳,他像个再生之人那样走了。他蜕掉的,其实是俗世的情结。

丁令威　陶渊明

丁令威，本辽东人，学道于灵虚山，后化鹤归辽。辽东城门有华表①柱，忽有一白鹤集柱头。时有少年举弓欲射之，鹤乃飞，徘徊空中而言曰："有鸟有鸟丁令威，去家千年今始归。城郭如故人民非，何不学仙冢垒垒？"遂高上冲天。后人于华表柱立二鹤，至此始矣。今辽东诸丁②，云其先世有升仙者，不知名字。

《搜神后记》

【注释】

①华表：指古代宫殿、陵墓等大型建筑物前面做装饰用的巨大石柱，是中国一种传统的建筑形式。相传华表是部落时代的一种图腾标志，古称"恒表"，以一种"望柱"的形式出现。

②辽东诸丁：辽东地区的那些丁姓氏族。

【赏读】

传为道家浮丘公著的《相鹤经》里是这样介绍鹤的："鹤，阳鸟也，而游于阴。因金气，乘火精以自养。金数九，火数七，故鹤七年一小变，十六年一大变，百六十年变止，千六百年形定。体尚洁，故其色白。声闻天，故其头赤。食于水，故其喙长。栖于陆，故其足高。翔于云,故毛丰而肉疏。大喉以吐,修颈以纳新,故寿不可量。行必依洲渚,止不集林木。盖羽族之宗长,仙家之骐骥也。鹤之上相:隆鼻短口则少眠,高脚疏节则多力,露眼赤睛则视远,凤翼雀毛则喜飞,龟背鳖腹则能产,轻前重后则善舞,洪髀纤趾则能行。"

所以鹤俗称仙鹤,是道家仙鸟,象征着长寿吉祥。很多成仙的故事都跟道家有关,《丁令威》这一则也不例外。实际上"丁令威"的发音,很可能就得自鹤鸣。通过把丁令威描述为修道成仙、历千年而犹在、化为仙鹤,来点醒大家不要贪恋世俗,要好好修道以长生成仙,这样也就达到道家的宣传目的了。

尽管说者目的明确,但这个小故事讲得还是蛮成功的,因为它不是简单的说教,而是短而不失曲折。仙鹤一出现,就落在华表上,这个出场就是要给人以不同凡响的感觉。然后写少年要射鹤,其实是想暗示世人道心已失,连仙鹤这样的吉祥之鸟也有人敢射。接下来就是这只鹤来宣道了,关键词是"千年"、"如故"、"学仙",学道能否成仙还不好说,但至少可以长生不老吧?如果讲到这里还有人不信呢?作者又补了"现实"一笔,说是现在辽东丁姓人家还都知道祖上有人得道成仙呢,只是不知道叫什么名字而已。

天台仙缘 刘义庆①

汉明帝永平五年,剡县刘晨、阮肇,共入天台山取谷皮。迷不得返。经十三日,粮食乏尽,饥馁殆死。遥望山上有一桃树,大有子实,而绝岩邃涧,永无登路。攀援藤葛,乃得至上。各啖数枚,而饥止体充。

复下山,持杯取水,欲盥漱。见芜菁叶从山腹流出,甚鲜新。复一杯流出,有胡麻②饭糁。相谓曰:"此必去人径不远。"便共没水③,逆流行二三里,得度山。出一大溪,溪边有二女子,姿质妙绝。见二人持杯出,便笑曰:"刘、阮二郎捉向所失流杯来。"晨、肇既不识之,缘二女便呼其姓,如似有旧,乃相见忻喜。而悉问:"来何晚邪?"因邀还家。

其家铜瓦屋,南壁及东壁下各有一大床,皆施绛罗帐,帐角悬铃,金银交错。床头各有十侍婢,敕云:"刘、阮二郎,经涉山岨④,向虽得琼实⑤,犹尚虚弊⑥,可速作食。"食胡麻饭、山羊脯、牛肉,甚甘美。食毕行酒。有一群女来,各持五三桃子,笑而言:"贺汝婿来。"酒酣作乐,刘、阮欣怖交并。至暮,令各就一帐宿,女往就之,言声清婉,令人忘忧。

十日后,欲求还去。女云:"君已来是,宿福所牵,何复欲还邪?"遂停半年。气候草木,是春时,百鸟啼鸣,更怀悲思,求归甚苦。女曰："罪牵君，当可如何？"遂呼前来女子，有三四十人，集会奏乐，共送刘、阮，指示还路。

既出，亲旧零落，邑屋改异，无复相识。问讯得七世孙，传闻上世入山，迷不得归。至晋太元八年，忽复去，不知何所。

《幽明录》

【注释】

①刘义庆（403～444）：彭城（今江苏徐州）人，刘宋宗室，武帝刘裕之侄，袭临川王。任官各地清正有绩，后因疾病还京师。曾集士人作《世说新语》、《幽明录》、《宣验记》等书。《幽明录》之名取义于《周易·系辞》："是故知幽明之故。"幽明，有形无形之象。

②胡麻：芝麻。

③没水：投身入水。

④岨（jū）：古同"砠"，本义为路途上的山石障碍。

⑤琼实：仙果的别称。南朝梁沈约《绣像赞》："水耀金沙，树罗琼实。"隋卢思道《神仙篇》："玉英持作宝，琼实采成蹊。"

⑥虚弊：饥饿。

【赏读】

这是关于刘晨、阮肇的传说，有意思之处并不在于他们去的地方是不是仙境，以及那里有多么美好，而在于他们在那样美好的地方，为什么还是想着要回家？

在关于神仙之境的多数传说中，我们所能知道的信息是相似的，反正一切都是美好的，有很多人间未见的好东西，人在那里什么都不用担忧，人的生命可以无限延长，气候四时如春，生活所需应有尽有，永无饥荒之时，还有如花美眷相伴……但是，刘、阮二人先后两次提出要回去。

他们两个其实都是常人，在山里迷失了路径。在粮尽之后，意外吃到了仙桃，延续了生命，又在逆流而上的过程中发现了这个人间仙境。然后一切就像传说中的那样都很美好了。就是在这样的情况下，他们想离开。

这是一种特别耐人寻味的心理状态。似乎在有限与无限之间，作为常人的刘、阮二人，更愿意选择前者，在有限的时间与空间里，做一个生命有限的人，而不是去做一个活在无限里的与世无关的人。或许更是因为，在他们的心里，会觉得无限这事特别不真实，像在做梦，自己抛弃家人来享受这样的神仙生活，是不合情理的。

拿这个故事与早于它的陶渊明的《桃花源记》相比较，就会发现，在叙事上，它基本上承袭了后者的模式——入山、迷路、发现、回来。所不同之处在于，《桃花源记》写的是世外之境，仍旧是人境，而这个故事写的是仙境；结局设置也不一样，武陵的那位渔民尽管在离开时一路精心留下记号，最后还是再也找不到桃花源，而这个故事的结局是人世与仙境之间的那种巨大的时空变换，仙境大半年，人间已七世，所谓的故园家人早已不复存在。从这个意义上说，《桃花源记》要表达的是乱世难寻世外桃源，是求之不得；而刘、阮的故事要传达的则是要入仙境，只能断了俗世之念，不断也不行。

贯月查 王嘉[①]

尧登位三十年,有巨查[②]浮于西海,查上有光,夜明昼灭。海人望其光,乍大乍小,若星月之出入矣。查常浮绕四海,十二年一周天,周而复始,名曰"贯月查",亦谓"挂星查"。羽人栖息其上,群仙含露以漱,日月之光则如暝矣。虞、夏之季[③],不复记其出没,游海之人,犹传其神伟也。

《拾遗记》

【注释】

①王嘉:生卒不详。字子年,陇西安阳(在今甘肃渭源)人。不食五谷,清虚服气,穴居东阳谷,弟子受业者数百人。后赵石虎末期到长安,隐居终南山、倒兽山。前秦苻坚累征皆拒,后秦姚苌入主长安,颇为礼待王嘉。姚苌欲杀秦主苻登以定天下,问王嘉计,因为不合苌心意而被杀。著《拾遗记》,又题《拾遗录》、《王子年拾遗录》,十卷。

②巨查:大木筏。

③虞、夏之季:有虞氏之世和夏代。

【赏读】

这个小故事最有意思的地方,在于它用动态的描述营造了某种时光凝固的氛围。开篇头一句,写尧在位第三十年时,有大木筏浮在海上。后写出海的人看到它上面有光,夜间明亮,白天熄灭,而且这光还忽大忽小,像有星月出入其间,让读者身临其境,会生发非常好奇的心思和想象。

随后,概述了一种规律性状态,这个大木筏"十二年一周天",就是12年可以绕天1周,听起来有点像今天的星际飞船的感觉了,所以名字也跟星月有关,名为"贯月"或"挂星"。通过这样的写法,把之前的现场视角转换为一种很宽阔的宏观视角。

接下来,场景转到了这大木筏上,上面有"羽人",也就是羽化升仙的人。这里有一个细节非常出彩,这些人用露珠漱口的时候,日月的光芒都会暗淡。"群仙含露以漱,日月之光则如暝矣",写得非常奇妙,是一种从细微处忽然转接上宏大的效果,仙人们含漱露珠,竟会引发日月无光,这是很难想象的。他们究竟用了什么样的法力,那些露珠到底来自何处,为何含漱它们就能让日月暗淡无光呢?给读者留下了无尽的想象空间。

最后的结局更进一步强化了这种神奇的感觉,说是后来到了舜、禹交替之际,就没有这方面的记载了。也就是说再也没有人看到这种现象了,留下的只有传说。整个故事一点多余的夸张解释都没有,像一个超短片,镜头从微观到宏观,几经转换,读起来特别有味道。时间跨度很大,但你不会有时间流动的感觉,仿佛只是一个充满了玄幻感的亮点,出现然后消失,留下耐人寻味的宁静。

杨 宝 吴均①

弘农杨宝,字文渊,后汉名士也,性慈爱。年九岁时,至华阴②北。见一黄雀,为鸱枭③所搏,坠于树下,伤瘢甚多,宛转复为蝼蚁所困。宝见之悯然,命左右怀之以归,置诸梁上。夜闻啼声甚切,亲自照视,为蚊所啮,乃移置巾箱④中,啖以黄花。逮百余日,毛羽成,放之飞翔。朝去暮还来,宿巾箱中。如此积年。忽与群雀俱来,哀鸣绕堂,数日乃去。

是夕,宝三更读书,未卧。有黄衣童子,向宝拜,曰:"我王母使者。昔使蓬莱,不慎为鸱枭所搏,蒙君之仁爱见救,实感成济。今当受使南海,不得奉侍,极以悲伤。"别,以四玉环与之,曰:"令君子孙洁白,且位登三公,事如此环矣。"于此遂绝。

宝之孝大闻天下,名位日隆。子震,震生秉,秉生赐,赐生彪,四世名公,为东京盛族。及震葬时,有大鸟降,人皆谓真孝招也。

《续齐谐记》

【注释】

①吴均(469~520):字叔庠,吴兴故鄣(今浙江安吉西北)人。出身贫寒,好学才俊,为沈约所欣赏。尝因私撰《齐春秋》有

不实处而被免官,后奉命撰《通史》,未成而卒。《隋书·经籍志》杂传类著录《续齐谐记》一卷,吴均撰。

②华阴:位于关中平原东部,秦晋豫三省结合部,华山所在地。

③鸱枭(chī xiāo):即猫头鹰。

④巾箱:放头巾的小箱子。原指小开本的书。

【赏读】

　　这个劝善的故事其实可以从最后一段讲起。在杨震的葬礼上,忽然有大鸟降落。这样的场面更让人津津乐道。因为大鸟降临,在当时人眼中,显然是代表着杨家的吉兆和福报。这样的福报,自然是有来路的。于是再从老一辈杨宝的慈爱积德说开去。用今天的话说,就是杨宝这人特别有爱心,不仅对人如此,对其他生灵也是如此,是一种博爱。杨宝救黄雀的故事,应是有事实的,而非演义。这一段写得也很生动,先是救了被鸱枭伤了且受困于蝼蚁的黄雀,把它带回家后,悉心照料,直到它恢复正常,待了一年多才离去。等到写黄雀变成黄衣童子,来向杨宝道别并坦白身份时,这故事才进入了演义的状态,其实也就是为了点明好人终有好报的道理。

赵文韶 吴均

会稽赵文韶,为东宫扶侍①,廨②在清溪中桥,与尚书王叔卿家隔一巷,相去二百步许。秋夜嘉月,怅然思归,倚门唱《西乌夜飞》,其声甚哀怨。忽有青衣婢,年十五六,前曰:"王家娘子白扶侍,闻君歌声,有门人,逐月游戏,遣相闻耳。"时未息,文韶不之疑,委曲答之,亟邀相过。

须臾女到,年十八九,行步容色可怜,犹将两婢自随。问:"家在何处?"举手指王尚书宅,曰:"是闻君歌声,故来相诣,岂能为一曲邪?"文韶即为歌《草生盘石下》,音韵清畅,又深会女心。乃曰:"但令有瓶,何患不得水?"顾谓婢子:"还取箜篌③,为扶侍鼓之。"须臾至,女为酌两三弹,泠泠④更增楚绝。乃令婢子歌《繁霜》,自解裙带系箜篌腰,叩之以倚歌。歌曰:"日暮风吹,叶落依枝。丹心寸意,愁君未知。歌繁霜,繁霜侵晓幕,何意空相守,坐待繁霜落。"歌阕夜已久,遂相仴燕寝⑤。竟四更别去。脱金簪以赠文韶,文韶亦答以银碗及琉璃匕各一枚。

既明,文韶出,偶至清溪庙歌,神坐上见碗,甚疑而委悉之,屏风后则琉璃匕在焉,箜篌带缚如故。祠庙中惟女姑神像,青衣婢立在前。细视之,皆夜所见者,于是遂绝,当宋元嘉五年也。

《续齐谐记》

【注释】

①扶侍：服侍太子的小官。

②廨（xiè）：旧时官吏办公的地方。

③箜篌（kōng hóu）：一种拨弦乐器。南北朝时经西域传入中原。

④泠（líng）泠：声音清越。这里形容琴声。

⑤燕寝：住处，卧室。

【赏读】

知音难遇。赵文韶夜歌，是思乡，也是孤独惆怅，以歌寄怀，不曾想却能得遇佳人。《西乌夜飞》是南朝宋时之歌，意在思乡。此时赵文韶身在京城，远离故土，应是孤身一人，所以才会唱起这首歌来。随后他又应邀唱了《草生盘石下》，虽然不知道歌词是什么，但至少从标题看，可以理解为文韶的抑郁不得志，也可以理解为不自弃的顽强生命力。而那女子通音律，亦能歌，会箜篌，叩箜篌而声透肺腑。一番以歌应和之后，两个人一夕定情，让人有种近乎完美的感觉。

然而真正让人意外的，是最后的结局，赵文韶在如沐春风的幸福之夜过后，出去闲逛，在一个庙里惊讶地看到了那个女子的神像，彼此交换的信物也都在那里摆放着。他才知道那女子根本不是王家小姐，而是女姑神。更让人想不到的是，他竟就此气绝身亡。生而何欢，死而何怨？一切不过是转瞬之间的事。另外，赵文韶的名字，其实很容易让人联想到孔子的"闻韶，三月不知肉味"。似乎也暗示着他听到了韶乐一般的美好之曲，会影响到他的命运。

如 愿 _{佚名}

　　昔庐陵①邑子欧明者，从客过。道经彭泽湖②，每过，辄以舡中所有多少投湖中，云以为礼。积数年后复过，忽见湖中有大道，道上多风尘，有数吏，着单衣，乘车马来候，云是青洪君使，要明过。明知是神，然不敢不往。吏车载明，须臾达，见有府舍，门下吏卒。明甚怖，问吏，恐不得还。吏曰："无可怖。青洪君以君前后有礼，故要君。必有重送君者，皆勿收，独求如愿尔。"

　　去，果以缯帛③送。明辞之，乃求如愿。神大怪明知之，意甚惜。不得已，呼如愿，使随明去。如愿者，青洪君侍婢也，常使之取物。青洪君语明曰："君领取至家，如要物，但就如愿，所须皆得。"

　　明将如愿归，所欲辄得之，数年大成富人。意渐骄盈，不复爱如愿。岁朝，鸡初鸣，呼如愿，如愿不即起。明大怒，欲捶之。如愿乃走。明逐之于粪上。粪上有昨日故岁扫除聚薪，足以偃人，如愿乃于此逃得去。明不知，谓逃在积薪粪中，乃以杖捶粪使出。久无出者，乃知不能得，因曰："汝但使我富，不复捶汝。"今世人岁朝鸡鸣时，辄往捶粪，云使人富也。

《录异传》④

【注释】

①庐陵：即今江西吉安。

②彭泽湖：位于江西九江境内。

③缯（zēng）帛：缯，丝织品的统称。帛，最好的丝织布条。

④《录异传》：又作《录异记》，作者不详，佚文散见《北堂书钞》、《艺文类聚》、《初学记》、《太平广记》、《太平御览》等，鲁迅《古小说钩沉》辑二十七条。

【赏读】

　　一个原本懂礼的人，怎么会变成贪婪忘义、穷凶极恶之徒呢？这是个古往今来从未消失的问题。当初欧明过彭泽湖时，每每将物品投入湖中，以示礼待湖神，其实是想要个平安而已，当然也不失为有礼。但从他见青洪君的表现来看，也并没有坦荡荡的君子风度。得了青洪君的侍婢如愿，果然有愿皆偿成了大富人之后，他日益膨胀骄纵，竟连有恩于他的如愿也不爱了。不但不爱，稍不听从，就要捶之。最后的那个场景实在是荒唐可笑至极，欧明在堆满了柴草的粪堆上用木棒捶打如愿，要逼她出来，那样子简直就像个疯子，丑态百出。从最初那个貌似懂礼的人，堕落成这样一个忘恩负义的小人，这个故事写得真是深刻入骨。而且结尾一句又出乎人的意料，捶粪竟然也能在后来变成了风俗！只是为了发财，图个吉利。果然是视金钱为粪土啊。看来所谓风俗，在功利之时代，实则是世风庸俗趋利而已。

子卿花神 佚名

宋刘子卿，徐州人也。居庐山虎溪。少好学，笃志无倦。常慕幽闲，以为养性。恒爱花种树，其江南花木，溪庭无不植者。

文帝元嘉三年①春，临玩之际，忽见双蝶，五彩分明，来游花上，其大如燕。一日中，或三四往复。子卿亦讶其大。凡旬有三日，月朗风清。歌吟之际，忽闻扣扃，有女子语笑之音。子卿异之，谓左右曰："我居此溪五岁，人尚无能知，何有女子而诣我乎？此必有异。"乃出户，见二女，各十六七，衣服霞焕，容止甚都②。谓子卿曰："君常怪花间之物。感君之爱，故来相诣，未度君子心若何？"子卿延之坐，谓二女曰："居止僻陋，无酒叙情，有惭于此。"一女曰："此来之意，岂求酒耶？况山月已斜，夜将垂晓，君子岂有意乎？"子卿曰："鄙夫唯有茅斋，愿申缱绻。"二女东向坐者笑谓西坐者曰："今宵让姊，余夜可知。"因起，送子卿之室。入谓子卿曰："郎闭户双栖，同衾并枕。来夜之欢，愿同今夕。"

及晓，女乃请去。子卿曰："幸遂缱绻，复更来乎？一夕之欢，反生深恨。"女抚子卿背曰："且女妹之期，后即次我。"将出户，女曰："心存意在，特望不忧。"出户，不知踪迹。

是夕二女又至，宴好如前。姊谓妹曰："我且去矣。昨认之欢，今留与汝。汝勿贪多误，少惑刘郎。"言讫大笑，乘风而去。于是同寝。卿问女曰："我知卿二人非人间之有，愿知之。"女曰："但得佳妻，何劳执问？"乃抚子卿曰："郎但申情爱，莫问闲事。"临晓将去，谓卿曰："我姊妹实非人间之人，亦非山精物魅，若说于郎，郎必异传，故不欲取笑于人世。今者与郎契合，亦是因缘，慎迹藏心，无使人晓。即姐妹每旬更至，以慰郎心。"乃去。常十日一至，如是数年会合。后子卿遇乱归乡，二女遂绝。

庐山有康王庙[3]，去所居二十里余。子卿一日访之，见庙中泥塑二女神，并壁画二侍者，容貌依稀，有如前遇，疑此是之。

《八朝穷怪录》[4]

【注释】

①文帝元嘉三年：公元426年。文帝，指南朝宋皇帝刘义隆。元嘉为其在位期间年号。

②容止甚都：仪容举止很美。

③康王庙：周康王或楚康王之庙，在康王谷中。

④《八朝穷怪录》：又称《穷怪录》，作者不详，唯见《太平广记》等书引录。

【赏读】

看到那两只巨大的蝴蝶出现，熟悉志怪故事的读者就会想，大概又会变成精吧。待那姐妹俩在笑语声中出场，这个判断就会被确定无疑。但实际上她们对子卿说："君常怪花间之物。感君之爱，故来相诣……"也只是说，看你那么好奇花间的大蝴蝶，平日里对花木又是那么有心,就来拜访你了。说得其实很含糊,并没有说我们姐妹是蝴蝶变的。而到结尾处,写子卿在庐山康王庙里,看到了两位女神塑像,还有壁画里的两个侍女,感觉跟他遇到的那两位姑娘很像。但,也只是"有如前遇,疑此是之",仍旧不是很确定,只能算疑似。这个故事跟其他志怪故事不大一样之处,也在于此,就是保持着那种不确定性。她们究竟是仙,还是蝴蝶精?或者是蝴蝶修炼成仙?似乎都有可能。

这样一个书生与蝶精或蝶仙相恋的故事,在写到他们欢会之时,用的却是非常直白甚至有些粗俗的写法。两位不知道从哪里来的姑娘,跟刘子卿这个书呆子一拍即合。最初刘子卿还装模作样地说可惜没酒啊,可是姑娘们说来你这里怎么可能是为了喝酒啊?直奔主题,让人读到这里不禁哑然失笑。但写到早上起来,刘子卿有些恍然难舍的时候,"女抚子卿背曰:'且女妹之期,后即次我。'将出户,女曰:'心存意在,特望不忧。'"忽然从平直变得很细腻,又让人不免为之心动。读罢想想,书呆子跟神仙,都是世间罕有之物,似乎不呆不痴迷于书者,也难有通神之时,是梦是幻,姑且听之。

刃服雷神 裴铏[①]

唐元和[②]中，有陈鸾凤者，海康人也。负气义，不畏鬼神，乡党咸呼为"后来周处[③]"。

海康者，有雷公庙，邑人虔洁祭祀，祷祝既淫，妖妄亦作。邑人每岁闻新雷日，记某甲子，一旬，复值斯日，百工不敢动作，犯者不信宿必震死，其应如响。

时海康大旱，邑人祷而无应，鸾凤大怒曰："我之乡，乃雷乡也。为神不福，况受人奠酹如斯；稼穑既焦，陂池已涸，牲牢飨尽，焉用庙？"遂秉炬爇之。其风俗，不得以黄鱼彘肉相和食，食之亦必震死。是日，鸾凤持竹炭刀，于野田中以所忌物相和啖之，将有所伺。果怪云生，恶风起，迅雷急雨震之。鸾凤乃以刃上挥，果中雷左股而断。雷堕地，状类熊、猪，毛角，肉翼青色，手执短柄刚石斧，流血注然，云雨尽灭。鸾凤知雷无神，遂驰赴家，告其血属曰："吾断雷之股矣，请观之。"

亲爱愕骇，共往视之，果见雷折股而已，又持刀欲断其颈，啗其肉，为群众共执之，曰："霆是天上灵物，尔为下界庸人，辄害雷公，必我一乡受祸。"众捉衣袂，使鸾凤奋击不得。

逡巡，复有云雷，裹其伤者，和断股而去。沛然云雨，自午及酉，涸苗皆立矣。遂被长幼共斥之，不许还舍。于是持刀行二十里,诣舅兄家。及夜,又遭霆震,天火焚其室。复持刀立于庭,雷终不能害。旋有人告其舅兄向来事,又为逐出。复往僧室,亦为霆震,焚爇如前。知无容身处,乃夜秉炬,入于乳穴嵌空之处,后雷不复能震矣。三暝④,然后返舍。

自后海康每有旱,邑人即醵金与鸾凤,请依前调二物食之,持刀如前,皆有云雨滂沱,终不能震。如此二十余年,俗号鸾凤为雨师。

至大和⑤中,刺史林绪知其事,召至州,诘其端倪。鸾凤云:"少壮之时,心如铁石,鬼神雷电,视之若无当者。愿杀一身,请苏万姓⑥,即上玄⑦焉能使雷鬼敢骋其凶臆也!"遂献其刀与绪,厚酬其值。

《裴铏传奇》

【注释】

①裴铏(xíng):生平不详,约唐懿宗咸通初在世。咸通九年(868)为静海军节度使高骈掌书记,加侍御史内供奉。唐僖宗乾符五年(878)以御史大夫为成都节度副使,作《文翁石室诗》。著有《传奇》三卷。原书久佚,仅《太平广记》录其四则。

②元和:唐宪宗年号,公元806~820年。

③周处:晋人,曾以除三害而成名士。

④三暝:三夜。

⑤大和:唐文宗年号,公元827~835年。

⑥请苏万姓:希望拯救万千百姓。

⑦上玄:上天。

【赏读】

陈鸾凤这个猛人，竟然连雷神都不怕，不信邪，还敢用刀砍断雷神的大腿，这实在是让人想都无法想的事。可是如此荒诞不经的事，作者又是如何写得让人觉得很有意思呢？凭他创造的那些细节。

比如说写陈鸾凤挥刀砍断雷神左大腿，这个细节本身就让人惊诧，但更令人惊诧之处还在后面，雷神坠到了地上的细节——竟然体态像熊或者猪，还有毛角、青色的肉翼，而且流了很多血，这证明了什么呢？——雷神并不是神！总之，这是个很不可思议的奇思妙想。

更有意思的是，陈鸾凤带着大家去看现场时，竟还想结果了雷神，吃他的肉。可是大家都反对他这样做，任凭受伤的雷神被同伙救走，还把陈鸾凤赶了出去。这段矛盾情节，设置得很到位。因为这样一写，就能突显出陈鸾凤猛与执着并存的特征。至于他成为让雷神敬畏之人，则是自然而然的结果了。

画　壁　蒲松龄[①]

　　江西孟龙潭与朱孝廉[②]客都中，偶涉一兰若[③]，殿宇禅舍，俱不甚弘敞，惟一老僧挂褡[④]其中。见客入，肃衣出迓，导与随喜[⑤]。殿中塑志公[⑥]像，两壁画绘精妙，人物如生。东壁画散花天女，内一垂髫[⑦]者，拈花微笑，樱唇欲动，眼波将流。
　　朱注目久，不觉神摇意夺，恍然凝思；身忽飘飘如驾云雾，已到壁上。见殿阁重重，非复人世。一老僧说法座上，偏袒[⑧]绕视者甚众，朱亦杂立其中。少间，似有人暗牵其裾。回顾，则垂髫儿冁然[⑨]竟去，履即从之，过曲栏，入一小舍，朱次且不敢前。女回首，摇手中花遥遥作招状，乃趋之。舍内寂无人，遽拥之亦不甚拒，遂与狎好。既而闭户去，嘱勿咳。夜乃复至。
　　如此二日，女伴共觉之，共搜得生，戏谓女曰："腹内小郎已许大，尚发蓬蓬学处子耶？"共捧簪珥促令上鬟。女含羞不语。一女曰："妹妹姊姊，吾等勿久住，恐人不欢。"群笑而去。生视女，髻云高簇，鬟凤低垂，比垂髫时尤艳绝也。四顾无人，渐入猥亵，兰麝熏心，乐方未艾。
　　忽闻吉莫靴[⑩]铿铿甚厉，缧锁锵然，旋有纷嚣腾辨之声。女惊起，与朱窃窥，则见一金甲使者，黑面如漆，绾锁挈槌，众女环绕之。使者曰："全未？"答言："已全。"使者曰："如有藏匿下界人即共出首,勿贻伊戚⑪。"又同声言:"无。"使者反身鹗顾,似将搜匿。女大惧,面如死灰,张皇谓朱曰:"可急匿榻下。"乃启壁上小扉,猝遁去。朱伏不敢少息。俄闻靴声至房内,复出。未几烦喧渐远,心稍安;然户外辄有往来语论者。朱跼蹐⑫既久,觉耳际蝉鸣,目中火出,景状殆不可忍,惟静听以待女归,竟不复忆身之何自来也。

时孟龙潭在殿中,转瞬不见朱,疑以问僧。僧笑曰:"往听说法去矣。"问:"何处?"曰:"不远。"少时以指弹壁而呼曰:"朱檀越!何久游不归?"旋见壁间画有朱像,倾耳伫立,若有听察。僧又呼曰:"游侣久待矣!"遂飘忽自壁而下,灰心木立,目瞪足软。孟大骇,从容问之。盖方伏榻下,闻叩声如雷,故出房窥听也。共视拈花人,螺髻翘然,不复垂髫矣。朱惊拜老僧而问其故。僧笑曰:"幻由人生,贫道何能解!"朱气结而不扬,孟心骇叹而无主。即起,历阶而出。

异史氏曰:"'幻由人生',此言类有道者。人有淫心,是生亵境;人有亵心,是生怖境。菩萨点化愚蒙,千幻并作,皆人心所自动耳。老婆心切⑬,惜不闻其言下大悟,披发入山也。"

《聊斋志异》

【注释】

①蒲松龄(1640~1715):字留仙,一字剑臣,别号柳泉居士,世称聊斋先生,自称异史氏,淄川(今山东淄博市淄川区洪山镇蒲家庄)人。著《聊斋志异》,全书近五百篇,被誉为我国古代文言短篇小说中成就最高的作品集。鲁迅在《中国小说史略》中说此书是"专集之最有名者"。

②孝廉：这里指举人。孝廉为汉代选官科目，孝子、廉洁之人，郡国推举、朝廷任用。明清科举，举人由乡试产生，与汉时举孝廉程序近似，因此称举人为孝廉。

③兰若：寺庙。

④挂褡：挂单，指行脚僧暂时寄宿。

⑤肃衣出迓：整理衣服出迎。随喜：佛家语。指随己所喜做善事布施，游览寺庙也称随喜。

⑥志公：南朝名僧保志。

⑦垂髫：古时十五岁以下不束发，因此垂髫是指未成年的少男少女。

⑧偏袒：和尚身穿袈裟，裸露右肩。

⑨辴（chǎn）然：大笑的样子。

⑩吉莫靴：皮革的靴子。

⑪勿贻伊戚：不要自招罪罚。

⑫踾踏（jí）：畏缩害怕而蜷曲。踾，屈曲。踏，双脚相叠。

⑬老婆心切：教诲人很急切。佛家称教诲修行者不怕絮叨如老婆，含有慈悲之意。

【赏读】

何为真，何为幻？对于佛家而言，一切皆是虚幻，正如《金刚经》里所言："一切有为法，如梦幻泡影，如露亦如电，应作如是观。"而对于执迷于相者，则是无相不真，无相不实。总是在一种自以为真实的处境中，陷入更大的执着妄念。世中人，画中人，本来是两不相干的存在。他们又是如何发生关系呢？想来也只有在幻想之中。可是谁又能想得到，这样的故事会发生在寺庙里呢？但是当人心浮动、欲念泛滥的时候，任何地方都有可能变成释放的场所。

这篇《画壁》写得特别富有想象力，而且深含禅意。但这个禅意,又并不是那种庸俗时尚的、容易流于口头的装饰性"禅意"。朱生看到壁画中的仙女,即心生妄念,而这妄念一生,就让他入了画壁,仙境也成了人境,禅境也成了俗境。美色迷心之下,哪里还管得了什么天上人间,什么人仙殊途,什么佛法修行,他一门心思想要的只是肉体凡胎间的欢会畅意之事。明知是越界逾规的,也全不在意了,所谓色胆包天,是此谓也。所以人世间的欲望之事难以看破,也在于此。人由妄念而入画壁中会美人很难吗?相形之下,看破欲望丛生中的执念才是真正无比艰难的事。

蒲留仙的写法,也是很有讲究的。那朱生入得画壁之境,其实也是一心的惊诧疑惑,所以即使与仙女欢好,他心里也是将信将疑,不时要观察确认,唯恐是自己妄想出来的或者说只是个梦。欢会之后,仙女的姐妹们来玩笑,金甲使者来检查,这样的事情都是在把朱生拉入到一种"实境"里,以至于他最后都忘了自己是从哪里来的了。最见精彩之处,是倒数第二段,之前朱生在画壁世界里的香艳经历,从现实的角度看,在画壁上有什么样的呈现呢?没想到他也只是伫立在画中,仿佛在听高僧说法,跟那些欲念之事全无干系。这种对比是很有意思的。说到底,妄念是无形的,人在妄念深处,即使说修行,也终不过是一种姿态而已,哪里有半点开悟的可能呢?等到被旁观者一言唤醒,出离了妄念弥漫的画境,回归人境,却又看到那散花仙女的样子已由少女的发式换成了已婚女子的了。奇也不奇?真也幻也?其实,仍旧还在妄念中而已。

卷二

物化有情

勒毕国 郭宪

元封五年，勒毕国贡细鸟，以方尺之玉笼盛数百头，形大如蝇，状似鹦鹉，声闻数里之间，如黄鹄①之音也。国人常以此鸟候时②，亦名曰候日虫。帝置之于宫内，旬日而飞尽。帝惜，求之不复得。

明年，见细鸟集于帷幕，或入衣袖，因名蝉衣鸟。宫内嫔妃皆悦之，有鸟集其衣者，辄蒙爱幸。至武帝末，稍稍自死③，人犹爱其皮。服其皮者，多为丈夫所媚。王莽末，犹有一两个去来，莽罗得之。

勒毕国人，长三寸，有翼，善言语戏笑，因名善语国。常群飞往日下自曝，身热乃归。饮丹露为浆。丹露者，日初出，有露汁如朱④也。

《洞冥记》

【注释】

①黄鹄：黄鹤。

②候时：觇验时令。古人常以鸟虫的活动变化觇时。与下文"候日"同义。

③稍稍自死：渐渐地都死了。

④朱：朱砂。

【赏读】

　　这一篇特别有意思的地方，在于它先讲细鸟的故事。细鸟是一种非常特别的鸟，它的特别之处不只在于它只有苍蝇那么大，长得像鹦鹉，声音像黄鹄一样可以传出方圆几里远，还在于它有灵性。估计这种细鸟叫的时候，常常跟午时之类的时辰明显相对应，因此它还叫候日虫。这样的奇鸟，对于现在人来说，是很难想象的。勒毕国把它们献给了汉武帝，汉武帝把它们放在宫里，结果没多久都飞走了。汉武帝觉得很可惜，但怎么也找不到了。没想到第二年它们又飞了回来。

　　它们喜欢落在帷幕上，也喜欢钻到衣袖里，宫里那些嫔妃都喜欢它们，因为细鸟要是落在谁的衣衫上，谁就会被武帝宠爱临幸。在汉武帝看来，这是种奇鸟，它愿意落在谁的衣衫上，谁当然就有与众不同的气息，所以汉武帝虽然不能左右它们，但至少可以左右它们感兴趣的衣衫的主人。

　　汉武帝为什么不把它们关到笼子里呢？难道就不怕它们再次飞走，永远不回来了吗？如汉武帝这样霸道、好斗、六亲不认的帝王，也有宽容的一面？或许对于他来说，天下都是他的，无论细鸟飞到哪里，都是在他的土地上，他干吗要把它们关到笼子里呢？

　　这种细鸟是一种吉祥鸟、幸运鸟，也正因如此，到王莽篡位当权末期之时，这种鸟基本上所剩无几了。这一方面是在暗示汉朝国运已衰竭；另一方面，也说明王莽的政权不会长久。

　　这个故事直到最后一段，才说到了细鸟所来的那个勒毕国。原来这个国家的人，才是真正奇特的。按文中的描述，很容易让人想到后来传说中的小人国，因为勒毕国人才三寸高。可是勒毕国人还有翅膀，有点像天使的感觉了。只有在这样一个神奇的国度里，才会有细鸟这种可爱而又奇妙的品种吧。可是这个勒毕国究竟在哪里呢？真的存在过吗？或许只有那些细鸟才会知道吧。

张奋宅 曹丕①

　　魏郡②张奋者，家巨富。后暴衰，遂卖宅与黎阳③程家。程入居，死病相继；转卖与邺人何文。文日暮乃持刀，上北堂中梁上坐。至二更竟，忽见一人，长丈余，高冠黄衣，升堂呼问："细腰，舍中何以有生人气也？"答曰："无之。"须臾，复有一人，高冠青衣，次之，又有高冠白衣者，问答并如前。

　　及将曙，文乃下堂中，如向法呼细腰，问曰："黄衣者谁也？"曰："金也，在堂西壁下。""青衣者谁也？"曰："钱也，在堂前井西五步。""白衣者谁也？"曰："银也，在墙东北角柱下。""汝谁也？"曰："我杵也，在灶下。"及晓，文按次掘之，得金银各五百斤，钱千余万。仍取杵焚之，宅遂清安。

《列异传》

【注释】

　　①曹丕（187～226）：曹魏文帝，字子桓，文学家，沛国谯（今安徽亳州）人，魏武帝曹操与卞夫人的长子，死后葬于首阳陵。《列异传》始录于《隋书·经籍志》史部杂传类，三卷，作者题作曹丕。《旧唐书·经籍志》将此书作者定为张华。原书久佚，鲁迅《古小说钩沉》辑录五十条。

　　②魏郡：汉以来设置于邯郸以南至安阳一带的一个行政区，核

心城是邺城。

③黎阳：即今河南浚县。

【赏读】

能让一巨富人家暴衰，又让后继人家死病不断，得是什么样的鬼怪所为？作者一上来就给读者一个大悬念。直到一个叫何文的有胆魄的人出现，这个悬念才被解开。两个场景，其实就是两场很相似的简单对话，但最初的悬念始终得以保持下来。第一个场景出现三个奇怪的人，问的是同样的问题，即家里为什么会有活人的气息？当然关键是引出了"细腰"这个角色。

让人意想不到的是，接下来的揭秘会是这么简单，何文只是等到天明时如法炮制地问细腰那三个怪人是谁，结果答案竟是黄金、铜钱和白银。更令人没想到的是，何文直截了当地问细腰你是谁，它竟也直接回答了，连自己在哪里都说了出来。何文找到杵就烧了，然后就一宅平安。这么简单的事儿，之前那两户灾难人家怎么没有解决？作者想通过这样的故事表达什么呢？无他，万物皆有灵性，黄金、铜钱、白银也不例外，但人只要有胆魄、心里无鬼，就没有什么可害怕的。

姑获鸟 郭璞[1]

天下有女鸟,名曰姑获。姑获鸟夜飞昼藏,盖鬼神类。衣毛为飞鸟,脱毛为女人。一名为天帝少女,一名夜行游女,一名钩星,一名隐飞。喜以阴雨夜过,飞鸣徘徊入村里,唤得来者是也。是鸟纯雌无雄,不产,阴气毒化生。喜落毛羽于中庭,置人儿衣中,便令儿作痫病,必死,即化为其儿也。今时小儿之衣不欲夜露者,为此物爱以血点其衣为志,即取小儿也。故世人名为鬼鸟,荆州为多。

昔豫章[2]男子,见田中有六七女人,不知是鸟,匍匐往,先得其所解毛衣,取藏之,即往就诸鸟。各走就毛衣,衣之飞去。一鸟独不得去,男子取以为妇。生三女。其母后使女问父,知衣在积稻下,得之,衣之而飞去。后以衣迎三女,三女儿得衣亦飞去。

《玄中记》

【注释】

①郭璞(276~324):字景纯,两晋时著名文学家,河东闻喜(今属山西)人。西晋惠帝末避河东乱过江,为宣城太守殷祐参军,复随迁石头督护。西晋怀帝永嘉初王导佐琅邪王司马睿镇建康,引为参军。后用为佐著作郎,迁尚书郎。太宁二年(324)王敦作乱,让其占卜吉凶,他说"无成",遂被杀。王敦乱平定后,被追赠弘农太守。所著《玄中记》久佚,后

人辑本以鲁迅《古小说钩沉》为多,有七十一条。

②豫章:郡名,汉初置,治所在南昌(今江西南昌)。

【赏读】

  这个故事很有可能就是后来的七仙女与董永传说的源头之一。虽然很短,但读起来,却明显要比七仙女的故事复杂、有趣得多。其复杂与有趣,在于它保持了传说的多元性和不确定性。更为关键的是,它不是从人的理想满足角度来构建的,至少通过这个故事,可以这样认为:人与神界之外的世界虽也会有交集,但终归是异界殊途。

  姑获鸟到底是神是鬼还是怪?作者并不确定,似乎更倾向于认为无须确定,要是确定了也就无以称之为怪了。这种有四个异名的女鸟,其奇处在于它脱下羽毛就能变为女人,穿上羽毛仍旧是鸟。这是个特别能让人有无限想象的特征。它是人、鸟、神、怪、鬼的混合体。

  作者随后写它的危害,能让人的小孩子死去而自己取代之。就在读者觉得后面应是如何对付这种鬼鸟的时候,作者转而又写了另一个故事,这种姑获鸟也并不是总展现出它的伤害性,当那位姓章的男人在不明真相的情况下,像后来的董永那样,在野外把一只姑获鸟的羽衣拿到手中之后,得到了一位姑娘,并且娶其为妻,还生了三个女儿。这样一来就很让人琢磨不透,这种姑获鸟究竟是人性多于鸟性呢,还是此一时也彼一时也?另外更让人疑惑的是,这种会伤害小孩子的女鸟,为何又这样轻易地接受了一个普通人?

  这些疑问没有答案。最后的结局更是让人意外,这位成为了人妻、为人生了孩子的姑获鸟,在重新找到羽衣之后,就毫不犹豫地飞走了。她不但自己飞走,后来携三个女儿一道飞走了。对于有过这样奇遇的章生来说,这样的结局,未免太过残酷。不同的世界,终归是不同的世界。相形之下,后来七仙女与董永的故事已是过度想象,以至于变成了毫无想象空间的俗套故事。而这个故事点到为止的写法,反倒是保留了宽阔的想象余地。

斑狐书生 干宝

张华,字茂先,范阳人也。惠帝时为司空①。于时燕昭王②墓前,有一斑狐,积年能为变幻。乃变作一书生,欲诣张公。过问墓前华表③曰:"以我才貌,可得见张司空否?"华表曰:"子之妙解,无为不可。但张司空智度④,恐难笼络,出必遇辱,殆不得返,非但丧子千岁之质,亦当深误老表。"书生不从,遂诣华。

华见其总角风流,洁白如玉,举动容止,顾盼生姿,雅重之。于是论及文章,辨校声实,华未尝闻此,复商略三史,探赜⑤百家,谈老庄之奥区⑥,被风雅之绝旨,包十圣,贯三才,箴八儒,擿五礼,华无不应声屈滞。乃叹曰:"天下岂有此年少,若非鬼怪,则是狐狸。"书生乃曰:"明公当尊贤容众,嘉善而矜不能,奈何憎人学问!墨子兼爱,其若是耶?"言卒便求退。华已使人防门,不得出。既而又谓华曰:"公门置甲兵栏骑,当是致疑于仆也。将恐天下之人卷舌而不言,智谋之士望门而不进。深为明公惜之。"华不应,而使人防御甚严。

时丰城令雷焕,字孔章,博物士也。华谓孔章曰:"今有男子,少美高论。"孔章谓华曰:"当是老精。闻魑魅忌狗,可试之。"华曰:"狗所别者数百年物耳,千年老精,不复能别。唯得千年枯木，照之则形见。闻燕昭王墓前有华表柱，向千年，可胡照之，当见。"乃遣人伐之。

使人既至，闻华表叹曰：老狐自不自知，果误我事。于华表穴中得青衣小儿，长二尺余。将还，未至洛阳，而变成枯木。遂燃以照之，书生乃是一斑狐。茂先叹曰："此二物不值我，千年不复可得。"

《搜神记》

【注释】

①司空：古代官名，西周始置，位次三公，与六卿相当，司管水利、营建。

②燕昭王：战国时燕国国君。

③华表：古代用以表示王者纳谏或指路之木。亦称恒表、表木、诽谤之木。

④智度：明智而有气量。

⑤探赜（zé）：探索奥秘。

⑥奥区：腹地，深处。《后汉书·班固传上》："防御之阻，则天下之奥区焉。"李善注："奥，深也。言秦地险固，为天下深奥之区域。"

【赏读】

像张华这种名士，应该是门人众多、结交广泛，而从其众多的门人与朋友那里，有意无意地就会传出很多逸事。不是显示张华的智慧，就是展现他的奇异禀赋，最后把大名士与传奇完全结合在一起。要让这样的事迹流传下去，不仅要口口相传，更要书写成文，这篇《斑狐书生》就是一个比较典型的例子。

虽是近乎变相的阿谀之文，但这故事在讲法上，还是有些可称道的地方。比如开篇处，说到燕王墓前的斑狐修炼变幻成书生，算是比较奇了，但通过这书生跟华表的对话，从一个侧面就把张华的地位和智慧先抬得相当高，而且还暗示了结局：有去无回。等到斑狐执意去张华那里求证才华，并且因为才华学问惊到了张华，被怀疑非鬼即狐，就等于是近距离地展现了张华司空的非凡眼光。

　　让博物之士雷焕出场，是要再换个角度来彰显张华的博识。雷焕的"博"实在有限，只知道狐精忌惮狗，却不知道斑狐这种千年老精的道行。其实道行也未见得如何深，否则张华又能把他怎么样呢？难道他的修行只是修成了少年书生，而全无其他法力？作者为了烘托张华的高大形象，只好把这只修行千年的斑狐变成了徒有一身学问而无其他本事的少年书生。也正是这个叙事漏洞，把最后伐千年华表以照千年斑狐现形的环形结构的效应破坏了。还不如先就说张华还身怀奇门遁甲之术，这样在斗学问斗法的过程中治住斑狐，再让他在千年华表的照映下现形，这样在逻辑上就比较说得通了，但作者偏偏喜欢用蛮力。

蚕 马 干宝

寻旧说云：太古之时，有大人①远征，家无余人，唯有一男一女，并牡马②一匹，女亲养之。穷居幽处，女思念其父，乃戏马曰："尔能为我迎得父还，吾将嫁汝。"马既承此言，马乃绝缰而去，径至父所。父见马惊喜，因取而乘之。马望所自来，悲鸣不息。父曰："此马无事如此，我家得无有故乎？"乃亟乘以归。

为畜生有非常之情，故厚加刍养。马不肯食，每见女出入，辄喜怒奋击。如此非一。父怪之，密以问女。女具以告父，必为是故也。父曰："勿言。恐辱家门。且莫出入。"于是伏弩射杀之。暴皮于庭。

父行，女与邻女之皮所戏，以足蹙之曰："汝是畜生，而欲取人为妇耶！招此屠剥，如何自苦！"言未及竟，马皮蹶然③而起，卷女以行。邻女忙怕，不敢救之。走告其父。父还求索，已出失之。后经数日，得于大树枝间，女及马皮尽化为蚕，而绩于树上。茧纶理厚大，异于常蚕。邻妇取而养之。其收数倍。因名其树曰桑。桑者，丧也。由斯百姓竞种之，今世所养是也。言桑蚕者，是古蚕之余类也。

案《天官》："辰为马星④。"《蚕书》曰："蚕曰龙精。月当大火,则浴其种。"是蚕与马同气也。《周礼》马质职掌"禁原蚕者",注云:"物莫能两大,禁原蚕者,为其伤马也。"汉礼,皇后亲采桑,祀蚕神,曰"苑窳妇人、寓氏公主⑤"。公主者,女之尊称也。苑窳妇人,先蚕者也。故今世或谓蚕为女儿者,是古之遗言也。

《搜神记》

【注释】

①大人:父亲。

②牡马:公马。

③蹶然:忽然。

④辰为马星:辰为二十八宿之一,亦称大火,即心宿。大火又为十二次之一,包括东方苍龙房、心、尾三宿。房宿凡四星,又称为天驷,也称为辰星。

⑤苑窳(yǔ)妇人、寓氏公主:《晋书·礼志上》云:"汉仪,皇后亲桑东苑中,蚕室祭蚕神,曰苑窳妇人、寓氏公主,祠用少牢。"

【赏读】

估计没人能想得到,桑蚕的源头,竟然是这样一出另类的悲剧。好马通人性,这本不是什么奇怪的事,但通人性到像这个故事里的马这种程度的,应该说是绝无仅有的。女孩子因为思念父亲,而跟马说话,都是可以理解的事,包括只要帮她带回父亲就嫁给它这样的戏言,其实也没什么不妥的,毕竟人是人,马是马,不管如何有情有义,也不可能在人伦层面上发生交集。但这通人性的马当了真,谁又能说它是错的呢?它的这种认真,只有在人看来才是错的。它想不到这一当真会让自己丢了性命，而只知一味痴情。这是人所无法理解和想象的。

读完第一段，一般人都不大可能想到主人会为了女儿的名誉而杀马。因此这事情一出来，才会有很强烈的悲剧感，会让人心里产生一种很大的落差感。后来主人不仅杀了马，还剥了它的皮，就不免让人觉得过于残忍了。当然比这更残忍的，其实是那女孩子跟邻家女孩子踩着马皮嘲骂已死的马。马皮忽然卷了女孩子去，这个转折着实很让人意外。可是比这更让人意外的，是卷走的结果——它卷着她竟然变成了桑树枝杈上的一个大蚕茧。而这一事件竟是后来以桑养蚕的原点。

虽然后面作者煞有介事地讲了讲蚕跟马的复杂关系，但是无论如何都不能让人从前面那个悲剧故事的气氛里摆脱出来，去想什么桑蚕业的悠久历史以及种种美妙的丝绸。写到这里，忽然想到李商隐的那句"春蚕到死丝方尽"来，以绵绵不绝的"丝"来喻"思"，从这个角度来说，那匹马死后其皮仍能卷它思念的人，一起化成蚕茧，倒也可以说是"思"的极致了。

杨丑奴 荀氏[①]

　　河南杨丑奴,尝诣[②]章安湖拔蒲。将暝[③],见一女子,衣裳不甚鲜洁,而容貌美,乘船载纯,前就丑奴,家湖侧,逼暮[④]不得返,便停舟寄住。借食器以食,盘中有干鱼生菜。

　　食毕,因戏笑。丑奴歌嘲之,女答曰:"家在西湖侧,日暮阳光颓。托荫遇良主,不觉宽中怀。"俄灭火共寝。觉其臊气,又手指甚短,乃疑是魅。此物知人意,遽出户,变为獭[⑤],径走入水。

《灵鬼志》

【注释】

①荀氏:生卒不详。《隋书·经籍志》杂传类著录《灵鬼志》三卷,荀氏撰。疑此书作于东晋末期安帝之时。

②诣(yì):前往。

③暝(míng):日落、黄昏、天黑。

④逼暮:将要天黑时。

⑤獭(tǎ):指水獭,一种生活在水边的兽,能游泳,捕鱼为食。另有旱獭,生活在陆地上。

【赏读】

　　杨丑奴,从名字上看,即是个平头百姓。这个只有几行字的故事，很注重细节的使用。比如说那女子的"衣裳不甚鲜洁"，要借人家的餐具吃东西。这两个细节跟后面的"臊气"及"手指甚短"，其实是前后呼应的。它们合在一起，才会让这个杨丑奴起了疑心，怀疑她不是人，而是什么精。

荀氏写《灵鬼志》的手法，在结尾处都很见功夫。这个小短篇也不例外，最后说这个水獭精知道被怀疑了，就现出原形，入水而去。半句多余的话都没有。由此亦可见荀氏在写人鬼相遇、人魅相遇的故事时，喜欢只写遇，而无害，也就是说，只是当成一种特殊经历来写，而不夹杂任何评价。

白水素女　陶渊明

谢端，晋安帝①侯官②人也。少丧父母，无有亲属，为邻人所养。至年十七八，恭谨自守，不履非法③，始出作居④。未有妻，乡人共悯念之，规⑤为娶妇，未得。端夜卧早起，躬耕力作，不舍昼夜。后于邑下得一大螺，如三升壶，以为异物，取以归，贮瓮中畜之。

十数日，端每早至野，还见其户中有饭饮汤火，盘馔甚物，如有人为者，端谓是邻人为之惠⑥也。数日如此，端便往谢邻人。邻人皆曰："吾初不⑦为是，何见谢也？"端又以为邻人不喻⑧其意，然数尔不止，后更实问，邻人笑曰："卿以自娶妇，密著室中饮爨⑨，而言吾为人饮耶！"端默然，心疑不知其故。

后方以鸡初鸣出去，平旦⑩潜归，于篱外窃窥其家，见一少女美丽，从瓮中出，至灶下燃火。端便入门，径造瓮所视螺，但见壳。仍到灶下问之曰："新妇从何所来，而相为炊？"女人惶惑，欲还瓮中，不能得，答曰："我天汉⑪中白水素女也。天帝哀卿少孤，恭慎自守，故使我来，权相为守舍炊烹。十年之中使卿居富得妇，自当还去。而卿今无故窃相伺掩⑫，吾形已见，不宜复留，当相委⑬去。虽尔，后自当少差⑭，勤于田作，渔采⑮治生。今留此壳去，以贮米谷，常可不乏。"端请留，终不肯。时天忽风雨，翕然⑯而去。

端为立神座，时节祭祀，居常饶足，不致大富耳。于是乡人以女妻端。端后仕至令长云。今道中素女祠是也。

《搜神后记》

【注释】

① 晋安帝：即司马德宗，在位二十二年。

② 侯官：县名。治所在今福建省福州市。

③ 不履非法：不做违法的事。

④ 出作居：离开邻里，自行生活。

⑤ 规：打算。

⑥ 惠：赐。

⑦ 初不：从不。

⑧ 不喻：不明白。

⑨ 爨（cuàn）：烧火煮饭。

⑩ 平旦：天大亮。

⑪ 天汉：天河。

⑫ 掩：乘人不备而袭之。

⑬ 委：丢弃。

⑭ 少差（chài）：稍好。差，通"瘥"，病愈，指好转。

⑮ 渔采：打鱼采樵。

⑯ 翕（xī）然：忽然。

【赏读】

人要"恭谨自守"，"躬耕力作"，才会有好的收获，是这个故事要表达的主旨。应是乡间百姓讲给自家孩子们的故事。用今天的话来讲，这是一个"美丽的传说"。但从头到尾，你会发现这就是个朴素的劝勉人勤劳安分的故事，其中既无爱情也无奇迹，跟"美丽"怎么都搭不上边。它就是想告诉孩子们，人不管出身如何、家境如何，都要做勤劳自律的人，老天是有眼的。从这个意义上说，这是个关于美德必有善报的故事。谢端勤劳耕作、恭谨自守，虽然没能大富，但最后还是做了官。

  这个故事讲得确实很朴素，老天派来的素女偷偷照顾谢端——做做家常菜饭，并无出奇的地方。听起来很像是政府社区里派人照顾孤儿的方式，是一种常态化的，而不是非常态化的。可见作者在整理这个故事的时候态度很明确，就是尽量保持它的原味儿，只是语言变成了书面语而已。这样讲的好处，就是能近于常情，更容易让听的人相信它的真实，这样才容易达到劝勉的目的。概括地讲，就是"听天命"，但关键还是要"尽人事"。

腹瘕病 陶渊明

昔有一人,与奴俱得腹瘕病①,治不能愈。奴既死,乃剖腹视之,得一白鳖,赤眼,甚鲜明。乃试以诸毒药浇灌之,并内药于鳖口②,悉无损动,乃系鳖于床脚。

忽有一客,乘一白马来看之。既而马尿溅鳖,鳖乃惶骇,欲疾走避尿,既系之不得去,乃缩颈藏脚,不敢动。病者察之,谓其子曰:"吾病或可救矣。"乃试取白马尿以灌鳖,须臾鳖消灭,成数升水。病者乃顿饮升余白马尿,病即豁然愈除。

《搜神后记》

【注释】

①腹瘕(jiǎ)病:肚子里结块的病。
②内药于鳖口:将药置于鳖口内。内,同"纳"。

【赏读】

今人的想象力,早已无法跟古人相比。今人所能想象到的各种稀奇古怪之事,估计在晋人眼中根本就不算什么。除了外星人或基因变异这档子事儿,今人几乎再也想象不出什么有意思的事了。像这个故事,说主仆二人肚子里都长了肿块,怎么治都治不好,等到仆人死了,剖开肚子一看,竟然发现一只红眼白鳖,而且此物百毒不侵。没办法，只好把它拴在床脚。（估计是那种能抬到院子里的床，否则那马再怎么尿也是溅不到那只白鳖的。）结果发现那只白鳖原来怕白马的尿，于是以白马尿浇上去，它就变成了数升水。患者喝了一升多白马尿，病也就好了。

　　这个故事里，有两个转换的点是关键：一是肚子里的肿块竟然是白鳖；一是以白马尿浇白鳖，它就化成了水。尤其是第二点，尽管白马尿消灭了白鳖，但它变成了数升水这个意象，让人想到的却是某种神秘的转化。从肿块到白鳖再到水，构成的是一个奇怪的循环转化链，肿块也就是水转化来的。而想象的原点，或许可能就是一个骑白马的人，治好了患者的腹痕病。

蛟 子 陶渊明

长沙有人,忘其姓名,家住江边。有女子渚次浣纱①,觉身中有异,后不以为患,遂妊身。生三物,皆如鮧鱼②。女以己所生,甚怜异之。乃著澡盘水中养之。

经三月,此物遂大,乃是蛟子。各有字,大者为"当洪",次者名"破阻",小者名"扑岸"。天暴雨水,三蛟一时俱去,遂失所在。后天欲雨,此物辄来。女亦知其当来,便出望之。蛟子亦出头望母,良久方复去。

经年,后女亡,三蛟子一时俱至其墓所哭之,经日乃去。闻其哭声,状如狗号。

《搜神后记》

【注释】

①渚(zhǔ)次浣(huàn)纱:在水边浣纱。
②鮧鱼:即鲶鱼。

【赏读】

一女子在江中浣纱,就有了身孕,结果生了三条鱼。这听起来比彩虹丈夫的故事更有一种不可思议的味道。让人觉得更不可思议的是,那女子竟然没有被吓死,还充满怜惜地把它们养在澡盆里。

这种淡定实在是让人无法想象，她的这种心态是怎么来的呢？或许与当地风俗有某种关系，人们对于各种奇怪传说早已习以为常，不以为怪了，万物皆有灵性，皆能与人相通相变，所以人生鱼也不足为奇。三个月后，鱼长大了，才发现是蛟，也就是蛟龙。原来令这女子怀孕的，竟然是江中的蛟龙。她还给它们取了三个非常别致的名字，一听就知道都是跟江水有关的。

　　写完不可思议之处，作者就开始写人情母子之情。这三只蛟龙虽然不是人，但有人母，所以自然也会有人情，每到要下雨的天气，它们就会来看望母亲。她呢，也会等候在江边，它们就从江中探出头来，望着母亲，很久才离去。这个场景特别感人，人蛟两界，言语不通，但情感仍旧是相通的，哪怕只是彼此相望，也会给人以尽在不言中的感觉。后来，这个女子死了，它们就来到她的墓前痛哭，哭了一整天，那声音像狗的号叫，想来也是凄惨至极了。情到深处，痛到深处，人如此，蛟亦如此，所以从这个角度上说，人与蛟也属同类。

杨生狗 陶渊明

晋太和中,广陵人杨生养一狗,甚爱怜之,行止与俱。

后生饮酒醉,行经大泽草中,眠不能动。时冬月,有野火起,风又猛。狗周章①号唤,生醉不觉。前有一坑水,狗便走往眠水中,还以身洒生左右。如此数四,周旋跬步,草皆沾湿着地。火寻过去。生醒,方见之。

他日又暗行,堕空井中,狗呻吟彻晓。须臾,有人经过,怪犬向井号,往视见生。生曰:"君可出我,当有厚报。"人问:"以此何物见与?"生云:"唯君耳。"人曰:"此狗见与,便当相出。"生曰:"此狗曾活我于已死,不得相与,余即无惜,任君所须也。"人曰:"若尔,便不成相出。"狗因下头目井②,生知其意,乃语路人:"以狗相与。"人乃出之,系狗而去。却后五日,狗夜走还。

《搜神后记》

【注释】

①周章:仓皇惊惧。

②下头目井:伸下头看向井里。

【赏读】

狗通人性，平时与主人相伴如友，关键时还能救主于危险之境。此故事先写狗救醉卧荒泽的杨生于野火险境，它知道以身沾水弄湿周围的草茎，使杨生免于火难，已是让人有些惊奇了。但光是这点聪明，还不足以让人叹服，所以随后又写杨生落井，这就不是狗能直接帮助解决的困境了。它围着井一直叫到天明，终引人闻声而来。可那人提出的条件是要这条狗。杨生犯难，这时候就显出这条狗的大聪明了，杨生跟狗也真是像知己一样，彼此对视一下，杨生就明白了，把狗给了那人，当然最后那狗自己跑了回来。

陶渊明写得很讲究。写到狗沾水湿草救了杨生，在这一段结尾，用了五个字："生醒，方见之。"后面怎么样，杨生如何高兴感动，狗有什么欢快的表现，戛然而止，不复多言。这种叙事的节奏和火候，拿捏得恰到好处。他知道，在这样的一种动人的气氛里，自己要做的只是点到为止，绝不过多渲染。他清楚，在这种情绪容易迸发的节点上，沉默更有效果。这就为下面更大的效果积蓄了能量。等到杨生在井下被路人援救的条件难住时，在整个戏剧化场面中，"狗因下头目井，生知其意"，这个细节起到了非常关键的作用。前面写狗火中救主，是写忠诚，这里写的则是狗与主人的默契，灵犀相通，夫复何求？收尾处仍旧简约至极："却后五日，狗夜走还。"

谢宗龟缘 孔约[①]

会稽吏谢宗赴假吴中，独在船；忽有女子，姿性妖婉，来入船。问宗："有佳丝[②]否？欲市之。"宗因与戏，女渐相容。留在船宿，欢宴既晓。因求宗寄载，宗便许之。自尔船人恒夕但闻言笑，兼芬馥气。

至一年，往来同宿。密伺之，不见有人。方知是邪魅，遂共掩之。良久，得一物，大如枕；须臾又得二物，并小如拳。以火视之，乃是三龟。宗悲思，数日方悟。自说此女子一岁生二男，大者名道愍，小者名道兴。既为龟，送之于江。

《志怪》

【注释】

①孔约：生平无考。《隋书·经籍志》杂传类著录《志怪》四卷，注孔氏撰。此书散佚于宋。

②佳丝：好蚕丝。

【赏读】

到了清人蒲松龄写《聊斋志异》的时候，写人与妖精相恋，多有宛转曲折的情节，悲欢离合大起大落者很多。孔约写的《志怪》走的却常常是极为简约的路子。其中一个最突出的特点，就是笔墨轻淡，留有很多的空白，而且不会刻意渲染情思。但不渲染，不代表不写情，只是这个情，是含蓄其中的很朴素的情感。

谢宗独自在船上，遇到一个不知从何而来的美女，她搭讪的方式很有意思，问有没有好丝，她想买。正是这种前后不搭的问话，让谢宗顿时觉得亲切起来。丝者，思也。这种语带双关的搭话，对于谢宗这样的文吏来说是最有效果的。换句话说，这样的话有种让人心动的俏皮，特别可爱，能迅速地打消谢宗的疑虑。而且她接下来也是营造了一种逐渐入戏的感觉，让两个人的相好，显得自然而然。

读完第一段时，读者通常会想这究竟是什么妖精呢？作者接下来会怎么交代她呢？但第二段开头作者反而写一年后。这很有意思，因为会让人联想，这过去的一年里发生了什么呢？但作者不写，直接写人们发现了异常之处，抓住了她，是用什么东西蒙住了她的身体。这一部分写得很细，先是写摸到一物像枕头，然后又摸到两个拳头大小的东西。作者真是制造悬念的高手。举火烛一照，原来是三只龟。

最后一段写得特别好，说谢宗很悲伤地想了好几天，才想明白这是怎么回事。但关键还不是这几天里他想了什么，而是他的自白，原来过去的一年里，他与她生了两个儿子。这样的一桩奇事和好事，就这样破灭了。收尾一句话尤其能让人感叹再三，"既为龟，送之于江"。这也是写情之深切，跟前面提到的一年欢好，悲思数日对应起来看，才会明白他的心情是怎么样的复杂，在放生三龟入江的时候，那种伤感，已不是语言能描述的了。作者的高明之处就在于他从头至尾，都是不动声色地简约道来的。从被发现现原形，到被放生，那个龟精就没有说点什么吗？作者给我们的，只有空白与沉默。

藻 居 刘义庆

汉武帝与群臣宴于未央，方唊黍臛①。忽闻人语云："老臣冒死自诉！"不见其形。寻觅良久，梁上见一老翁，长八九寸，面目赪②皱，须发皓白，拄杖偻步，笃老之极。帝问曰："叟姓字何？居在何处？何所病苦，而来诉朕？"翁缘柱而下，放杖稽首，默而不言。因仰头视屋，俯指帝脚，忽然不见。帝骇愕，不知何等，乃曰："东方朔必识之。"于是召东方朔以告。朔曰："其名为'藻居'，水木之精。夏巢幽林，冬潜深河。陛下顷日频兴造宫室，斩伐其居，故来诉耳。仰头看屋，殿名未央也；而复俯指陛下脚者，足也，愿陛下宫室足于此也。"帝感之，既而息役。

幸瓠子河，闻水底有弦歌声，肴膳芬芳。前梁上翁及年少数人，绛衣素带，缨佩甚鲜，皆长八九寸，有一人长尺余，凌波而出，衣不沾濡，或有挟乐器者。帝方食，为之辍膳，命列坐于食案前。帝问曰："闻水底奏乐，为是君耶？"老翁对曰："老臣前昧死归诉，幸蒙陛下天地之施，即息斧斤，得全其居，不胜欢喜，故私相庆乐耳。"帝曰："可得奏乐否？"曰："故赍③乐来，安敢不奏！"其最长人便治弦而歌，歌曰："天地德兮垂至仁，愍幽魄兮停斧斤。保窟宅兮庇微身，愿天子兮寿万春！"歌声小大，无异于人，清彻绕越梁栋。又二人鸣管抚节，调契声谐。帝欢悦，举觞并劝曰："不德不足当雅贶④。"老翁等并起拜爵，各饮数升不醉。献帝一紫螺壳，中有物，状如牛脂。帝问曰："朕暗⑤，无以识此物。"曰："东方生知之耳。"帝曰："可更以珍异见贻。"老翁顾命取洞穴之宝。一人受命，下没渊底。倏忽还到，得一大珠，径数寸，明耀绝世。帝甚爱玩。翁等忽然而隐。

　　帝问朔："紫螺壳中何物？"朔曰："是蛟龙髓。以傅面，令人好颜色。又女子在孕，产之必易，会后宫产难者，试之，殊有神效。"帝以脂涂面，便悦泽。又曰："何以此珠名洞穴珠？"朔曰："河底有一穴，深数百丈，中有赤蚌，蚌生珠，故以名焉。"帝既深叹此事，又服朔之奇识。

《幽明录》

【注释】

①未央：即未央宫。黍臛：加黍米的肉羹。
②赪（chēng）：浅红色。
③赍（jī）：把东西送给人。
④雅贶（kuàng）：高雅的赐赠或赐赠之物。
⑤暗：不明白。

【赏读】

　　虽说这又是一个颂扬东方朔的故事，但看下来还是很有意思的。实际上东方朔前后只不过出场了两次，都是给汉武帝解答难题的。无所不知的东方朔，就像那个时代的活百科全书一样，再一次折服了汉武帝。他的博闻多识，也让水木精藻居钦慕。

这个故事的主题,当然是希望一国之君能重德行施仁政。汉武帝这位好大喜功的君主,在他当政的几十年里,打垮了匈奴,将大汉的疆域扩展到了极致,但也耗尽了"文景之治"积蓄的国力,让国家元气大伤,从此之后,一直在走下坡路,直到西汉结束都没能恢复。这个故事里的汉武帝,正值其帝王生涯的顶峰,因此要大兴土木,兴建新的宫殿。藻居这位几寸大的小人,虽然是妖精,他仍旧视汉武帝为君主,所以来提意见了。

　　汉武帝虽然雄霸张扬,但也还是个明君,能听得进去劝告,因此东方朔一解释清楚藻居自诉的原因,他马上命令停止兴修宫殿。这里边虽然有东方朔的功劳,但更主要的是汉武帝对于鬼神仍保有一定程度的敬畏心理。这种敬畏之心,按作者的理解,是理应得到丰厚回报的。而藻居虽然是水木妖精,但也是懂得知恩图报的。明君施德政于天下,天下自然会回报给他。至于东方朔讲解蛟龙髓和洞穴珠的妙处,尤其是前者,不但有美容功效,还有助产的作用,则不过是整个故事的余屑而已。

吕 球 刘义庆

东平^①吕球，丰财美貌。乘船至曲阿湖^②，值风不得行，泊菰^③际，见一少女，乘船采菱，举体皆衣荷叶。因问："姑非鬼耶？衣服何至如此？"女则有惧色，答云："子不闻'荷衣兮蕙带，倏而来兮忽而逝'乎？"然有惧容。回舟理棹，逡巡而去。

球遥射之，即获一獭。向者之船，皆是薪蘩蕰藻之叶。见老母立岸侧，如有所候，望见船过，因问云："君向来不见湖中采菱女子邪？"球云："近在后。"寻射，复获老獭。

居湖次者咸云：湖中常有采菱女，容色过人。有时至人家，结好者甚众。

《幽明录》

【注释】

①东平：原本国名，治所无盐县（今山东东平东），南朝宋时改为东平郡。

②曲阿湖：即练湖，又名后湖，在丹阳（今江苏丹阳）。

③菰（gū）：多年生水草，茎根肥嫩可食，即茭白。

【赏读】

有财有貌的吕球，干了一件大煞风景的事。这里写他"丰财美貌",其实就是暗示他并不是个文士才子型的人物。他坐船到曲阿湖时,因没风而停船在菰蒲丛边上,看到一个少女,划着小船在那里采摘红菱。让他惊讶的是,那少女身上穿的不是衣服,而是荷叶。我们可以想象,要是换成一位善于想象的文人雅士,看到这个场景,可能早就浮想联翩,以为自己遇到荷花仙子了。可吕球的第一反应是这位穿着荷叶衣裳的姑娘可能是鬼。所以就直接去生硬地追问。

那位荷衣姑娘回应的,是一句诗。其实是想暗示他:难道我就不能是仙子吗?你怎么就能肯定我是鬼呢?但她显然也意识到,这位老兄不是那种浪漫文雅之人,思维也不会指向什么美好的方向,而且言语很不友好,甚至有些杀气,所以就有"惧容",是真怕了。这时候吕球根本没心思去琢磨那句诗是在表达什么,而且很有可能他根本就没听明白她在说什么。他不但不是个文士,还是个会武的,拉弓放箭,就射中了那位穿着荷叶衣裳的姑娘。

当然他的判断是对的,这姑娘虽然不是鬼,却是妖怪,是水獭变的。而那小船,则是一些水草浮萍聚集而成的,并不是真的船。尽管如此,我们还是会觉得,这个吕球,干了一件大煞风景之事。作者没有对这事表态,但显然也是对吕球的行径很不以为然的。那么,这个不以为然,又是如何委婉表达出来的呢?

写完射杀荷衣少女,让她现了水獭原形之后,又写吕球射杀了一个老水獭。似乎一切都是顺理成章的,妖怪嘛,当然是该杀的,虽然没对人做恶,可是杀了也不能算是残忍。注意,在最后一段,作者淡淡地写道:湖边的居民们都说,这里经常能看到在湖中采菱的姑娘,而且都长得挺好看的,有时候也会到当地人家里,跟人相好的挺多的。读到这里,你会忽然意识到,作者这样写,其实就是想说,这个吕球啊,真是多事无情的俗物。

鹦 鹉 刘义庆

有鹦鹉飞集他山，山中禽兽辄相爱重。鹦鹉自念，虽乐，不可久也。便去。后数月，山中大火。鹦鹉遥见，便入水濡羽，飞而洒之。天神言："汝虽有志意①，何足云也！"对曰："虽知不能救，然尝侨居是山。禽兽行善，皆为兄弟，不忍见耳。"天神嘉感②，即为雨灭火。

《宣验记》

【注释】

①志意：志气与意志力。
②嘉感：赞许感动。

【赏读】

这个故事跟《精卫填海》颇为相似。但根本差别在于，精卫是要报仇，而鹦鹉是要讲义气。这样重情重义，明知不可为而为之，舍生忘死地去以微不足道的力量救山中大火，确实感天动地。实际上很多关键的时候，衡量一个人的人品境界的，并不是能不能为的问题，而是敢不敢为的问题。一只微不足道的鹦鹉，尚且能为了那些曾相爱重它的禽兽们，用羽毛沾水去救山中大火，要是人能有这样的精神和勇气，还有什么事不能去做的呢？

白　鹤　刘敬叔[①]

晋怀帝永嘉中，徐奭出行田，见一女子，姿色鲜白，就奭言调。女因吟曰："畴昔[②]聆好音，日月心延伫。如何遇良人，中怀邈[③]无绪。"奭情既谐，欣然延至一屋。女施设饮食而多鱼。遂经日不返。

兄弟追觅，至湖边，见与女相对坐。兄以藤杖击女，即化成白鹤，翻然高飞。奭恍惚年余乃差[④]。

《异苑》

【注释】

①刘敬叔：生卒年不详，史书无传，考据其他杂著概说，其为广陵江都（今江苏扬州西南）人。东晋安帝义熙五年（409）为南平郡公刘毅郎中令，后因过罢官，又任长沙景王刘道邻骠骑参军。入宋为给事黄门侍郎。《隋书·经籍志》著录《异苑》十卷，宋后散佚。

②畴（chóu）昔：以前，往昔。

③邈（miǎo）：渺茫。

④差：通"瘥"，意为病愈。

【赏读】

这个故事也是写人遇成精之物，跟荀氏写的《杨丑奴》极相似，只是这个是白鹤女，那个是水獭女。她们都是以诗来作引子，达到了让男人心动的目的。主要细节、关注点也几乎一致，都点明穿的衣服特点，吃的东西是鱼类。所不同的地方是，在水獭女故事里，是女子感觉到男人起了疑心，而在这个故事里，是徐奭的兄弟们坏了好事，他兄长拿着藤杖去打那女子，结果她化成白鹤飞走了。从这个结尾来看，白鹤化女、女化白鹤，显然要比水獭化女、女化水獭更容易让人产生美妙的联想，会有种飘然欲仙的印象。因为在古人的知识范畴里，白鹤本来就是比较高级的、有仙气的鸟类，不是一般的凡鸟可比。或许也正因如此，徐奭恍惚了一年多才缓过神来。而那个水獭女故事的结尾，女子变成水獭潜水而去，却不会令人神往。

蚁灭门 刘敬叔

桓谦，字敬祖。太元中，忽有人皆长寸余，悉被铠持槊，乘具装马，从㟧^①中出，精光耀日，游走宅上，数百为群，部障指麾，更相撞刺，马既轻快，人亦便捷，能缘机登灶，寻饮食之所，或有切肉，辄来丛聚，力所能胜者，以槊刺取，径入穴中。蒋山道士朱应子，令作沸汤，浇所入处，寂不复出，因掘之，有斛许大蚁死在穴中。谦后以门衅^②同灭。

《异苑》

【注释】

①㟧（jié）：山的转弯处。此指房山角。
②门衅：派系争端。

【赏读】

此故事有三处出人意料。一是桓谦家里忽然出现很多像从小人国来的兵马，在他家里四处奔逐，抢吃抢喝，还劫物入洞穴中。读到这里，人们不禁会想：这是怎么回事儿？二是道士朱应子让桓谦用热水浇灌那个小人兵马进去的洞穴，结果就没有动静了，挖开一看，原来是个蚁穴，里面全是死去的大蚂蚁。三是最后一句——后来桓谦因为受牵连而被灭了门。他家的结局与那蚁穴的结局是一样的。这个故事表达的主题是杀生与因果报应。但也有种福祸难料的感觉，那群蚂蚁竟然修炼成人形，还能有铠有甲、骑马持武器，但经过这样一番大肆张扬，却被热水灭了门，所有的热闹惊奇都化为乌有。而桓谦也只是出于驱逐妖精的需要，才灌热水到蚁穴里，并没有想杀生不杀生的问题，他怎么可能会想到，自己家也会被灭门呢？

化 虎 东阳无疑①

太元②元年，江夏郡安陆县薛道询，年二十二。少来了了，忽得时行病，差后发狂，百药治救不损。乃复病，狂走犹剧。

忽失踪迹，遂变作虎，食人不可复数。后有一女子，树下采桑，虎往取之食。食竟，乃藏其钗钏著山石间。后还作人，皆知取之。

经一年，还家为人。遂出都仕官，为殿中令史③。夜共人语，忽道天地变怪之事。道询自云："吾昔曾得病发狂，遂化作虎，啖人一年。"中兼便叙其处所并人姓名。其同坐人，或有食其父子兄弟者，于是号泣。捉以付官，遂饿死建康④狱中。

《齐谐记》

【注释】

①东阳无疑：生卒年不详，不见史传，仅知仕刘宋为散骑常侍。东阳氏出于东阳郡长山县（今浙江金华）。《隋书·经籍志》杂传类著录《齐谐记》七卷，宋散骑常侍东阳无疑撰，散佚于宋。

②太元：东晋孝武帝年号，公元376～396年。

③殿中令史：东晋时殿中省史官。

【赏读】

如此看来，人变鬼成仙，都不算稀奇，人得了疯狂病，变成老虎吃人，才算稀奇。而且这个故事讲起来真是一转再转，转得人目不暇接。先是说薛道询忽然生狂奔之病，怎么都治不好，结果狂奔至极，一转就变成了老虎，还到处吃人，不但吃人，还不忘劫物。再一转，他又能从老虎变回人，不但如此，还去当了官。但最出乎人意料的一转，是他与人夜里聊天时，竟然直接说出自己曾经变成老虎吃人一年的事，还能说出所吃的是哪里的人，他们姓甚名谁！结果一起聊天的人里，就有受害者的家人，就抓了他送官，最后他饿死在狱中。有意思的是作者的语调，这样一个七转八转的离奇故事，一路讲下来，始终都是那么淡定，不动声色。他怎么就能让薛道询自己坦白变虎吃人的经历呢？假设我们这些读者是在场的某个人，听到此公自道那样骇人听闻的经历，估计毛发都要竖起来了吧？这时候或许我们才会忽然意识到，这薛道询终归还是个病人。

狐　庙　东阳无疑

国步山有庙，又一亭，吕思与少妇投宿，失妇。思逐觅，见一大城，厅事一人，纱帽冯①几。左右竞来击之，思以刀斫，计当杀百余人，余者乃便大走，向人尽成死狸。看向厅事，乃是古时大冢。冢上穿，下甚明，见一群女子在冢里。见其妇如失性人，因抱出冢口。又入抱取于先女子，有数十，中有通身已生毛者，亦有毛脚、面成狸者。须臾天晓，将妇还亭，亭吏问之，具如此答。前后有失儿女②者，零丁③有数十。吏便敛此零丁，至冢口迎此群女，随家远近而报之，各迎取于此。后一二年，庙无复灵。

《齐谐记》

【注释】

①冯：凭。
②儿女：女儿。
③零丁：寻人启事。

【赏读】

之前看过的很多关于人与各种成精之物的偶遇，奇则奇矣，但通常并无什么激烈的矛盾冲突，只是奇遇而已，两不相伤害。但这个故事就不一样了。狐精掳人妻女,用来养成狐女,结果撞上了这位生猛好勇的吕思,把那些狐狸精杀得死的死逃的逃,非常血腥。吕思并非通法术人,只是靠一己之力,就把修炼成人形的狐精杀得几乎灭门,说明那些狐精修行很浅,还没有超人之力。但让人不解的是,狐狸要修出人形,为何却又要把那些女人养成狐狸呢?这种转化的意图是什么呢?从人的角度来看,这显然只能被理解为一种侵犯的态势。而这种状况让人一下子没了任何关于人与狐精或者其他妖精和平相处的浪漫想象了。

枕 精 郭季产[①]

中山刘玄，居越城。日暮，忽见一人，著乌袴褶[②]来。取火照之，面首无七孔，面莽儣[③]然。乃请师筮之。师曰："此是君家先世物，久则为魅，杀人。及其未有眼目，可早除之。"刘因执缚，刀斫数下，变为一枕，此乃是祖父时枕也。

《集异记》

【注释】

①郭季产：生卒不详，南朝宋人，曾为新兴太守，著有《续晋纪》五卷。《太平御览经史图书纲目》收录有郭季产《集异记》，引佚文十则。

②乌袴（kù）褶：乌，黑色；袴褶，古代服装名，上服褶而下缚袴，其外不复用裘裳，故谓袴褶。

③莽儣：宽广。

【赏读】

枕头也能成精，正应了所谓世间万物皆有灵性的话头了。后来在吴承恩的《西游记》里，如来佛祖驾前油灯里的两股灯芯也能成精，刘玄祖父用过的枕头成精，应是让无生命的器物成精的先驱了。故事虽然精短至极，但这个想法还是非常有意思的。如此想来，则家中任何器物都有可能成精,这样的话,我们这个世界不是要有趣很多吗?这里有枕头成精,那里有衣服成精,或者是一部书成精,甚至一个汤匙成精……如此一想,则即使只是待在家里,也会觉得坐拥一个大千世界了。

紫荆树 吴均

京兆①田真、田庆、田广兄弟三人，家巨富而殊不睦，忽共议分财。金银珍物，各以斛量，田业生赀，皆平均如一。惟堂前一株紫荆树，花叶美茂，共议欲破三片，人各一分，明日就截之。其树即枯死，状如火燃，叶萎枝摧，根茎憔悴。真旦携锯而往，见之，大惊，谓诸弟曰："树木同株，闻将分斫，所以憔悴。况人兄弟孚怀，而可离异，是人不如木也。"因悲不自胜，不复解树。树应声荣茂，遂更青翠，华色繁美。兄弟相感，合财宝，遂为孝门。真以汉成帝②时，仕至太中大夫③。

《续齐谐记》

【注释】

①京兆：古代长安附近的地区。
②汉成帝：刘骜（前51～前7），西汉皇帝。
③太中大夫：掌管议论的官。

【赏读】

老话说，家和万事兴。这是美好的愿望，但在现实中，很多时候却事与愿违。不和睦的原因，说到底因为一个"利"字。为利，亲人反目成仇。田氏三兄弟之所以不和睦，也是因钱财分配不均。

所以干脆就来个彻底的解决——分家。

　　谁也不会想到，扭转这一局面的，不是什么亲朋好友、同乡邻里，而是堂前的一棵紫荆树。三兄弟要分家，就连这株长得花美叶茂的紫荆树都不放过，也要破成三片分了。这树也是有灵性的，一听到这个消息，就急得差点枯死，样子就像一团火焰，枝叶根茎都萎败了。次日，老大拿着锯过去一看，恍然醒悟了：我们这些人啊，真是太不重情了，连棵树都不如。于是就不砍树了，结果这树就应声重新繁荣茂盛起来，而且还更加华美青翠。就这样，三兄弟决定不再分家，变成了和睦之家、重孝义之家，后来老大还做了官。

　　在古代，中国社会能长期保持相对的稳定，有个很重要的原因，就是以家族为载体的伦理关系特别稳定。在大多数情况下，就算是改朝换代，家族伦理的稳定也能保证社会的安稳有序，所以政治层面的动荡一过去，社会很快就会恢复秩序。

白鱼江郎 佚 名

  《三吴记》曰：余姚百姓王素，有一女，姿色殊绝。有少年，自称江郎，求婚。经年，女生一物，状若绢囊。母以刀割之，悉是鱼子。乃伺江郎就寝细视，所着衣衫皆鳞甲之状，乃以石砧之。晓见床下一鱼，长六七尺，素持刀断之，命家人煮食。其女后适于人。

《稽神异苑》[1]

【注释】

  [1]《稽神异苑》：此书名首见于南宋晁公武《郡斋读书志》小说类著录，十卷，作者疑为南朝齐人焦度，但无据可考。

【赏读】

  鱼成精，娶了凡人女，最终却丢了自己的性命。这样的故事，不知道是不是悲剧？不管那鱼精是如何修炼成人的，却终归不能消除其非人的痕迹，也无法真正逾越人与非人之间的界限，其能耐又不能对抗来自人的打击，当然付出的代价也是沉重的。最后写鱼精江郎被杀死的那几句，读起来让人心惊不已。王素持刀把鱼精切成两段且不说，还让家人把它煮了吃了，不免让人瞠目结舌，他们怎么能吃得下去呢？当然唯一的目的，就是能让女儿嫁给人。再说那鱼，好好当条鱼，或者修炼成鱼精，岂不更好？为什么要修炼成人呢？

审雨堂 佚名

夏阳①卢汾，字士济，幼而好学，昼夜不倦。后魏庄帝永安二年②七月二十日，将赴洛，友人宴于斋中。夜阑月出之后，忽闻厅前槐树空中有语笑之音，并丝竹之韵。数友人咸闻，讶之。俄见女子衣青黑衣，出槐中，谓汾曰："此地非郎君所诣，奈何相造也？"汾曰："吾适宴罢，友人闻此音乐之韵，故来请见。"女子笑曰："郎君真姓卢耳。③"乃入穴中。

俄有微风动林，汾叹讶之，有如昏昧。及举目，见宫宇豁开，门户迥然。有一女子，衣青衣，出户，谓汾曰："娘子命郎君及诸郎相见。"汾以三友俱入，见数十人，各年二十余，立于大屋之中，其额号曰"审雨堂"。汾与三友历阶而上，与紫衣妇人相见。谓汾曰："适会同宫诸女，歌宴之次，闻诸郎降重，不敢拒，因此请见。"紫衣者乃命汾等就宴。后有衣白者、青黄者，皆年二十余，自堂东西阁出，约七八人，悉妖艳绝世。相揖之后，欢宴未深，极有美情。

忽闻大风至，审雨堂梁倾折，一时奔散。汾与三友俱走，乃醒。既见庭中古槐，风折大枝，连根而堕。因把火照所折之处，一大蚁穴，三四蝼蛄，一二蚯蚓，俱死于穴中。汾谓三友曰："异哉！物皆有灵，况吾徒适与同宴，不知何缘而入。"于是及晓，因伐此树，更无他异。

《妖异记》④

【注释】

①夏阳：秦置县，在今陕西韩城南。

②后魏庄帝永安二年：公元529年。永安为北魏孝庄帝年号。

③郎君真姓卢耳：这句话一是说姓卢，二是"卢"与"驴"谐音，暗含讽刺。

④《妖异记》：此书不见著录。此则收录在《太平广记》中，作者亦无考。

【赏读】

此故事应是后来唐代李公佐的《南柯太守传》和李泌的《枕中记》的起源。《枕中记》里的卢生，估计也是借了卢汾这个角色来写的。

这篇志怪的作者，无疑是位文章好手。他知道如何有分寸地展开这个故事。比如说第一段，写夜深月出之后，听到了说笑、丝竹之声，然后引出槐树中的女子，比较有意思的是双方简单对话之后，女子笑曰："郎君真姓卢耳。"我们知道在很多地方，"卢"与"驴"发音是相同的，此女此言，其实是说您真是倔啊，像驴子。这样一句双关语，特别能让此段生色。

第二段值得注意的，是那个"审雨堂"。审者，有思考、知道的意思。审雨，即思雨、知雨。这一段里的其他内容其实都没什么意外的，不过是前段内容的延伸而已，关键也就是这个"审雨堂"，是作者玩的一个小手段。槐树跟常见的杨树、柳树、梧桐树之类都不大相同，此树叶小枝疏，无论何时何地，看上去均较安静，尤其是雨天，其营造的气氛，都不是其他树能比拟的。所以"审雨堂"，也只有槐树中人道得出来。

最后一段写大风摧槐而惊醒梦中人，道是万物皆有灵性，其实给人的感觉却是无常。从明月下槐树中传来的笑语、丝竹声，到槐树中的别有洞天与欢宴深情，再到最后大风折树，醒后伐树，不过转念之间而已，除了无常，还有什么能概括这样的虚幻变化？可惊可叹，可悲可喜，只是不必泥于一念即可。

灵芝寺 侯白[1]

高齐[2]初，沙门宝公者，嵩山高栖士也。旦从林虑向白鹿山，因迷失道。日将隅中[3]，忽闻钟声。寻响而进，岩岫重阻。登陟而趋，乃见一寺，独据深林。三门正南，赫奕辉焕。前至门所看额，云"灵芝寺"。门外五六犬，其大如牛，白毛黑啄，或踊或卧，以眼盼宝。宝怖将返。须臾，见胡僧外来，宝唤不应，亦不回顾，直入门内，犬亦随入，良久，宝见无人，渐次入门。屋宇四周，房门并闭，进至讲堂，唯见床榻高座俨然。宝入西南隅床上坐。

久之，忽闻栋间有声。仰视，见开孔如井大，比丘前后从孔飞下，遂至五六十人。依位坐讫自相借问："今日斋时，何处食来？"或言豫章、成都、长安、陇右、蓟北、岭南、五天竺[4]等。无处不至，动即千万余里。末后一僧从空而下，诸人竞问："来何太迟？"答曰："今日相州城东彼岸寺鉴禅师讲会，各各竖义。大有后生聪俊，难问词旨锋起，殊为可观，不觉遂晚而至。"宝本事鉴为和上[5]，既闻此语，望得参话，希展上流。整衣而起，咨诸僧曰："鉴是宝和上……"诸僧直视，忽灵隐寺所，独坐磐石柞木之下。向之寺宇，一无所见。唯睹岩谷，禽鸟翔集，喧乱切心。

及出山，以问尚统法师。尚曰："此寺石赵⑥时佛图澄法师所造，年岁久远，贤圣居之，非凡所住。或泛或隐，迁徙无定，今山行者犹闻钟声。"

《旌异记》

【注释】

①侯白：生卒不详，字君素，魏郡邺县（今河北临漳西南）人，好学有捷才，性滑稽，好为俳谐杂说。举秀才，为儒林郎，隋文帝令于秘书修国史，后给五品食，月余而卒。著《启颜录》十卷、《酒律》、《笑林》等。《旌异记》一书《隋书·经籍志》杂传类著录，十五卷，称侯君素撰。

②高齐：即北齐（550~577），文宣帝高洋所建，都邺城。

③隅中：古代十二时之一，临近中午（上午9~11时）。

④豫章：即豫章郡，今南昌。陇右：古人以西为右，陇右即指今陕西陇山（六盘山）以西。蓟北：今蓟县北部，长城附近。五天竺：古代印度。

⑤和上：即和尚。

⑥石赵：即后赵（319~351），十六国之一。羯族石勒所建，都襄国（今河北邢台），后迁都邺城。

【赏读】

这个故事要是换个名字，或可称之为"飘移的寺庙"，讲的是宝沙门在山中迷路后奇遇灵芝寺的故事。作者要表达这个奇，用的第一个道具是那寺门外五六条体大如牛的狗，第二个道具是那位不言语的胡僧，以此二者暗示此寺非中土所有。宝沙门渐次入寺并坐在讲堂床榻上之后，有一种如在梦境中的感觉。换句话说，此故事的源头,甚至整个故事的结构,很可能都是来自一个梦。一个佛门弟子修行过程中有过的想要觉悟的梦。他在梦中来到灵芝寺的讲堂里,其实是想要让自己得到开悟的机会,可是事与愿违,面对那些来自四面八方的和尚,刚一开口说自己是鉴禅师的弟子,整个灵芝寺就消失了,他不过是坐在柞树下的一块大石头上,周围有的只是山谷岩石、成群飞翔聚集的禽鸟,其鸣叫声让人心乱。这个场景放在寺庙消失后,放得非常好,跟宝公的心境,特别切合。最后一段尚统法师对灵芝寺消失的解释,也确实是出人意料。在他的理解中,这座寺庙本来就是飘忽不定、时隐时现的,能听到钟声,已属幸运。

元无有 牛僧孺①

宝应②中,有元无有,尝以仲春末独行维扬③郊野。值日晚,风雨大至。时兵荒后,人户逃窜,入路旁空庄。

须臾霁止,斜月自出。无有憩北轩,忽闻西廊有人行声,未几至堂中。有四人,衣冠皆异,相与谈谐,吟咏甚畅,乃云:"今夕如秋,风月如此,吾党岂不为文,以纪平生之事?"其文即曰口号联句也。吟咏既朗,无有听之甚悉。

其一衣冠长人曰:"齐纨鲁缟④如霜雪,寥亮高声为子发。"其二黑衣冠短陋人曰:"嘉宾良会清夜时,辉煌灯烛我能持。"其三故弊黄衣冠人,亦短陋,诗曰:"清冷之泉俟朝汲,桑绠相牵常出入。"其四黑衣冠人,身亦短陋,诗曰:"爨⑤薪贮水常煎熬,充他口腹我为劳。"

无有亦不以四人为异,四人亦不虞无有之在堂隍也,递相褒赏,羡其自负,虽阮嗣宗⑥《咏怀》亦不能加耳。四人迟明方归旧所,无有就寻之,堂中惟有故杵、烛台、水桶、破铛,乃知四人即此物所为也。

《玄怪录》

【注释】

①牛僧孺(780~848):字思黯,安定鹑觚(今甘肃灵台)人。

"牛李党争"中牛党的领袖,唐穆宗、唐文宗时任宰相。现存集五卷,诗四首。传奇小说集《玄怪录》,在宋代因避赵匡胤始祖玄朗之讳,曾改名《幽怪录》。鲁迅在《中国小说史略》中说:"选传奇之文,荟萃为一集者,在唐代多有,而煊赫莫如《玄怪录》。"

②宝应:唐代宗年号,公元762~763年。

③维扬:今江苏扬州。

④齐纨鲁缟(gǎo):齐、鲁,山东。纨,白色细绢。缟,细白的生绢。

⑤爨(cuàn):炊,烧。

⑥阮嗣宗:阮籍,字嗣宗,三国时期曹魏诗人。

【赏读】

此故事与曹丕《列异传》里的《张奋宅》近似,写的都是日用器物成了精,并且,这两个故事慢慢看起来,都很像梦境重现。所不同之处在于,这个故事所采取的态度是人与成精之物相安无事的方式。这个故事里四位物精先后赋诗,使元无有在心里对他们这些陌生人产生了亲切感。也正是这种亲切感,使得元无有"不以四人为异"。比较让人意外的是,那四个物精也不担心有陌生人在场。在人与物精之间,竟有种物我两忘的感觉,也是实属难得了。与此相比,中间那四句谜语诗倒也没什么特别的了。

韦协律兄 牛僧孺

太常协律①韦生,有兄甚凶,自云平生无惧惮耳。闻有凶宅,必往独宿之。其弟话于同官,同官有试之者,且闻延康东北角有马镇西宅,常多怪物,因领送其宅,具与酒肉,夜则皆去,独留之于大池之西孤亭中宿。

韦生以饮酒且热,袒衣而寝。夜半方寤②,乃见一小儿,长可尺余,身短脚长,其色颇黑,自池中而出,冉冉前来,循阶而上,以至生前。生不为之动,乃言曰:"卧者恶物,直又顾我耶?"乃绕床而行。须臾,生回枕仰卧,乃觉其物上床,生亦不动。逡巡,觉有两个小脚缘于生脚上,冷如冰铁,上彻于心,行步甚迟。生不动,候其渐行上及于肚,生乃遽以手摸之,则一古铁鼎子,已欠一脚矣。遂以衣带系之于床脚。

明旦,众看之,具白其事。乃以杵碎其鼎,染染有血色。自是人皆信韦生之凶而能绝宅之妖也。

《玄怪录》

【注释】

①太常协律:太常寺(掌管礼乐郊庙社稷诸事的官府)音乐协调指挥官。

②寤(wù):醒。

【赏读】

这仍是一则器物成精的故事，同时又是器物能成精而凶人能镇妖的故事，写得很讲究章法。第一段写韦生人凶胆大，大家要试他的胆量。第二段写得很是细致，实际上写出了四个场景。一是小人出现，生不为所动；二是小人"绕床而行"；三是小人上床至生腹被抓住，现出原形——一只缺了一条腿的古铁鼎子；四是韦生用衣带把古铁鼎子拴在床脚，作为证据。从小人出现，到古铁鼎子现形，是个让人颇感意外的变化，但整个过程层次感非常好。最后一段比较让人想不到的是，大家把这个古铁鼎子弄碎之后，竟然会有血色。不免让人心中一凛，这究竟是除妖，还是杀生呢？尽管这一切都足以用来证明韦生之凶确实能镇妖，但终究不能消除其中忽然出现的血腥味。

海公子 蒲松龄

东海古迹岛,有五色耐冬花,四时不凋。而岛中古无居人,人亦罕到之。登州张生好奇,喜游猎,闻其佳胜,备酒食,自掉扁舟而往。

至则花正繁,香闻数里,树有大至十余围者。反复留连,甚慊①所好;开尊自酌,恨无同游。忽花中一丽人来,红裳眩目,略无伦比。见张,笑曰:"妾自谓兴致不凡,不图先有同调。"张惊问:"何人?"曰:"我胶娼也,适从海公子来。彼寻胜翱翔,妾以艰于步履,故留此耳。"张方苦寂,得美人,大悦,招坐共饮。女言辞温婉,荡人心志,张爱好之。恐海公子来不得尽欢,因挽与乱。女忻②从之。

相狎未已,忽闻风肃肃,草木偃折有声。女急推张起,曰:"海公子至矣。"张束衣愕顾,女已失去。旋见一大蛇,自丛树中出,粗于巨筒。张惧,障身大树后,冀蛇不睹。蛇近前,以身绕人并树,纠缠数匝,两臂直束胯间,不可少屈。昂其首,以舌刺张鼻,鼻血下注,流地上成洼,乃俯就饮之。

张自分必死,忽忆腰中佩荷囊,有毒狐药,因以二指夹出,破裹堆掌上。又侧颈自顾其掌,令血滴药上,顷刻盈把。蛇果就掌吸饮。饮未及尽,遽伸其体,摆尾若霹雳声,触树,树半体崩落,蛇卧地如梁而毙矣。张亦眩莫能起,移时方苏,载蛇而归。大病月余方瘥③。疑女子亦蛇精也。

《聊斋志异》

【注释】

①慊(qiè):通"惬",惬意、满足。
②忻(xīn):欣然。
③瘥(chài):病愈。

【赏读】

　　这位张生也是个有胆有趣之人,不然也不会听说那古迹岛景色好,就独自乘船载酒食冒险而去。在那样一座没有人迹的岛上,忽然遇到一位美女,再有色心,也得吃惊一下。但那女子很会说话,称自己是娟,而且是跟一位海公子来到这里玩的,那位公子太爱游玩,她走不动了,才到这儿歇歇脚,这么一说,也就很自然地打消了张生的疑虑。否则的话,她若是说自己是哪家的小姐,估计张生就不会相信,更会怀疑她是什么妖精。疑虑一消,色心就盛,张生胆大的一面就尽显,竟然就地与女子野合,全然不顾海公子随时可能出现的事实。所谓色迷心窍,也就是说这样的人吧。其实读到这里,读者估计还是会觉得这女子可能是个妖精,而不会像张生那么花痴乱心。读者至少在心里已经期待着这女子现出原形时究竟是什么样子,但不会想到关键在海公子那里——海公子直接就以大蛇的形象出场了,这还是很让人意外的。但比这更意外的,却是张生竟然带了毒狐狸的药!也就是说,他来之前还是有准备的,万一遇到狐狸精,就用毒药治之。只是他没想到会遇到蛇精,但这毒药也刚好用得上,救了自己一命。这时候我们再回头去看开篇处,说他"喜游猎",就会明白作者其实早有伏笔。蒲松龄写故事的手段之高明,由此亦可见一斑。

狐赏牡丹 纪昀①

外祖雪峰张公家，牡丹盛开。

家奴李桂，夜见二女凭阑②立。其一曰："月色殊佳。"其一曰："此间绝少此花，惟佟氏园与此数株耳。"

桂知是狐，掷片瓦击之，忽不见。俄而砖石乱飞，窗棂皆损。

雪峰公自往视之，拱手曰："赏花韵事，步月雅人，奈何与小人较量，致杀风景？"语讫寂然。公叹曰："此狐不俗。"

《阅微草堂笔记》

【注释】

①纪昀（1724～1805）：字晓岚，又字春帆，晚号石云，又号观弈道人、孤石老人、河间才子，谥号文达。清乾隆年间的著名学者、政治人物，直隶献县（今属河北）人。官至礼部尚书、协办大学士，曾任《四库全书》总纂修官。有《阅微草堂笔记》、《纪文达公遗集》，撰《评文心雕龙》。标题为编者所拟。

②阑：门前的栅栏。

【赏读】

能赏花赏月的人，从来都不会少，但真正的雅人，并不多见。

那么到底什么是雅？用张雪峰先生的话来讲，不论是鬼，是狐，还是人，都耻与小人较量。说到底赏花月只是趣味，而耻与小人较量，才是君子的境界。大人不计小人过也。君子胸襟开阔，不仅能容得下花与月，亦容得下山川文章，更容得下小人鄙辈。

这一故事写得也是真的好看。牡丹花盛开，自是美景，月下来看，其实完全无法比白天里看得尽兴，但白天是人的世界，哪里轮得到狐精来看呢？她们出场时的对话，写得非常传神。第一位女子并没说花美好，但说月色特别好。"月色殊佳"四字，写的其实是心境。另一位女子答得也好，也没说牡丹如何好看，却说这种花本地不多见，就两家有。就是这样漫不经心的两句对白，把两个女子赏花步月间的悠然神驰的情态活现出来。除此再多说半句，都会让人觉得多余，会把那气氛破坏。

但世间从不缺少煞风景之人，那位家奴李桂就是典型。他竟然拿起瓦片就打，因为知道她们是狐精。李桂一看就是位天不怕地不怕的生猛之徒。最有意思的不是他，而是这二位狐女，竟然奋起还击，噼里啪啦一顿板砖砸还过来，把窗户都砸坏了。此前的赏花步月的情境，瞬间就变成了一场闹剧，令人不禁捧腹失笑，这两个狐姑娘竟然也如此生猛。但这里面透露的，其实是一种颇为孩子气的感觉。

还是张雪峰老先生文雅，出来很有礼貌地说了一段话：雅人自赏花月美景，何必与小人计较，实在有煞风景。说得真是到位！两位姑娘一听，这家主人还真是个明白雅士，也就释然了。关键是结尾处张先生点睛的那四个字："此狐不俗。"能担得上这四字，也就对得起那盛开之牡丹、皎洁之月色了。

卷三 鬼异千姿

黎丘丈人 吕不韦①

梁②北有黎丘部,有奇鬼焉,喜效人之子侄昆弟③之状。邑丈人④有之市⑤而醉归者,黎丘之鬼效其子之状,扶而道苦之⑥。丈人归,酒醒,而诮⑦其子曰:"吾为汝父也,岂谓不慈哉?我醉,汝道苦我,何故?"其子泣而触地⑧曰:"孽⑨矣!无此事也。昔也往责⑩于东邑,人可问也。"其父信之,曰:"嘻!是必夫奇鬼也!我固尝闻之矣。"明日端⑪复饮于市,欲遇而刺杀之。明旦之市而醉,其真子恐其父之不能反也,遂逝⑫迎之。丈人望其真子,拔剑而刺之。丈人智惑于似其子者,而杀其真子。夫惑于似士者而失于真士,此黎丘丈人之智也。

《吕氏春秋》

【注释】

①吕不韦(约前290~前235):卫国濮阳(今河南濮阳西南)人。战国后期著名政治家,位及秦相。广招门客以"兼儒墨,合名法"为思想中心,合力编撰《吕氏春秋》,为先秦杂家代表人物之一。

②梁:即魏国,因迁都大梁,故称梁。地在今河南北部、山西西南部。

③昆弟:兄弟。

④丈人:老人。

⑤市：街市。
⑥道苦之：在路上算计折磨他。
⑦诮（qiào）：责怪。
⑧触地：下跪以头磕地。
⑨孽：冤枉。
⑩往责：去讨债。
⑪端：特地。
⑫逝：往。

【赏读】

　　鬼是可以杀死的吗？这是个有意思的问题。人死而成鬼，鬼死呢？活人能杀死鬼吗？但黎丘的那位老人家就想杀鬼。因为那个鬼竟然在他喝醉了的时候，冒充他儿子扶他走路，还说当儿子当得很辛苦，结果搞得他们父子误会了一场。这样一个由鬼弄出来的恶作剧，竟然引发了老人家的杀心，这就有些出人意料了。最后他误以为来接他的儿子是鬼，结果上演了一出本不该发生的杀子悲剧。

　　这个故事讲来是要有所劝诫的。比如辨别真假，不能因为假的东西很像真的，就连真的都不再相信。这在现实生活中极易发生。更何况人鬼之间的事儿，本来就不易辨别。另外，那个老人家分辨不出鬼和儿子，其实是有情可原的，毕竟这不是日常的真假，而是超出常规范畴的真假。还有一个劝诫，其实是关于杀心的——提醒人们，不要轻易起杀心。那位老人家杀心一起，连鬼也不放过，最后却自食恶果。

　　这篇载于《吕氏春秋》里的故事，提到了鬼与人的关系。我们看到鬼跟人开玩笑，而不是有意侵犯或伤害。而人对于鬼，也并没什么畏惧之心，被鬼捉弄了以后，还会想到用暴力去报复。这种人鬼关系是很有意思的。

谈 生 曹丕

谈生者，年四十，无妇，常感激①读书。忽夜半有女子，可年十五六，姿颜服饰，天下无双，来就生为夫妇。乃言："我与人不同，勿以火照我也。三年之后，方可照。"

为夫妻，生一儿，已二岁。不能忍，夜伺其寝后，盗照视之。其腰上已生肉如人，腰下但有枯骨。

妇觉，遂言曰："君负我，我垂生矣，何不能忍一岁而竟相照也？"生辞谢，涕泣不可复止。云："与君虽大义永离，然顾念我儿。若贫不能自偕活者。暂随我去，方遗君物。"生随之去，入华堂，室宇器物不凡。以一珠袍与之曰："可以自给。"裂取生衣裾，留之而去。

后生持袍诣市，睢阳②王家买之，得钱千万。王识之曰："是我女袍，此必发墓。"乃取拷之，生具以实对，王犹不信。乃视女冢，冢完如故。发视之，果棺盖下得衣裾。呼其儿，正类王女，王乃信之。即召谈生，复赐遗衣，以为主婿。表其儿以为侍中③。

《列异传》

【注释】

①感激：感动奋发。
②睢（suī）阳：今河南商丘南部。

③侍中:官名,秦为丞相属官,汉后地位上升,魏晋时已为三公加衔。

【赏读】

  读惯了《聊斋志异》的人,会对书生与鬼的恋情故事习以为常。通常不外以下几种模式:一是书生与鬼相恋,但人鬼殊途,终归两散,或是感天动地,鬼转世投胎为人,与人结连理;二是书生为鬼媚惑,鬼害人丢了命,或人被法师所救;三是人鬼之间因贪欲而交,后反目成仇,混乱收场;四是像一场梦一样,短暂的人鬼相遇相交,然后又忽然无影无踪。谈生的故事,显然跟以上几种类型都不大相符。它讲的是一个已经死去的人要复生,却终被她寄托身心的人因好奇而坏了好事的故事。

  作者在写这个故事的过程中,从始至终都是当成日常事件来叙述。比如开始时写到女子提醒谈生,三年内不要用火照她,谈生作何反应,没写。尽管当时穷得连老婆都娶不到的谈生为美色所惑,但这样郑重发出的信息,他无论如何都应该有所反应吧?可是我们无法知道现场的情形,因为作者略过了。

  谈生一定会用火去照的,这是人性好奇导致的必然结果。但我们想不到的是,火光之下,呈现在谈生面前的,是一具上半身已恢复血肉,而下半身还是枯骨的身体。这就不能说是鬼故事了,倒是有点像现在常说的僵尸故事里的场景。特别值得注意的是,写到这个足以让人吓个半死的场景时,谈生作何反应,作者仍旧没写。这种省略一方面提供了想象的空间,另一方面则在非常状态出现后仍然保持了平常的调子。这样写的好处,在于给后文赋予一种温情。接下来女子醒来,责怪他不该破坏她复生的大事,然后他很愧疚地哭了。还有女子觉得他穷得不能养活儿子,就带他去拿件值钱的东西。这些情节能让读者感觉到一种深情浮现,而且完全是人之常情式的,会让你觉得,这样一具半是肉身半是枯骨的身体呈现在那里并不是件很恐怖的事。也正是这样的一种调子,实际上决定了后面的故事走向,给这桩蹊跷的感情遭遇以温情的结局。

蒋济亡儿 曹丕

蒋济①为领军,其妇梦见亡儿涕泣曰:"死生异路。我生时为卿相子孙,今在地下为泰山伍伯②,憔悴困辱,不可复言。今太庙西讴士孙阿,见召为泰山令,愿母为白侯,属阿令转我得乐处。"言讫,母忽然惊寤。明日以白济。济曰:"梦为尔耳,不足怪也。"

明日暮,复梦曰:"我来迎新君,止在庙下。未发之顷,暂得来归。新君明日日中当发,临发多事,不复得归。永辞于此。侯气强,难感悟,故自诉于母。愿重启侯,何惜不一试验之?"遂道阿之形状,言甚备悉。天明,母重启济:"昨又梦如此。虽云梦不足怪,此何太适适?亦何惜不一验之?"济乃遣人诣太庙下,推问孙阿,果得之,形状证验,悉如儿言。济涕泣曰:"几负吾儿!"

于是乃见孙阿,具语其事。阿不惧当死,而喜得为泰山令,惟恐济言不信也。乃谓济曰:"若如节下③言,阿之愿也。不知贤子欲得何职?"济曰:"随地下乐者与之。"阿曰:"辄当奉教。"乃厚赏之。言讫,遣还。济欲速知其验,从领军门至庙下,十步安一人,以传阿消息。辰时传阿心痛,巳时传阿剧,日中传阿亡。济泣曰:"虽哀吾儿之不幸,且喜亡者有知。"后月余,儿复来，语母曰："已得转为录事④矣。"

《列异传》

【注释】

①蒋济（？~249）：字子通，楚国平阿（今安徽怀远）人，曹魏文帝时为东中郎将，明帝时为护军将军，齐王芳时徙领军将军，进爵昌陵侯，迁太尉。正始十年（249）卒，谥景侯。

②泰山伍伯：泰山，古人以为阴府所在，泰山神是阴府府君。伍伯，又作五百，即役卒，出则开路喝道，入则执杖行刑。

③节下：麾下，对将帅的尊称。

④录事：掌文书之官。意即泰山府君的录事。

【赏读】

世人皆畏死贪生，只因形灭神灭。即使有阴阳两界的说法，仿佛阴间是另一世界，也因肉身不在只有鬼魂，而让人望而却步，宁愿留在阳间长命百岁，而不会认为阴间也可以是一种活法。关键在于，在人的观念里，在阴间，人不是一个日常的实体，而只是魂魄，是无法体会到尘世阳间的人所能体会的生之快乐。但把阴间想象为与阳间同样的秩序化社会化的领域，则有可能会让活着的人对阴间没那么恐惧。

这个故事讲蒋济死去的儿子给他夫人托梦，说自己在泰山那边过得很不好，很委屈，说有个叫孙阿的人要来当泰山令，最好能找他帮忙找个好差使。夫人告知蒋济，蒋济不信，就再次托梦给她，结果派人一查，确有孙阿这么个人，跟亡儿说的完全相符。最有意思的就是这个孙阿，一听说自己将要死后去做阴间的泰山令，非但没怕，反而很高兴，因为这官可是要比他在阳间当的官不知道大多少倍，就答应会帮忙，结果全都应验。孙阿不怕自己将死，想来是因为在太庙里做那唱赞的小差也实在是做得太过了无生趣，看不到任何希望，要是到阴间能当个像样的官，也不枉一死。所以这个故事其实讲了几个观点：一是阴阳两界，都是世界，死了也不是一了百了化为乌有，这样想，可以让人不畏死；二是读书人想谋个好功名是个美好愿望，但对于很多人来说又是终生都不大可能完成的任务，所以要是死后能得偿所愿，也是好的；三是无论阴间阳间，关系都很重要，有关系，就能找到好位置，过得舒服。

钟 繇 陆氏①

钟繇尝数月不朝会②,意性异常。或问其故,云:"常有好妇来,美丽非凡。"问者曰:"必是鬼物,可杀之。"

妇人后往,不即前,止户外。繇问何以。曰:"公有相杀意。"繇曰:"无此。"乃勤勤呼之,乃入。繇意恨恨,有不忍之心,然犹斫之伤髀③。妇人即出,以新绵拭血,竟路④。

明日,使人寻迹之,至一大冢,木中有好妇人,形体如生人,著白练⑤衫,丹绣两当⑥,伤左髀,以两当中绵拭血。叔父清河太守说如此。

《异林》

【注释】

①陆氏:据考可能是陆机之子,但不知是陆蔚还是陆夏。陆云、陆机及陆蔚、陆夏,均为司马颖所杀,时在西晋惠帝太安二年(303)。《异林》不见著录,仅存一则佚文。

②钟繇(151~230):字元常,豫州颍川长社(今河南长葛)人,三国时曹魏政权的大臣。不朝会:不上朝。

③髀(bì):大腿。

④竟路:径直逃掉了。

⑤白练:白色熟绢。

⑥丹绣两当：丹绣，染红。两当，两当衫，古时短袖衫。

【赏读】

死者借活人之力复生的故事，是志怪中比较常见的题材。用在钟繇这样的名人身上，却并不多见，似暗含诋毁之意。先是说钟繇贪恋美色，竟然数月不上朝，整个人都很反常。此处一是说明那女子的"美丽非凡"，竟能让如此人物数月不上朝；二是说钟繇贪色过度，忘了人臣之本，有失大体。还有一点，就是说他杀心重。喜欢到了这样的程度，一个转念之间，还是能起杀心，这也是比较少有的，是要说明他的无情。这样一个失大体而又无情的人，何以当得起名臣之誉呢？至于后面寻迹发墓应验此女为鬼，都只是例行公事而已。当然换个角度来说的话，也可以认为这个故事只不过是为了让人相信而拉个名人来比附而已，并无他意，只是想说说死而能重生的奇事。

宋大贤 干宝

南阳西郊有一亭,人不可止,止则有害。邑人宋大贤,以正道自处,尝宿亭楼,夜坐鼓琴而已,不设兵仗。

至于夜半时,忽有鬼来登梯,与大贤语,瞋目磋齿[①],形貌可恶。大贤鼓琴如故,鬼乃去。于市取死人头来,还语大贤曰:"宁可少睡耶?"因以死人头投大贤前。

大贤曰:"甚佳!吾暮卧无枕,正当得此。"鬼复去,良久乃还,曰:"宁可共手搏耶?"大贤曰:"善。"语未竟,大贤前便逆捉其腰。鬼但急言:"死!死!"大贤遂杀之。

明日视之,乃是老狐也。因止亭毒,更无害怖。

《搜神记》

【注释】

①瞋目磋(cuō)齿:怒目咬牙切齿。

【赏读】

宋大贤显然是个胆魄过人且正气十足的人。这个小故事的上半部分,写对人有毒害的那个亭子,再写宋大贤如何不怕鬼魅,不管丑陋的鬼魅多么吓人,宋大贤都能做到坦然自若,继续弹他的古琴。他的这份气场,足以让鬼魅也忌惮几分,所以他在气势上也就胜过了鬼。故事的下半部分写的是宋大贤不但不怕，还最终杀了鬼魅。当然那个鬼魅并没气馁，还在继续想办法吓唬宋大贤，结果吓唬不成，反被宋大贤瞅准机会把它捉住杀了，现形后发现竟然是只老狐狸。归根到底，作者通过这个小故事想表达的，也就是邪不压正，君子正气凛然，就连鬼魅也是要怕他几分，非但如此，像宋大贤这样的君子杀鬼魅，似乎也是易如反掌的事。两场小戏，一文戏、一武戏，宋大贤先是以静制动，后是以暴制暴，无论是描写还是对白，节奏气息控制得都非常紧凑恰当，细读之，很难增减一字。

倪彦思家魅 干宝

吴时，嘉兴倪彦思，居县西埏里。有鬼魅在其家，与人语，饮食如人，唯不见形。彦思奴婢有窃骂大家者，云："今当以语。"彦思治之，无敢詈①之者。

彦思有小妻，魅从求之，彦思乃迎道士逐之。酒肴既设，魅乃取厕中草粪，布著其上。道士便盛击鼓，召请诸神。魅乃取伏虎②，于神座上吹作角声音。有顷，道士忽觉背上冷，惊起解衣，乃伏虎也。于是道士罢去。

彦思夜于被中窃与姬语，共患此魅。魅即屋梁上谓彦思曰："汝与妇道吾，吾今当截汝屋梁。"即隆隆有声。彦思惧梁断，取火照视，魅即灭火。截梁声愈急，彦思惧屋坏，大小悉遣出，更取火视，梁如故。魅大笑，问彦思："复道吾否？"

郡中典农闻之曰："此神正当是狸物耳。"此魅即往谓典农③曰："汝取官若干百斛谷，藏著某处。为吏污秽，而敢论吾。今当白于宫，将人取汝所盗谷。"典农大怖而谢之。自后无敢道。三年后去，不知所在。

《搜神记》

【注释】

①詈（lì）：骂。

②伏虎：便壶。

③典农：典农校尉，东吴于屯田之郡置典农校尉，职权相当于太守。

【赏读】

　　鬼魅与人，或成恋情，或成仇怨，在志怪故事里比较多见。这一篇则是不多见地写鬼魅对人的恶作剧，文笔很灵活，趣味盎然，叙事的层次感也相当不错。开篇一段介绍完这个鬼魅无形但能跟人说话、吃饭，就写倪彦思请道士驱鬼魅，结果失败了，真不知道这鬼魅接下来还会干什么害人之事。但在第二段里，让人意想不到的是，鬼魅竟然在屋梁上偷听倪彦思夫妇耳语，吓唬戏弄这两口子，写得特别生动而且富有喜剧色彩。

　　写完这些，作者并没有继续写这鬼魅如何再作怪捣乱，而是转头去写郡中典农校尉随口说这鬼魅估计是狸精，结果这鬼魅就去找典农校尉当面揭穿他的贪腐丑事，吓得他谢罪之后再也不多说半字。看过这两段之后读者会觉得轻松很多，这鬼魅不管怎么闹腾，都没有要伤害人的意思。正当读者很想知道后面还会有什么热闹的时候，作者却收尾了：过了三年，这鬼魅就离去了，没人知道去了哪里。这一个充满留白感的急停，虽然只有短短八个字，但特别有效果。让人难免会这样去联想，这三年里，又发生了些什么事？这个鬼魅到底为什么会忽然离开、去了哪里？倪彦思这家子人后来怎么样了？没人知道。我们只知道作者确实是个叙事高手。

嵇 康 荀氏

嵇康①灯下弹琴，忽有一人，长丈余，著黑单衣，革带。康熟视之，乃吹火灭之，曰："耻与魑魅争光！"

尝行，去洛数十里，有亭名月华。投此亭，由来杀人。中散心神萧散，了无惧意。至一更操琴，先作诸弄，雅声逸奏，空中称善。

中散抚琴而呼之："君是何人？"

答云："身是故人，幽没于此。闻君弹琴，音曲清和，昔所好。故来听耳。身不幸非理就终，形体残毁，不宜接见君子。然爱君之琴，要当相见，君勿怪恶之。君可更作数曲。"

中散复为抚琴，击节，曰："夜已久，何不来也？形骸之间，复何足计？"乃手挈其头曰："闻君奏琴，不觉心开神悟，恍若暂生。"遂与共论音声之趣，辞甚清辩。谓中散曰："君试以琴见与。"乃弹《广陵散》②。便从受之，果悉得。中散先所受引，殊不及。与中散誓，不得教人。

天明，语中散："相与虽一遇于今夕，可以远同千载，于此长绝，不胜怅然！"

《灵鬼志》

【注释】

①嵇康（223～262，或224～262）：字叔夜，三国魏谯郡铚

（今安徽濉溪县）人，文学家、思想家、音乐家。"竹林七贤"之一。与阮籍齐名，并称嵇阮。曾娶曹操曾孙女，官曹魏中散大夫，故世称嵇中散。后因得罪钟会，为其构陷，被司马昭处死。

②《广陵散》：古琴曲，据传为嵇康临刑前所奏。

【赏读】

这个关于嵇康的故事很有名，说有名，其实就是第一段的"耻与魑魅争光"。说的是嵇康骨子里的那种不寻常的骄傲与胆魄。但后面的故事更有深意，写的是嵇康得遇知音。只不过这个知音不是人，而恰恰是鬼。

嵇康如此孤傲的人，也是个视琴如命的人。传说临刑前还要弹奏一曲，就是著名的《广陵散》。而这个故事要告诉我们的是，原来这首曲子并非嵇康原创，而是他跟一个同为古琴高手的鬼学的。

先是写鬼听琴，然后与嵇康对话，坦言自己是死于非命的鬼，只是爱听嵇康弹古琴而已。接下来此鬼现身教琴这一段写得很精彩，知音难遇，既然是知音，何必在意是人是鬼呢？这是嵇康的心态。不只是不必在意人鬼之分，连形骸如何都不需要在意，这就是嵇康的观念。知音比什么都重要，既然人世之中难得知音，那么于鬼中得遇，不也算是一种幸运吗？这一曲《广陵散》，嵇康就此学得了。

最后，天明时，那鬼的道别话，说得也非常感人，主要意思就是，知音遇一夕，可以等于千年。想想嵇康最后也是死于非命，临终弹奏《广陵散》，应有知音何在之叹吧？所以《广陵散》的终归失传，他其实也知道是难免的事。不胜怅然的，其实还有被这故事感动的读者。而此故事的作者，实是在为嵇康这样的世不二出的俊杰横遭不幸鸣不平。

周子长 荀氏

周子长,侨居武昌五丈浦东塎头。咸康①三年,子长至寒溪浦中秅家,家去五丈数里。合暮②还五丈未达。减一里许,先是空塎,忽见四匝瓦屋当道,门卒便捉子长头。子长曰:"我是佛弟子,何故捉我?"吏问曰:"若是佛弟子,能经呗不?"子长先能诵《四天王》及《鹿子经》③,便为诵之三四过。捉故不置,知是鬼,便骂之曰:"武昌痴鬼!语汝,我是佛弟子,为汝诵经数偈,故不放人也?"捉者便放,不复见屋。鬼故逐之。

过家门前,鬼遮不得入门,亦不得作声。而心将鬼至寒溪寺中过,子长便擒鬼胸,复骂曰:"武昌痴鬼!今当将汝至寺中和尚前了之。"鬼亦擒子长胸,相拖度五丈塘,西行。后鬼谓捉者曰:"放为,西将牵我入寺中?"捉者曰:"已擒,不放。"子长故复语后者曰:"寺中正有秃辈,乃未肯畏之?"后一鬼小语曰:"汝近城东逢秃时,面何以得败。"便共大笑。子长比达家,已三更尽矣。

《灵鬼志》

【注释】

①咸康:东晋成帝司马衍年号,即公元335~342年。
②合暮:天黑。

③《四天王》及《鹿子经》：均是佛经。

【赏读】

把遇鬼的事写得很欢乐，是这个故事的一大特点。作者先是写周子长晚上回家的路上，遇到了鬼制幻局，吓唬他。知道他是信佛的，还考了他一通佛经。周子长开始还是比较老实的，就背了一通佛经，但鬼还是不放，他就怒了，骂那鬼是痴鬼，说：我都给你诵了这么多经文了，你怎么还不放人啊？但那鬼放手之后，还跟着他。到了家门口，鬼挡着门不让他进。他干脆反客为主，抓住鬼胸，要带鬼去找和尚了断。鬼也抓住他胸，他们一路撕扯着就走了很远。鬼又跟他商量：放开我吧，你不是真要把我弄到寺里去吧？周子长不放，还调侃说：寺里有秃和尚，你难道不怕吗？那鬼也不示弱，说：你在城东遇到那些秃子的时候，就知道怎么败在我手上了。最有意思的是说到这里，周子长跟鬼都大笑了起来。人鬼相遇，撕扯、嘲骂、威胁一番，却并没有伤害的事发生，而且以大笑收场，这是很少有也很有意思的一种写法。作者写到大笑，笔头一转，直接写周子长到家时已是三更天了，整整折腾了大半夜。那鬼究竟怎么走掉的，人鬼又有什么对话，都没写。不写，比写了更有味道，这就是留白。

秦 树 荀氏

沛郡①人秦树者，家在曲阿小辛村。义熙②中，尝自京归。未至二十里许，天暗失道。遥望火光，往投之。见一女子秉烛出，云："女弱独居，不得宿客。"树曰："欲进路，碍夜，不可前去，乞寄外住。"女然之。

树既进坐竟，以此女独处一室，虑其夫至，不敢安眠。女曰："何以过嫌，保无虑，不相误也。"为树设食，食物悉是陈久。树曰："承未出适，我亦未婚。欲结大义，能相顾否？"女笑曰："自顾鄙薄，岂足伉俪？"遂与寝止。

向晨树去，乃俱起执别，女泣曰："与君一睹，后面莫期。"以指环一双赠之，结置衣带，相送出门。树低头急去，数十步，顾其宿处，乃是冢墓。居数日，亡③其指环，结带如故。

《灵鬼志》

【注释】

①沛郡：古代郡名，治所在相县（今安徽淮北境内）。
②义熙：东晋安帝司马德宗的年号，即公元405~418年。
③亡：丢失。

【赏读】

夜行遇女鬼，但不知是鬼，留宿后相欢好，这样的故事后来是比较常见的。秦树是个过客，只是想有个露水姻缘，一宿贪欢而已。这些也都没什么可奇怪的。临别时那女子赠秦树一对指环，这个情节很有意思。

秦树跟她道别之后，"低头急去"，这四个字用得好。因为他之前还担心她丈夫会回来，所以欢娱过后，这个时候当然是能快点离开最好，以免生出是非麻烦。但走出数十步之后，他可能觉得有点不对劲，就回头看了一下，发现原来是个墓。他是不是会非常后怕？会不会慌张逃离？作者按下不写，接着的那结尾一句，就显得特别意味悠长。秦树在家待了几天，那对指环就不见了。可是，衣带上拴指环的那个结还在。

这个结尾写得非常妙。为什么？他这场奇遇，指环是唯一的见证物，这东西不见了，就会让他觉得整个的经历都像是做了场梦一样，非常虚幻。但是衣带上的那个结仍然还在那里，这个结，从某种意义上说，也是他心里的结。不管怎么说，这个结是很难打开了。前面的故事虽平淡道来，到结尾这个结上，整个故事却忽然发出光来。

阿 香 陶渊明

义兴人姓周,永和年中出都,乘马,从两人行。未至村,日暮,道边有一新小草屋,见一女子出门望,年可十六七,姿容端正,衣服鲜洁。见周过,谓曰:"日已暮,前村尚远。临贺讵①得至?"周便求寄宿。此女为燃火作食。

向至一更,闻外有小儿唤"阿香"声,女应曰:"诺。"寻云:"官唤汝推雷车。"女乃辞行,云:"今有官事,当去。"夜遂大雷雨。

向晓女还。周既上马,自异其处,返寻,看昨所宿处,止见一新冢,冢口有马尿及余草,周甚惊惋。至后五年,果作临贺②太守。

《搜神后记》

【注释】

①讵(jù):岂,难道。

②临贺:郡名。治所在今广西贺街镇。

【赏读】

此故事开篇,颇类那种我们比较熟悉的遇鬼的故事。有位周先生于日暮荒野中遇到一小草屋,里面出来一少女,长得端庄,穿得也好。读者会想，鬼来了。是不是这位老兄又要与此鬼女来次露水情缘呢？结果接下来发生的事，完全出乎意料。有个小孩子在外面叫"阿香"去推雷车，然后夜里就下了场大雷雨。读到这里，我们会以为这少女可能是位跟雷公电母有点关系的小神仙。但最后的结局揭秘，却仍旧回到了遇鬼故事的套路上，那位周先生早起上马走出去不久，就觉得有些怪异，于是返回昨晚住的地方看，发现竟然是座新坟，外面还有马尿和一些草料。那么，那位少女究竟是鬼还是什么神仙呢？既然在新坟里，应该就是鬼了吧？可是她为什么还能去帮忙推雷车呢？这样一联想，就会发现，这司掌雷雨的神仙，跟鬼界，可能也是有关系的吧？不然怎么可以随时叫个鬼工来帮忙推雷车打雷呢？从这个角度来说，在作者眼中，人间之外，仙界鬼界，或许本来就不是严格区分开的。少女虽为新鬼，同样也可以与雷神雨神为伍做事，而且她还能预见到周先生将来的仕途——做临贺太守。

李仲文女 陶渊明

  武都①太守李仲文,在郡丧女,年十八,权假葬郡城北。后有张世之代为郡,世之男字子长,年二十,侍从。在厩中,梦一女,年可十七八,颜色不常。自言前府君女,不幸早亡,会今当更生,心相爱乐,故来相就。如此五六夕。忽然昼见,解衣服,薰香②殊绝。遂为夫妻,寝息,衣皆有污,如处女焉。

  后仲文妇遣婢视女墓,因过世之妇相闻。入厩中,见此女一只履在子长床下。取之啼泣,呼言发冢。持履归,以示仲文。仲文惊愕,遣问世之:"君儿何由得亡女履耶?"世之呼问儿,具陈本末。李、张并谓可怪。发棺视之,女体已生肉,颜姿如故,右脚有履,左脚无也。

  后夕,子长梦女来曰:"夫妇情至谓偕老,而无状忘履,以致觉露。我比得生,今为所发。自尔之后,遂死肉烂,不得生矣。万恨之心,当复何言!"涕泣而别。

《搜神后记》

【注释】
  ①武都:在今甘肃东南部,属陇南市。
  ②薰香:薰香似春。

【赏读】

　　这个故事很容易让人想到后来汤显祖的《牡丹亭》，只是汤显祖并没有采取它的叙事路线。此故事只是张公子梦到李小姐，但结局却是一个不小心导致的永别；而《牡丹亭》中是柳梦梅、杜丽娘互梦，而杜丽娘因梦思深而死，最后又因情而复活结良缘的大团圆故事。但这个故事仍旧遵循当时比较多见的发展路线，死者之魂欲借生者之力复活身体，结果因为意外的疏漏被人发现，半途而废。陶渊明在处理这个故事的时候，跟其他人不同之处在于，他设置了一只鞋，作为整个故事忽然转向的因素，这就比通常的因为好奇心而发现秘密的手法要高明。

徐玄方女 陶渊明

东平①冯孝将为广陵②太守。儿名马子，年二十余，独卧厩③中，夜梦见一女子，年十八九，言："我是前太守北海徐玄方女，不幸早亡，亡来出入四年。为鬼所枉杀，案生录，当年八十余，听我更生。要当有依凭了，乃得生活，又应为君妻。能从所委，见救活不？"马子答曰："可尔。"遂与马子克期④当出。

至期日，床前地头发正与地平，令人扫去，愈分明，始悟是所梦见者。遂屏除左右，人便渐渐额出，次头面出，又一炊顷，形体顿出。马子便令坐对榻上，陈说语言，奇妙非常。遂与马子寝息。每诫云："我尚虚，君当自节。"问："何时得出？"答曰："出当得本生日。"生日尚未至，遂往厩中。言语声音，人皆闻之。

女计生日至，具教马子出己养之方法，语毕拜去。马子从其言，至日，以丹雄鸡一只，黍饭⑤一盘，清酒一升，酹其丧前，去厩十余步。祭讫，掘棺出，开视，女身体完全如故。徐徐抱出，著毡帐中，唯心下微暖，口有气。令婢四人守养护之。常以青羊乳汁沥其两眼，始开，口能咽粥，积渐能语。二百日中持杖起行，一期之后，颜色肌肤气力悉复常。

乃遣报徐氏，上下尽来。选吉日下礼聘，为三日，遂为夫妇。生二男一女。长男字元庆，永嘉初为秘书郎中⑥。小男字敬度，作太傅掾⑦。女适济南刘子彦，征士⑧延世之孙也。

《搜神后记》

【注释】

①东平：汉甘露二年（前52）改大河郡为东平国。治所在无盐（今山东东平东）。辖境相当于今山东济宁市及汶上、东平等县地。南朝宋改为郡，北齐废。隋大业及唐天宝、至德时又曾改郓州为东平郡。

②广陵：魏晋南北朝时期长江北岸的重要都市和军事重镇。西汉置郡。西汉武帝元狩二年（前121）改江都国为广陵郡，领广陵（今江苏扬州市区）江都、高邮、平安（今江苏宝应县部分）4县。治广陵县。

③厩：本义马棚。此为房屋。

④克期：约定日期。

⑤黍饭：大黄米饭。

⑥秘书郎中：东汉时置，掌管校对经籍图书。

⑦太傅掾：太傅助理。

⑧征士：不就朝廷征辟的士人。

【赏读】

死后仍能复活，看来是晋时比较常见的话题。既有半途而废的，自然也就有成功的。此故事即是成功案例。而且不只是成功案例，还是复活操作完整版说明书。看前后两个阶段的复活过程，真令人大开眼界。先是写女子从地里出现，写得极为细致，先出头发，再出额头、脸，然后才是形体出来，整个过程用今天的眼光来看简直如同魔术里的大变活人。或者说，也有点像一个虚拟的实体的重现，类似于那种全息成像的方式。按照作者的逻辑，似乎只有先让这个虚拟实体成活，然后才能让墓中的实体复活。这种对应关系，真是特别神秘。我们其实可以假设一下，要是没有这一段的内容，直接就到下面一段墓中实体的复活部分，这个故事会怎么样？这个不难得出结论，那样的话整个故事就会黯然无光，没有任何奇妙的味道了。从这个意义上讲，这第一次复活的内容，才是整个故事结构的支撑点。有了它，后面那段细致到近乎琐碎的开墓启棺复活的过程，才不会显得乏味单调。而这种结构上的考量与设计，特别能显示出作者的文章笔法之老到。

顾 邵 佚名

顾邵①为豫章②，崇学校，禁淫祀③，风化大行。历毁诸庙，至庐山庙，一郡悉谏，不从。

夜忽闻有排大门声，怪之。忽有一人，开合径前，状若方相，自说是庐君。邵独对之，要进上床，鬼即入坐。邵善《左传》，鬼遂与邵谈《春秋》，弥夜不能相屈。

邵叹其精辩，谓曰："《传》载晋景公所梦大厉者，古今同有是物也？"鬼笑曰："今大则有之，厉则不然。"灯火尽，邵不命取，乃随烧《左传》以续之。

鬼频请退，邵辄留之。鬼本欲凌④邵，邵神气湛然，不可得乘。鬼反和逊，求复庙，言旨恳至。邵笑而不答。鬼发怒而退。顾谓邵曰："今夕不能仇君。三年之内，君必衰矣。当因此时相报。"邵曰："何事匆匆，且复留谈论。"鬼乃隐而不见。视门合，悉闭如故。

如期，邵果笃疾⑤，恒梦见此鬼来击之，并劝邵复庙，邵曰："邪岂胜正。"终不听。后遂卒。

《志怪》⑥

【注释】

①顾邵（？~217）：字孝则，三国时吴郡吴县（今江苏苏州）

人。出身于江东名门大族"顾陆朱张"中的顾家,为顾雍长子,顾承、顾谭之父。少年时与舅父陆绩齐名,胜过陆逊、张敦、卜静等人。周瑜病死之后去吊丧时,被庞统评价为"驽牛能负重致远"。二十七岁的时候拜为豫章太守,孙权许以孙策之女。顾邵有知人之能,提拔的平民张秉、殷礼后来都当了太守,吴粲升到太子少傅,而丁谞官至典军中郎。在任五年后逝世,爵位由顾谭继承。

②豫章:郡名,楚汉之际置。治所在南昌县(今江西南昌市市区)。西汉后期隶属于扬州刺史部。汉末,孙权厘豫章郡置庐陵郡、彭泽郡、鄱阳郡。西晋后辖境逐渐缩小。隋唐时改豫章郡为洪州。

③淫祀:指不合礼制的祭祀,不当祭的祭祀,妄滥之祭。包含了越份之祭与未列入祀典之祭两种。《礼记·曲礼》谓:"非其所祭而祭之,名曰淫祀。淫祀无福。"

④凌:冒犯。

⑤笃疾:病重。

⑥《志怪》:六朝以"志怪"名书者甚多,除少数可考以外,其他都不知所出,唯知出于东晋、南北朝。鲁迅一并辑入《杂鬼神志怪》。

【赏读】

这是个让人看后会唏嘘不已的人鬼相斗的故事。最终的结局,是悲剧性的。不是邪不胜正,而是邪胜了正。它的悲剧性在于,前面那些铺陈的部分,本来是很令人惊叹并振奋不已的。正气凛然的顾邵,不信鬼神,不信邪,什么庙都敢拆,什么鬼都不怕,非但不怕,反而能跟鬼彻夜对谈《春秋》。但所有的强悍,在最后一段都烟消云散了,鬼的预言得到了验证,顾邵终因染病如期而死。

顾邵与那位自称庐君的大鬼对谈的一段,写得着实精彩。庐君夜间来找顾邵,要说服他不要拆庐山庙,顾邵没有畏惧,反而请这大鬼入室上床，对谈《春秋》。谈了差不多通宵，也没分出高下。顾邵也很佩服这位庐君的言论之精妙。但这种钦佩之心似乎产生了某种忧虑。于是他就问那个大鬼，《左传》里说的晋景公梦见的大厉鬼，是不是古今都有啊？那位庐君的回答也很微妙，说大鬼是有的，但厉鬼就没有了。关键在于，这位庐君是笑着这样说的，其实是在示好，而不是作对。可是蜡烛烧尽之后，顾邵没有叫人来补上，而是直接把《左传》烧起来，用以照明。让人觉得，这位顾先生是绝对不会做出半点妥协的。

这种强悍的气势，其实是让庐君不能不为之折服的。他有几次要离开，但顾邵就是不让他走。他没办法，又几次想侵犯顾邵，但都被顾邵的盛气吓了回去。万般无奈的情况下，他只好态度谦逊、言辞恳切地跟顾邵商量：把我的庙恢复了好吗？顾邵笑而不答，这种轻蔑的状态，终于惹怒了他。他对顾邵发出了死亡诅咒：今晚我是不能拿你怎么样了，三年后，你一定会生命衰竭，那时才是对今天你所作所为的报应。三年后，顾邵果然生病时，他又去找顾邵要求恢复庐山庙，但被拒绝了，因为顾邵相信邪不胜正。结果是他死了，正未能压住邪。实际上作者的意图到此也表露得差不多了，那就是即使在正义面对邪恶、在强悍之人面对有所气馁的鬼时，也不能逼之太甚，还是要有宽容的胸怀才好。

雨中小儿　刘义庆

元嘉①初，散骑常侍②刘俊，家在丹阳。后尝闲居，而天大骤雨，见门前有三小儿，皆可六七岁，相牵狡狯，而并不沾濡。俊疑非人。俄见共争一瓠壶子③，俊引弹弹之，正中壶，霍然不见。俊得壶，因挂阁边。

明日，有一妇人入门，执壶而泣。俊问之，对曰："此是小儿物，不知何由在此？"俊具语所以。妇持壶埋儿墓前。

间一日，又见向小儿持来门侧，举之，笑语俊曰："阿侬已复得壶矣。"言终而隐。

《幽明录》

【注释】

①元嘉：南朝宋文帝刘义隆年号，即公元 424~453 年。
②散骑常侍：三国魏始置，侍从皇帝左右，掌规谏、表诏等。
③瓠（hù）壶子：即葫芦瓢。

【赏读】

写人与神鬼妖怪的关系，自然就会有意想不到的故事发生，这似乎在志怪中已成定式。但在这个极为精短的故事里，我们看到的却是另一种想法与写法。为什么说是另一种想法呢？因为我们把这个有意思的故事从头到尾地看完,就会发现,并没有什么很具体的故事发生,只有三个简单的场景而已。

我们来看第一个场景,说的是散骑常侍刘俊闲着没事儿,在大雨天坐门口,看见三个小孩子在那里抢一瓠壶子,他发现这三个小孩子竟然不会被雨淋湿,就拿弹弓子射他们手中的那个瓠壶子,结果三个小孩子转眼不见了踪影,他就把那瓠壶子挂在了阁楼上。从这个细节,我们可以看出这个刘俊很像个武人,胸怀很是坦荡,尽管感觉自己遇到的很可能不是正常人类,但也并没有大惊小怪。

第二个场景,写次日有个女人上门来,拿了那把瓠壶子就哭了起来。说这瓠壶子是她孩子的,怎么会在这里呢?刘俊并没有为自己辩解,而且很淡定,老老实实地把之前的事告诉了她,就好像并没把她当成异类似的。这种淡定,很是耐人寻味。或许他知道她与小孩子都非人类,但并不想惊扰她们。或许是他并没有异类的概念,无论何类,都能一视同仁。后来写到那个女人把那个瓠壶子埋到自己孩子的墓前,读者才明白,小孩子原来是死了的。刘俊显然是随她到了墓前的。

第三个场景很可爱,其中的一个小孩子,拿着那个瓠壶子,出现在他面前,对他说:"阿侬我又把它弄到手啦!"说完就消失了。

总的来说,这个小故事,写得真的是非常妙,有种飘忽来去、了然无痕的感觉。刘俊这个人物写得也是真的好,不动声色,朴素自在,有种超然的风度。因此才会有人与鬼虽然相遇,但并没有发生什么过于奇怪的冲突或交往,几乎与平常大人跟邻家小孩子相处的场景无异,却又有种无声无息的妙趣油然而生。

新死鬼 刘义庆

有新死鬼，形疲瘦顿。忽见生时友人，死及二十年，肥健。相问讯曰："卿那尔？"曰："吾饥饿，殆不自任①，卿知诸方便②，故当以法见教。"友鬼云："此甚易耳。但为人作怪，人必大怖，当与卿食。"

新鬼往入大墟③，东头有一家，奉佛精进。屋西厢有磨，鬼就推此磨，如人推法。此家主语子弟曰："佛怜吾家贫，令鬼推磨。"乃辇麦与之。至夕磨数斛，疲顿乃去。遂骂友鬼："卿那诳我？"又曰："但复去，自当得也。"

复从墟西头入一家，家奉道，门旁有碓，此鬼便上碓，如人舂状。此人言："昨日鬼助某甲，今复来助吾，可辇谷与之。"又给婢簸筛。至夕，力疲甚，不与鬼食。鬼暮归，大怒曰："吾自与卿为婚姻，非他比，知何见欺？二日助人，不得一瓯饮食。"友鬼曰："卿自不偶④耳。此二家奉佛事道，情自难动。今去，可觅百姓家作怪，则无不得。"

鬼复去，得一家，门首有竹竿。从门入，见有一群女子，窗前共食。至庭中，有一白狗，便抱令空中行。其家见之大惊。言自来未有此怪。占云："有客鬼索食，可杀狗，并甘果酒饭，于庭中祀之，可得无他。"其家如师言，鬼果大得食。自此后恒作

买粉儿　刘义庆

有人家甚富，止有一男，宠恣过常。游市，见一女子美丽，卖胡粉①，爱之。无由自达，乃托买粉，日往市，得粉便去。初无所言，积渐久，女深疑之。明日复来，问曰："君买此粉，将欲何施？"答曰："意相爱乐，不敢自达。然恒欲相见，故假此以观姿耳。"女怅然有感，遂相许以私，克②以明夕。

其夜，安寝堂屋，以俟女来。薄暮果到，男不胜其悦，把臂曰："宿愿始伸于此！"欢踊遂死。女惶惧，不知所以，因遁去，明还粉店。至食时，父母怪男不起，往视，已死矣。当就殡敛，发箧笥中，见百余裹胡粉，大小一积。其母曰："杀我儿者，必此粉也！"入市遍买胡粉，次此女，比之，手迹如先。遂执问女曰："何杀我儿？"女闻呜咽，具以实陈。父母不信，遂以诉官。

女曰："妾岂复吝死！乞一临尸尽哀。"县令许焉。径往，抚之恸哭曰："不幸致此。若死魂而灵，复何恨哉！"男豁然更生，具说情状。遂为夫妇，子孙繁茂。

《幽明录》

【注释】

①胡粉：铅粉，古人以其擦脸。

②克：严格约定。

【赏读】

　　这个故事写的是一个被父母宠坏了的富家子弟的痴情与意外遭遇。虽说是个大团圆式的故事，但整体上看还是一波三折、悲喜交集的。不过读起来，很可能会觉得是发生在现实中的事，而不是什么不可思议的奇事。

　　被宠坏的富家子弟，其情感模式通常会比较异常。要么是过于冷漠无情，要么就是过于盲目热情，原因大都是得到太多且太容易。本故事里的这位小爷显然是后者，一下子喜欢上了那个在市场里卖胡粉的美女。因为不会表达，就天天去买胡粉。后来那姑娘起了疑心，就问他买这么多胡粉做什么用呢？于是他就坦白了自己的心意。这姑娘就被彻底地感动了。随后两个人就约好了定情时间。结果很不幸，两个年轻人欢娱过度，小伙子估计是得了马上风"死了"，姑娘就吓得逃回了家里。

　　家人通过遗物中的那一百多包胡粉，找到了那姑娘，起诉了她。不管她如何解释，人家父母自然不信。没办法，她的个性就发挥出优势了，说：不就是死吗？有什么大不了的？让我先去哭一下死者吧。很有性格的一位姑娘，那个富家小伙子眼光还真是不错。结果这一哭，倒是把小伙子哭活了。最后就像童话故事里说的那样，两个人过上了幸福的生活，生了很多孩子。

　　不管怎么说，在那时的人眼中，真正的痴情人、性情中人，还是值得敬重的。至于他们是什么阶层和身份，倒并不是那么重要了。似乎也只有如此这般出生入死一场，才可能会有机会打破上下阶层之间的森严壁垒吧？否则的话，结果可能就是两条人命了。

石氏女 刘义庆

巨鹿^①有庞阿者,美容仪。同郡石氏有女,曾内睹阿,心悦之。未几,阿见此女来诣阿。阿妻极妒,闻之,使婢缚之,送还石家,中路遂化为烟气而灭。婢乃直诣石家,说此事。石氏之父大惊曰:"我女都不出门,岂可毁谤如此?"

阿妇自是常加意伺察之。居一夜,方值女在斋中,乃自拘执,以诣石氏。石氏父见之愕眙曰:"我适从内来,见女与母共作,何得在此?"即令婢仆于内唤女出,向所缚者,奄然灭焉。父疑有异故,遣其母诘之。女曰:"昔年庞阿来厅中,曾窃视之。自尔仿佛即梦诣阿,及入户,即为妻所缚。"石曰:"天下遂有如此奇事!"

夫精情所感,灵神为之冥著,灭者盖其魂神也。既而女誓心不嫁。经年,阿妻忽得邪病,医药无征^②。阿乃授币石氏女为妻。

《幽明录》

【注释】

①巨鹿:郡名,秦时置,治今河北平乡西南。
②无征:无效。

【赏读】

　　这个痴情的故事，显然就比较邪门了。看完故事，你或许会觉得，在作者眼中，情痴如此，不管发生什么事情都是情有可原的了。但是，情有可原也只是情有可原，不代表不能让人惊奇不已。这个故事最为奇妙之处，其实有两点：一是痴情的人，在梦中竟然可以穿越到现实中，而且仿佛还可以把灵魂赋气成形，形成一个虚拟的形象，可言可行。听起来真的很像科幻片的感觉了，而且还完全不涉及鬼妖狐神之类，有的只是不可思议的奇妙穿越状态。二是痴情的石家姑娘最后竟然能坚持到那个男人的原配得邪病死去。看来刘义庆对于这种故事，是喜欢给出大团圆的结局的。

　　我们可以想象一下那些场景：痴情的石家小姐的虚拟体两次出现在她心爱的男人家里，两次被抓，又两次都变成气，化为乌有。无论怎么想象，你都会被这个故事的奇妙感所折服。什么叫精诚所至，金石为开？跟这样的痴情人比起来，简直就算不上什么。她是痴情所至，必有所成。另外，在故事的最后，好像有人在说，既然痴情可以到了这样一种非同寻常的程度，那么不管它引发了什么其他事件——比如那个美男的老婆病亡——似乎都可以原谅了。

鬼　子 祖台之①

廷尉②徐元礼嫁女，从祖与外兄孔正阳共诣徐家。道中有土墙，见一小儿，裸身，正赤手持刀，长五六寸，企墙上磨甚驶，独语。因跳车上曲栏中坐，反复视刀，辄舐之。至徐家门前桑树下，又跳下，坐灰中，复更磨刀。

日晡③，新妇就车中，见小儿持刀入室，便刺新妇，新妇应刀而倒。扶还，解衣视，心腹紫色，如酒槃大，炊顷便亡。鬼子出门舞刀，上有血，涂桑叶，火燃，斯须烧。

《志怪》

【注释】

①祖台之：生卒不详。字元辰，范阳道县（今河北涞水）人，祖冲之曾祖。东晋孝武帝太元中为尚书左丞，在宴席上遭中书令王国宝凌辱而不敢言，与国宝俱被免官。安帝时为御史中丞，官至侍中、光禄大夫。著《志怪》，惜早已散佚。

②廷尉：九卿之一，掌刑狱。

③日晡：指申时，即下午三点至五点。

【赏读】

这是个现场感极强的志怪故事。叙事的视角，其实是从祖和孔正阳这两个人。他们两个在去徐元礼家参加徐家嫁女婚礼的路上，看到了一个光着身子的小男孩，坐在墙上磨一把五六寸长的小刀。这个小孩子跳到他们的车上，反复看刀，最后还舔了舔。到了徐家门外的桑树下，他继续磨刀。这个小孩子没完没了地磨刀，就把读者的好奇心完全调动起来了。没人想到这个小男孩竟然是来杀新娘的，而且轻易就杀死了。

最后一句看上去就像个神秘的仪式，小男孩杀完人就出门舞刀，用桑叶擦刀，就着起了火，很快就烧没了。这里写得有些含糊，是指桑叶烧光了呢，还是指刀也一并烧没了，甚至连这小男孩都烧没了呢？没人知道。整个故事进程，从小男孩磨刀，到刺杀新娘子，再到舞刀火燃，作者没有提供任何知识性的内容，也没加任何点评解说，各方人士作何反应，也都没说。这就让这个小男孩杀新娘的离奇事件染上了极为神秘的色彩。

大家为什么都那么沉默呢？难道与当时的某种诡异风俗有关吗？唯一透露给我们的信息，是"鬼子"这个称呼。它让我们猜测，这个小孩子会不会是新娘所生，然后早夭的？他这样做，只是为了让自己的母亲回到自己的身边？当然，这只是猜测而已。

紫姑神 刘敬叔

世有紫姑神。古来相传,云是人家妾,为大妇所嫉,每以秽事相次役①,正月十五日感激②而死。故世人以其日作其形,夜于厕间或猪栏边迎之。祝曰:"子胥不在(是其婿名也),曹姑亦归(曹即其大妇也),小姑可出戏。"捉者觉重,便是神来。奠设酒果,亦觉貌辉辉有色,即跳躞③不住。能占众事,卜未来蚕桑。又善射钩,好则大舞,恶便仰眠。平昌孟氏恒不信,躬试往投,便自跃穿屋而去,永失所在也。

《异苑》

【注释】

①相次役:依次差使。

②感激:感到激愤。

③跳躞(xiè):小步跳。

【赏读】

这是一则比较典型的民间传说式的小故事。某人的小妾为大老婆所嫉恨,最后被折腾死了。但死的日子刚好是正月十五元宵节,一轮满月当空,会让人有种冤气冲天的感觉吧。出于对含冤者的怜悯同情,人们希望她能在另一世界容身。于是就有有心人在正月十五之日按她的样子做个人偶，在夜里把她当作神来迎接。但选的地方，却是厕所猪栏这等污秽处，好像这紫姑成了神也是拜这污秽所赐似的。然后还要叨念，你们家那两位都不在，出来玩吧。发觉人偶变重了，就说明紫姑神到了。这个被神附体的小人偶，能跳跃，能占卜蚕桑收成，还擅长玩藏钩游戏，赢了就手舞足蹈，输了就倒头睡去。后来被平昌孟氏惊到，再也不出现了。总的来说，这个故事有种很明显的乡村气息，既有自娱自乐的成分，也有点神秘兮兮的成分，是那种姑妄言之的感觉，听着很好玩。

陆　机 刘敬叔

陆机初入洛①，次河南之偃师。时夕结阴，望道左若有民居，因往投宿。见一年少，神姿端达，置《易》、投壶。与机言论，妙得玄微。机心伏其能，无以酬抗，乃提纬古今，总验名实，此年少不甚欣解。

既晓便去，税骖②逆旅。问逆旅妪，妪曰："此东数十里无村落，止有山阳王家冢尔。"机乃怪怅。还睇昨路，空野霾云，拱木蔽日。方知昨所遇者，信王弼③也。

《异苑》

【注释】

①洛：洛阳。

②税骖（cān）：税，通"脱"。骖，古代指驾在辕马两侧的马。

③王弼（226～249）：字辅嗣，三国时人，经学家，魏晋玄学的主要代表人物之一。

【赏读】

王弼是个短命的天才，只活了二十余岁，却在研究《周易》、《老子》、《论语》等方面赢得了重要的学术地位，对后世影响极大。陆机比王弼小三十多岁，他出生时，王弼已故去十余年。后来，陆机也成为一代名士。

　　这个故事写陆机初到洛阳时，先到河南偃师，然后天黑时投宿路边的民居，遇一少年，谈论《易经》什么的，把陆机完全折服了，唯一还能应对一下的，就是古今知识了。次日离开后，问路上的老太太，才知道这里方圆数十里根本没有村落，只有山阳王氏家族的墓地。然后陆机才意识到，那个天才少年就是王弼。

　　实际上此故事既是颂扬王弼的，也是侧面夸赞陆机的。即使不是传自陆机之口，也可能是来自崇拜他的门人朋友那里。但是不管是什么人吧，愿将此二人并列而谈，显然是视为一种关于学问思想的荣耀。陆机也是个悲剧人物，四十多岁就死于西晋的"八王之乱"。这样想来，写下这个故事的人，也是希望他跟王弼可以在九泉之下重逢，再论玄机。

王敬伯 吴均

　　王敬伯者，字子升，会稽余姚①人。少好学术，妙于缀文②，性解音乐，尤善鼓琴，容色绝伦，声擅邦邑③。少入仕，为东宫扶侍。赴役还都，行至吴通波亭，维舟中流。因升亭玩月凭闼④，独怅然有怀，乃秉独理琴而行歌曰："低露下深幕，垂月照孤琴。空弦兹宵泪，谁怜此夜心？"歌毕，便闻外有嗟叹之声。敬伯乃抗音而问："叹者为谁？清音婉丽。深夜寂寥，无以相悦，既演其声，何隐其貌？"便闻帘外有环佩之声。俄见一女子，披帏而入，丽服香华，姿貌闲美，雅有容则，谓敬伯曰："女郎悦君之琴，踟蹰楹户，颇有攀松⑤之志。且闲于声论，善于五弦⑥，欲前共抚，子可之乎？"敬伯乃释琴整服，殊有祗肃之容⑦。答曰："仆从役，暂休假托当，幸寄憩此亭。属风天爽丽，独月易流，孤宵难晓，深心无宁，聊以琴歌自欢，不谓谬留赏爱。向闻清婉之音，又袭芬芳之气，因魂肠双断，情思雨飞。脱一接容光，并骱共轸，岂不事等朝闻，甘同夕死？"女默受而出，便闻帘外笑声。于是振玉曳绡，开轩徐入。笑逐盼流，芳随步举，容韵姿制，绰有余华。二少女从焉，一则向先至者。命施锦席于东床，敬伯乃就座。

　　良久，笑而不言。敬伯常以举动自高，又以机辩难匹。自女至后，卷襋缺然⑧。女乃言曰："向玩子鸣琴，觉情高志远；及乎见也,意阻容惭⑨。何期倏忽倾变,一至于此!冰霜之志,亦难与言。"答曰:"以木讷之姿⑩,瞻解环之辩⑪;以如寄之状⑫,值倾国之华⑬。得不临对要期⑭,当醉虑别也?女郎脱优以容接,借以欢颜,使得宣怀抱,用写心曲,虽复菌为蟪⑮,亦谓与椿与鹄齐龄矣⑯。"女推琴曰:"向虽仿佛清声,未穷其听,更乞华手,再为一抚。"敬伯荐琴曰:"此仆好自幼至长,无相闻受,泛滥何成?以明解临,弥深愧觍⑰。顾请一弹,道其蔽憒。难事请申,故非望内。"女取琴而笑曰:"诚不惜一弹,久废次第耳。"反覆视之,良久而挥弦,乃曰:"子识此声否?"敬伯答曰:"未曾闻。"女曰:"所谓《楚明光》也。唯嵇叔夜⑱能为此声,自兹已来,传数人而已。"敬伯曰:"请欲受之。"女曰:"此最楚媛,非艳俗所宜,唯岩栖谷隐,所以自娱耳。当为一弹,幸不复听之。"女乃鼓琴且歌曰:"《凉风》窈窕夜襟清,宵馆寂寞晓琴鸣。对佳人兮未极情,惜河汉兮将已倾。"歌毕,长叹数声。谓敬伯曰:"过隙逝川⑲,光阴易尽。对此良久,弥复哽然。安得游天之姿,一顿嫦娥之辔?"因隐泣久之。

乃命婢曰:"夜已久矣,不久当曙。还胡少酒,与王郎共饮。"敬伯亦收泪而言曰:"鄙俗寒微,未审何因,得陈高虑。女郎贵氏,可得闻乎?"女曰:"方事绸缪,何论氏族耶?君深意,必当不患不知。"敬伯亦不敢更问。须臾,婢将绿沉漆榼、织成襻⑳,并一银铛,杂果一盘。女命罗绔系者酌酒相献。可至三更许,宾主咸有畅容。女命大婢酌酒,小婢弹筌篌,俄倾而返,将筌篌至。女便弹之,令婢作《宛转歌》。婢甚羞,低回殊久,云:"昨宵在雾气中眠,即日声不能畅。"女逼之,乃解衣,中出绶带，长二尺许，以挂箜篌，状如调脱。女脱金钗，扣琴弦和之，意韵繁谐，声制婉转。歌凡八曲，敬伯惟忆其二。曰："片月既以明，南轩琴又清。寸心斗酒事芳夜，千秋万岁同一情。歌婉转，婉转凄以哀。顾为星与汉，光景相徘徊。"又曰："且复共低昂，参差泪成行。红妆绣褥芳无艳，金徽玉轸为谁锵？歌婉转，婉转情复悲。顾为烟与雾，氤氲映芳姿。"歌毕，命取卧具，俄然自来。仍令撤角枕，同衾尽情密焉。

天明即别，各怀缠绵。女留锦四端，锦卧具、绣腕囊并佩各一双与敬伯。敬伯以牙火笼、玉琴爪答之。携手出门庭，怅然不忍别。谓敬伯曰："交疏吐诚至难，昔日倾盖如旧，顿验今晨。深闺不出户，十有六年矣。邂逅于逆旅之馆，而顿尽平生之志，所由冥运，非人事也。饮宴未穷，而别离便始，莫不悲惊白日，思绕行云。直以游溱涉洧之见亲，勿以桑间濮上而相待也。岐阻之后，幸无见哂。一分此袖，终天永绝。欲寄相思，瞻云眺月耳。"言竟便去。敬伯呜咽而已。望回，欻然而灭。

下船至虎牢戍，吴令刘惠明爱女未嫁，于县亡。惠明痛惜，有过于常。遂都部伍，自逻诸大船检搜，公私商旅，悉不得渡。云昨夜吴九里埭，且于女郎灵船中，先有锦四端及女郎常所卧具、绣腕囊并佩皆失。遍搜诸船，并无所见。末至敬伯船而获之，遂执敬伯。令见敬伯风貌闲华，乃无惧色，令亦窃异之。既而问敬伯，敬伯乃说女仪状，及从者容质，并陈所赠物。令便检之，于帐后得牙火笼、巾箱内夌中得玉琴爪以呈。乃恸哭曰："真吾女婿也。"乃待以婿礼，甚厚加遗赠而别焉。同旅者咸为凄惋。

敬伯乃访部伍人，云："女郎年十六，名妙容，字稚华，去冬过疾而逝。未亡之前，有婢名春条，年二十许；一婢名桃枝，年十五，能弹箜篌，又善《宛转歌》。不幸相继而死，并有姿容。昨所从者，即此婢也。"敬伯怅然，惋异不能已。兼欢不可再遇，丽色复难重亲，恍惚积旬，如有遗失。慊慕之志，寝寤莫逢，唯怅恨而已。

《续齐谐记》

【注释】

①会稽余姚：即今之浙江余姚。

②缀文：写文章。

③声擅邦邑：在当地很出名。

④闼（tà）：小门。

⑤攀松：结交。

⑥五弦：古琴。

⑦祗肃之容：端正肃穆的样子。

⑧缺然：像有什么缺陷的样子。

⑨意阻容惭：思路不畅，表情不自信。

⑩木讷之姿：不善言辞的样子。

⑪解环之辩：解开难题的机智。

⑫如寄之状：过客的样态。

⑬倾国之华：倾城倾国的容颜。

⑭要期：邀约再见的时间。

⑮螗：蝉。

⑯与椿与鹄齐龄矣：跟椿树和天鹅活得一样长久。

⑰靦（miǎn）：羞愧。

⑱嵇叔夜：嵇康，字叔夜。

④《录异传》：又作《录异记》，作者不详。佚文散见于《北堂文钞》、《艺文杂聚》、《初学记》、《太平广记》、《太平御览》等。

【赏读】

　　遇鬼、变鬼的事在志怪故事里是常有的，但怀孕生鬼，这就比较罕见。虽然罕见，但这个故事写得却很到位，叙事、对话，都很有分寸，也很生动。前后两段气氛反差之大，出人意料。前一段充满了杀气和鬼气。写那女子要嫁人之前却莫名其妙地有了身孕，险些被家人杀掉，幸亏腹中的孩子发声救了她一命。后一段充满家庭祥和之气。写鬼子出生之后却无形，只有声音。他母亲为其另设睡处，他说应该现形，让姥姥看见，还很懂事地为姥姥和母亲弄来酒脯枣之类的东西，这些都无丝毫的鬼气。但是他母亲终于不耐烦地发怒了，说你是个鬼子啊，怎么就跟人纠缠？这鬼子也怒了，就从母亲的手指钻入，要一直钻到肚子里，他母亲几乎要痛死。最后直到设美食请他出来，才算了事。这一部分写的人情鬼意，真是有点不可思议之感，也很微妙复杂。鬼子从哪里来？他又为什么如此在意母子之情？可惜的是，人鬼殊途，他的情与意，并不是他母亲及家人们所能理解和真正接受的，鬼子终归无法成为人子。

邹 览 佚名

谢邈为吴兴郡,帐下给使①邹览,乘樵船②在部伍③后。至平望亭,夜风雨,前部伍顿住。览露船,无所庇宿,顾见塘下有人家灯火,便往投之。至,有一茅屋,中有一男子,年可五十,方织薄。别床有小儿,年十岁。览求寄宿,此人欣然相许。小儿啼泣歔欷④,此人喻止之不住,啼遂至晓。览问何意。曰:"是仆儿。以其母当嫁,悲恋故啼耳。"

将晓览去,顾视不见向屋,唯有两冢,草莽湛深。行逢一女子乘船,谓览曰:"此中非人所行,君何故从中出?"览具以所见事告之。女子曰:"此是我儿。实欲改适,故来辞墓。"因哽咽,至冢号咷⑤,不复嫁。

《录异传》

【注释】

①给使:差役。

②樵船:运柴的船。

③部伍:部队。

④歔欷:同"嘘唏",抽泣叹息。

⑤号咷:同"号啕",哭喊。

【赏读】

  志怪故事写遇鬼怪，常在旅途中，荒野之境。留宿处，多为墓地所变；所遇者，多为年轻貌美女子。但这个故事不同，邹览投宿之处，遇到的是一个老人家和小孩子。这是最容易让人放心的，即使是小孩子哭到天明，也没什么让人不安的。但是，给出的理由却让人忽然一惊：孩子的母亲要改嫁！悬念陡起。

  早晨起来，邹览发现借宿的地方是草莽深处的两座坟墓。这时候，那个女子乘船出现，你会以为女鬼终于来了。结果一对话，才知道是人。而最终的结果，却是那女子在墓前大哭一通之后，真的就不改嫁了。"因哽咽，至冢号咷，不复嫁。"这个结尾收得干净利落，却又余味深长，别有一番感人的力量。

萧正人 牛肃[①]

琅邪[②]太守许诫言尝言,幼时与中外兄弟夜中言及鬼神,其中雄猛者或言:"吾不信邪,何处有鬼?"

言未终,前檐头鬼忽垂下二胫[③],胫甚壮大,黑毛且长,足履于地。言者走匿。

内弟萧正人,沉静少言,独不惧,直抱鬼胫,以解衣束之甚急。鬼拳胫至檐,正人束之,不得升,复下。如此数四,既无救者。正人放之,鬼遂灭。而正人无他。

《纪闻》

【注释】

①牛肃:生卒年不详,约唐德宗贞元末在世。有女曰应贞,嫁弘农杨广源,年二十四而卒。生平事迹,可考者仅此。肃尝纪开元乾元间征应及神怪异闻,为《纪闻》十卷,《新唐书·艺文志》传于当代。

②琅邪(láng yé):古郡名,秦始建,在今山东南部诸城附近。

③胫:小腿。

【赏读】

以前中学语文书里,似乎有过某某不怕鬼的故事,但实际上他遇到的并不是真的鬼,而是装鬼的人,所以他猛踢一脚,也就真相大白了。但要是你看完这个故事,一定会觉得应该以此篇替换。这才是真正意义上的不怕鬼的故事,是发自内心的不怕。全篇总共只有一百多个字,三个场景,写得如此简练多姿而又生动鲜活,实不多见。

此篇虽然精短,但作者极注意层次安排。先是写夜里谈鬼,有人声称自己不怕鬼;随后鬼来了,来得很实在,从屋檐上垂下两条黑毛大粗腿,把说不怕鬼的那位吓跑了;接着真不怕鬼的人才显露出来,萧正人抱鬼腿,解衣缚住鬼,吓得鬼都要拼力挣脱,最后还是萧正人放过了它,鬼才得以脱身没影了。之后萧正人也没出什么问题。

后两个场景,好就好在细节上。写鬼腿慢慢露出的样子,写萧正人解衣束鬼的全过程,都让人有如临其境之感,不觉要屏住呼吸,以候接下来的情节。

京师酒肆 洪迈①

廉布宣仲、孙恢肖之在太学②,遇元夕③,与同舍生三人告假出游。穷观极览,眼饱足倦,然心中拳拳未尝不在妇人也。

夜四鼓,街上行人寥落,独见一骑来,驺导数辈,近而觇④之,美好女子也。遂随以行,欲迹其所向。俄至曲巷酒肆,下马入,买酒独酌,时时与导者笑语。

三子者亦入,相对据案索酒,情不能自制,遥呼妇人曰:"欲相伴坐,如何?"即应曰:"可。"皆欣然趋就之,且推肖之与接膝,意为名倡也。

妇人以巾蒙首,不尽睹其貌,客戏发之,乃一大面恶鬼,殊可惊怖,合声大呼曰:"有鬼!"酒家奴出视,则寂无一物,嗤其妄。具以所遇告,奴曰:"但见三秀才入肆,安得有此?"

三子战栗通夕,至晓乃敢归。

《夷坚志》

【注释】

①洪迈(1123~1202):字景卢,号容斋,洪皓第三子。南宋鄱阳(今属江西)人,文学家,学识渊博,著书极多,文集《野处类稿》、《志怪笔记小说》、《夷坚志》,编纂的《容斋随笔》等皆为名作。

②太学：宋设国子监及太学，太学生以八品以下子弟及优秀读书人充任，分上、内、外三舍，以优升等。

③元夕：正月十五元宵节。

④觇（chān）：窥视。

【赏读】

  三个太学生，闲来无事，外出野游，忽然遇到美女，就尾随而行，后又冒然搭讪，结果发现是大脸恶鬼。需要注意的是，作者在第一段的末尾处那句很关键，就是说他们三个其实是有淫念的，出游不过是个表面的事情。深夜遇到美女，而且美女还有几个随从，他们都敢尾随，可见淫心之盛。美女深更半夜不回家，在巷子里的小酒店独酌，其实已是不大正常之事。这一段的关键句，是女子与随从言笑。

  但这三位色迷心窍，对此全不在意，已到了不能自制的地步，而且一搭讪，那女子就回应了，这三位的心情激动到什么程度可想而知。正因为看到这女子深夜出行，且独酌酒肆，与随从言笑随意，他们才判断她可能是个名妓，而不是正经人家的女子。我们可以想象，当这场艳遇戏到了高潮——挑开女子面纱，看到大脸鬼的时候，那种反差该有多么强烈。而最妙的还在后面，当他们大叫有鬼时，酒肆里的伙计出来一看，什么都没有啊。在伙计眼中，只有他们三个进来，并没有别的人。所谓"真见鬼"，大概说的就是这样的情况吧。实际上这个故事也暗含劝诫，淫心色相，终是虚妄。

张鬼子 洪迈

洪州学正张某，天性刻薄，老而益甚，虽生徒告假，亦靳固不与①，学官给五日则改为三日，给三日则改为二日，他皆称是，众憾之。

有张鬼子者，以形容似鬼得名，众使伪作阴府追吏以怖张老，鬼子欣然曰："愿奉命，然弄假须似真，要得一冥司牒②乃可。"众曰："牒式当如何？"曰："曾见人为之。"乃索纸以白矾细书，而自押字于后。

是夜，诣州学，学门已扃③，鬼子入于隙间，众骇愕。张老见之，怒曰："畜产④何敢然？必诸人使尔夜怖我。"笑曰："奉阎王牒追君。"张老索牒，读未竟，鬼子露其巾，有两角横其首。张老惊号，即死。

鬼子出，立于庭，言曰："吾真牛头狱卒⑤，昨奉命追此老，偶渡水失符，至今二十年，惧不敢归，赖诸秀才力，得以反命⑥，今弄假似真矣！"拜谢而逝。

《夷坚志》

【注释】

①靳固不与：不肯宽松。
②冥司牒：阴曹地府发的公文。

③扃（jiōng）：关闭。
④畜产：骂人话，即"畜生养的"。
⑤牛头狱卒：即地狱里的牛头马面之一。
⑥反命：回去复命交差。

【赏读】

  这个故事开场很有喜剧意味，找个长得像鬼的人，去吓唬一下那个张学正。读完才发现，竟然是个局中有局的故事。几个关键细节设计得很到位：一是张鬼子长得确实像鬼；二是要画个阎王爷的公文；三是张学正开始时跟读者一样，把鬼当成了恶作剧；四是张鬼子露出长着两角的脑袋，真把张学正吓死了。这一连串的细节之后，再揭开另一个局的谜底，张鬼子竟然真的就是鬼，而且是因为在追张学正命的过程中不小心丢了阎王的索命公文、在外面等了二十年之久的鬼，难怪叫张鬼子。这个结局可以说是出乎所有人的意料之外，而且也正因为前面铺垫得充分，这一揭秘才显得有效果。

泗州邸怪 洪 迈

安定郡王赵德麟,建炎初,自京师挈家东下。抵泗州北城,于驿邸憩宿。薄暮,呼索熟水。即有妾应声捧杯以进,而用紫盖头复①其首。赵曰:"汝辈既在室中,何必如是?"自为揭之,乃枯骨耳。赵略无怖容,连批其颊曰:"我家不是无人使,要尔怪鬼何用?"叱使去。掩冉而灭。

赵不以语家人,留驻竟夕,天明始登途。

《夷坚志》

【注释】

①复:通"覆",覆盖。

【赏读】

洪迈不仅是笔记大家,也是写志怪故事的高手。前面两篇在结构上就极见功力,而这一篇则更能显出其峻厉的风格。表面上看,是写出了安定郡王赵德麟的不怕鬼,但换个角度看,则又展现了他的非同寻常的霸道作风,也就是说,他是既霸道又有胆魄。驿站里的女子送水进来,以紫盖头蒙了头,虽然有些奇怪,但以他郡王的身份,轻率地去掀开,却并不算礼貌。这就是霸道。但他的霸道与胆魄合为一体,也是出人意料的强悍,竟然在看到了枯骨头颅之后,还能没有一点恐怖地连打鬼脸,把鬼叱责出去。关键是鬼离开后,他也没有怕什么,没跟任何人讲,等到天明才上路。不能不说他确实是个胆魄超群的人。尤其是那一句叱责的话,特别传神:我家不是没有使唤,用得着你这个怪模怪样的鬼来吗?! 此言一出,气势尽现。

鬼 戏 钱希言①

里人黄嘉玉,素有胆气。万历中,客于靖江朱鸿胪宅。其家数闻鬼啸之声,或在檐下,或出树头,备极作耗。

一日,嘉玉昼卧斋舍,朦胧之间,双眼未合,忽见一群尺许短人,自庭中四面而来。有老者、少者、长髭髯者、跛而行者、美好者、奇丑者,凡数十辈,相聚戏于斋舍。取架上双陆、围棋、壶矢②之属,共相娱乐,旁若无人。

时嘉玉于隔帏中睹视分明,历历可数,心甚疑怪,不能得眠,乃伺便开帏,举所卧枕掷之,即跟跄散入庭中,黑烟满地,斯须而灭。起视戏局,还设如故。

其夜方就寝,灯犹未灭,见群魅又来,携灯搴帏,而谓嘉玉曰:"吾属鬼戏,何与君事?乃举枕相击,一何虐也!"言毕,便去。

《狯园》

【注释】

①钱希言:生卒年不详,约明神宗万历四十年(1612)前后在世。博览好学,刻意为诗。恃才负气,人争避之,卒以穷死。希言著有《狯园》十六卷,皆记当时神怪之事;又有《戏瑕》三卷,《剑荚》二十七卷。

②壶矢：古时游戏，以箭投壶。

【赏读】

　　假如我们相信有人间也有鬼世，那么人鬼两界，虽然有时会相干，但更多的时候还是相安无事的，否则早就天下大乱了。这个故事不仅写了不怕鬼的人的一种状态，还写了鬼对人的一种态度，整体上营造的并不是恐怖气氛，尤其是在后半部分，实际上给人以颇为喜剧的感觉。黄嘉玉没被那几十个小鬼吓到，说明他确实有胆量，他不但没被吓到，还拿起枕头砸鬼。最好玩的就是那些被打散的小鬼们后来又跑了回来，是找他理论来的："我们鬼就是在这玩儿，干你屁事啊？你拿枕头就砸，怎么这么残忍啊?!"说完就都走了。读到这里，我们不禁失笑，原来鬼也是讲道理的。

鬼畏人拼命 袁枚①

介侍郎有族兄某,强悍,憎人言鬼神事,每所居,喜择其素号不祥者而居之。过山东一旅店,人言西厢有怪,介大喜,开户直入。坐至二鼓,瓦坠于梁。介骂曰:"若鬼耶,须择吾屋上所无者而掷焉,吾方畏汝。"果坠一磨石。介又骂曰:"若厉鬼耶,须能碎吾之几,吾方畏汝。"则坠一巨石,碎几之半。介大怒,骂曰:"鬼狗奴!敢碎吾之首,吾方服汝!"起立,掷冠于地,昂首而待。自此寂然无声,怪亦永断矣。

《子不语》

【注释】

①袁枚(1716~1798):清代诗人、散文家。字子才,号简斋,晚年自号仓山居士、随园主人、随园老人。汉族,钱塘(今浙江杭州)人。乾隆四年(1739)进士,历任溧水、江宁等县知县,有政绩,四十岁即告归。在江宁小仓山下筑随园,吟咏其中。广收诗弟子,女弟子尤众。袁枚是乾嘉时期代表诗人之一,与赵翼、蒋士铨合称"乾隆三大家"。著有《小仓山房集》,《随园诗话》十六卷及《补遗》十卷,《新齐谐》二十四卷及《续新齐谐》十卷,散文、尺牍等三十余种。袁枚收录了许多鬼怪故事,写成笔记小说《子不语》,与《阅微草堂笔记》齐名。袁枚也是一位美食家,写有著名

的《随园食单》，是论述烹饪技术和南北菜点的重要著作。

【赏读】

　　前面的那些不怕鬼的人，都是意外遇鬼而不畏惧，但这个故事里的介侍郎族兄，却是个敢于主动跟鬼过不去的强悍之人。不但是主动，听人说哪里有鬼怪的时候，他竟然是"大喜"。这里最出彩的，是他跟鬼说的话。真是一句凶过一句，越骂越狠。屋上掉下来一片瓦，他就开始骂。掉下磨盘石，他又骂。掉下来巨石，把茶几砸碎了一半，他骂得更来劲。最后干脆就把帽子扔在地上，昂首站在那里，跟鬼斗狠，说：有本事你就砸碎我的脑袋。有意思的是，鬼竟然真的被他的这种蛮不讲理的强悍吓走了，而且再也不来了。这似乎也验证了那句鬼怕恶人的说法。

鬼有三技 袁枚

蔡魏公孝廉常言："鬼有三技：一迷、二遮、三吓。"或问："三技云何？"曰："我表弟吕某，松江廪生①，性豪放，自号'豁达先生'。尝过泖湖西乡，天渐黑，见妇人面施粉黛，贸贸然持绳索而奔。望见吕，走避大树下，而所持绳则遗坠地上。吕取观，乃一条草索。嗅之，有阴霾之气，心知为缢死鬼，取藏怀中，径向前行。

"其女出树中，往前遮拦，左行则左拦，右行则右拦。吕心知俗所称'鬼打墙'是也，直冲而行。鬼无奈何，长啸一声，变作披发流血状，伸舌尺许，向之跳跃。吕曰：'汝前之涂眉画粉，迷我也；向前阻拒，遮我也；今作此恶状，吓我也。三技毕矣，我总不怕，想无他技可施。尔亦知我素名豁达先生乎？'

"鬼仍复原形，跪地曰：'我城中施姓女子，与夫口角，一时短见自缢。今闻泖东某家妇，亦与其夫不睦，故我往取替代。不料半路被先生截住，又将我绳夺去。我实在计穷，只求先生超生。'

"吕问：'作何超法？'曰：'替我告知城中施家，作道场，请高僧，多念《往生咒》②，我便可托生。'吕笑曰：'我即高僧也。我有《往生咒》，为汝一诵。'即高唱曰：'好大世界，无遮

无碍。死去生来,有何替代?要走便走,岂不爽快!'

"鬼听毕,恍然大悟,伏地再拜,奔趋而去。后土人云:'此处向不平静,自豁达先生过后,永无为祟者。'"

《子不语》

【注释】

①廪生:廪膳生员。清代府、州、县秀才中成绩优秀者为廪生,月给银四两。

②《往生咒》:佛教咒名,谓念此咒可使死者超生投胎为人。

【赏读】

这个"豁达先生"不怕鬼的故事,写得比较有意思之处在于,它有两个层次。第一个层次是写他知道鬼有三技,让鬼无可奈何。但如果故事到此为止,也就平常了很多。于是有了第二个层次,他在鬼现原形之后,做了一次超生的善事。这一点实属难得,可见他的豁达,并不只是一种心态,也还是一种不凡的境界。《往生咒》本是佛家秘语,不能翻译成实际语义,但在豁达先生这里,却以明白的话来说,让那鬼恍然大悟,也实在是机缘所致。二十四个字,完全就是大白话,跟秘语对比,刚好是另一个极端语境。虽然是大白话,但句句在理,概括地说,就是"放下"。所以鬼听了才醒悟拜服而去。看来所谓的普度众生,鬼亦应在其中,如此才称得上有功德。

吹气退鬼 袁枚

陈公鹏年①未遇②时,与乡人李孚相善。秋夕,乘月色过李闲话。李故寒士,谓陈曰:"与妇谋酒不得,子少坐,我外出沽酒,与子赏月。"陈持其诗卷,坐观待之。

门外有妇人,褴衣蓬首,开户入见陈,便却去。陈疑李氏戚也,避客,故不入,乃侧坐避妇人。

妇人袖物来,藏门槛下,身走入内。陈心疑何物,就槛视之,一绳也,臭有血痕。陈悟此乃缢鬼,取其绳置靴中,坐如故。

少顷,蓬首妇出,探藏处,失绳,怒,直奔陈前,呼曰:"还我物!"陈曰:"何物?"妇不答,但耸立张口吹陈。冷风一阵如冰,毛发噤龄③,灯荧荧青色将灭。

陈私念:"鬼尚有气,我独无气乎?"乃亦鼓气吹妇。妇当公吹处,成一空洞,始而腹穿,继而胸穿,终乃头灭。顷刻如轻烟散尽,不复见矣。

少顷,李持酒入,大呼妇缢于床。陈笑曰:"无伤也,鬼绳尚在我靴。"告之故,乃共入解救,灌以姜汤,苏。问何故寻死。其妻曰:"家贫甚,夫君好客不已,头止一钗,拔去沽酒。心甚闷,客又在外,未便声张。旁忽有蓬首妇人,自称左邻,告我以夫非为客拔钗也,将赴赌钱场耳。我愈郁恨,且念夜深,夫不归,客不去,无面目辞客。蓬首妇手作圈曰:'从此入,即佛国,欢喜无量。'余从此圈入,而手套不紧,圈屡散。妇人曰:'取吾佛带来,则成佛矣。'走出取带,良久不来,余方冥然若梦,而君来救我矣。"

访之邻,数月前果缢死一村妇。

《子不语》

【注释】

①陈公鹏年:即陈鹏年,字北溟,号沧州,湖南湘潭人。康熙进士,累官江宁知府、河道总督。

②未遇:没发迹做官前。

③毛发噤龃(jìn xiè):毛发森森竖起。

【赏读】

看前面五段,会以为只是个不怕鬼的人把鬼吓走的故事,绝对想不到后面的变化会是那样的走向。看完第六段,才发现原来这故事里还套藏着另一层次,陈公鹏在毫无惧意地与吊死鬼周旋的过程中,无意间还救了朋友李孚的妻子。而且还会发现,最初的一段里,已埋下了伏笔。袁枚的高明之处,就在于他要等到陈公鹏吹气把鬼吹没了之后,才把这故事的谜底揭开,从构思的角度来看,确实很精妙。也正因如此,前面那些段落写得越是生动,后面的揭秘才会显得越是出人意料,而且在一生一死之间,有一种如梦如幻的感觉。从这个故事的结构方式上,我们不难发现,尽管袁枚的《子不语》还不能算是最高水平的志怪小说,但是到清代时,志怪确实已经发展到了相对复杂的路线上,跟魏晋南北朝乃至唐宋的志怪都很不一样了,《子不语》就是其中杰出的代表。结构是一方面,另外在对话、场景描述上,也得到了很大的强化。

怪弄爆竹 袁枚

绍兴民家有楼,终年镐闭①。

一日,有远客来求宿。主人曰:"宅东有楼,君敢居乎?"客问故,曰:"此楼素积辎重②,二仆居之,夜半闻叫号声,往视之,见二仆颜色如土,战栗不能言。少顷云:'我二人甫睡,尚未灭烛,见一物长尺许,如人间石敢当③状,至榻前搴帏欲上。我等骇极,不觉大呼,狂奔而下。'所见如此。自是莫敢有楼居者。"

客闻,笑曰:"仆请身试之。"主人不能挽,为涤尘土,列几席而下榻焉。客登楼,燃烛佩剑以待。

漏三下,有声索索,自室北隅起。凝睇窥之,见一怪如主人所言状,跳而登座,翻阅客之书卷。良久,复启其箧,陈物几上,一一审视。箧内有徽州炮竹数枚,怪持向灯前把玩。良久,烟花飞落药线上,轰然一声,响如霹雳。此怪唧唧滚地,遂殁不见。心大异之,虞④其复来。待至漏尽,竟匿迹销声矣。

晨起告主人,互相惊诧。至夜,客仍宿楼上,杳无所见。此后,楼中怪绝。

《子不语》

【注释】

①镵（jué）闭：封锁关闭。镵，箱子上安锁的环状物。借指锁。

②辎（zī）重：笨重物资。

③石敢当：唐宋以降，家门巷口常立小石碑，上书"石敢当"，传石为姓，敢当为虚拟名，意为所向无敌，用来避邪。

④虞：防备。

【赏读】

这个故事写得让人意想不到。前面先是制造了一个悬念，讲了东楼闹鬼怪的事，两个仆人不知道碰到了什么鬼怪，竟然会被吓得狂奔而出且战栗说不出话来。接下来，一位胆子很大的客人就带着宝剑登楼，准备会一会鬼怪。

等写到鬼怪出场时，就接连写了两个让人意外的细节：一个是此怪竟然喜欢读书，而且一看就是半天；另一个是它还很有好奇心，发现爆竹后，竟然还拿到灯下把玩，结果导致爆竹遇火星而爆炸，把这鬼怪炸没了。从某种意义上说，正是这两个关键细节，把整个故事都撑起来了。由此可见，袁枚写志怪小说在技术层面上，并不输给蒲松龄多少。他缺乏的是整体境界上的提升能力，也就是说，他写志怪，终归还是停留在了"怪"的层面上。他写得非常有意思，但还不能触动人心。

卷四

奇情怪谭

晋冶氏女徒 佚 名

　　晋冶氏女徒①病，弃之。舞嚚②之马僮饮马而见之。病徒曰："吾良梦。"马僮曰："汝奚梦乎？"曰："吾梦乘水如河汾③，三马当④以舞。"僮告舞嚚，自往视之。曰："尚可活，吾买汝。"答曰："既弃之矣，犹未死乎？"舞嚚曰："未。"遂买之。至舞嚚氏，而疾有间⑤。而生荀林父⑥。

《汲冢琐语》⑦

【注释】

①冶氏女徒：冶氏，族姓。女徒，女奴。

②舞嚚（yín）：姓。

③河汾：黄河与汾水交汇处。

④当：迎。

⑤有间：病稍微好转。

⑥荀林父：即中行桓子，字伯。晋国大夫。晋文公时任中行之将，曾在城濮打败楚军，景公时任中军主帅。卒后谥桓子，其后号中行氏。

⑦《汲冢琐语》：本名《琐语》，西晋武帝咸宁五年（279）发现于汲县的战国魏襄王冢中，故名。原书系战国古文字，写于竹简，故又称《古文琐语》。作者是三家分晋后的晋室史官或魏氏史官。

【赏读】

　　这原本应是个残酷悲惨的故事，却变成了一段以喜剧收场的传奇。而将悲剧扭转为颇不可思议的喜剧力量的，却是来自于女奴那个神秘的梦。更有意思的是，舞嚚在听说了她的这个梦之后，就决定买了她，不但给了她一条生路，还让她华丽转身，生了后来的晋国名将荀林父。从这个意义上说，我们似乎可以戏称之为"梦的救赎"。

　　仅仅凭借一个令人费解的梦，就改变了一个苦命人的命运，确实是奇事。耐人寻味的是，从头到尾，无论是作者，还是主导了事情走向的舞嚚，都没有解释这个梦究竟是何意味。似乎只有舞嚚自己才知道其中的奥秘。显然，在他心里，这是个吉兆之梦，证明此女子非平常之辈，至少有着某种非凡的气息。这里实际上暗示了舞嚚有一套他自己的关于梦的预言性的解释，但对于读者而言，则只能猜测。

　　从女奴的因病被弃，到河边与马僮对话，再到舞嚚亲自出面去看望她，短短三行字，却写得一波三折，最为难得的是，在这三行字里，我们竟然读出了明显的梦的气氛，也就是说，这个讲梦的故事本身，就像一个梦。也正是这样的一种梦中梦的感觉，使得明明是以对话为主的故事空间里，充满了沉默的意味。

刑史子臣 佚名

初,刑史子臣谓宋景公①曰:"从今已往,五祀②五日,臣死。自臣死后,五年五月丁亥,吴亡③。已后五祀八月辛巳,君薨。"刑史子臣至死日,朝见景公,夕而死。后吴亡,景公惧,思刑史子臣之言,将至死日,乃逃于瓜圃,遂死焉。求得,已虫矣。

《汲冢琐语》

【注释】

①刑史:姓。子臣:名。宋景公:名头曼,公元前516~前453年在位。

②五祀:祭名,天子、诸侯、大夫皆有五祀之礼,说法不一。《礼记·祭法》:"诸侯为国立五祀,曰司命、曰中霤(中室也)、曰国门、曰国行(道也)、曰公厉(诸侯之鬼也)。"

③吴亡:吴国灭亡。史实与此不符。

【赏读】

既然是说预言,那就一定要应验。单纯地讲一个预言的应验,固然也会传达不可思议的感觉,让人对于预言者赞叹不已,进而去琢磨,为什么他会有这样的能力?当然,无论如何,都不会有答案。

刑史子臣的预言，对于宋景公来说是个坏消息。但坏的不是结果，而是他的讲法。他讲了三个死亡预言。第一是预言他自己的死，这已让人惊讶。没人愿意死，更不用说预言自己的死了。这样坦然地说出，怎能不让人吃惊？然后他又预言了吴国的灭亡。实际上这个预言，多少会缓解景公的震惊感，他会下意识地不以为然起来，说你自己会死，也还罢了，说吴国会灭亡，这不是胡扯吗？

刑史子臣随后预言了景公的死。当时景公有什么样的反应，作者来了个空白法，一字不提。景公究竟是疑、惧、怒、怨，还是不以为然？没人知道。但他听到三个死亡预言时的惊诧，其实并不难猜想。但真正的恐惧，是在预言应验的过程中不断强化的。刑史子臣到了日子就死了，死前还上朝见过景公。他死后景公作何反应，有何感想，作者仍然是一字不提。但预言应验的开始，也就意味着景公恐惧的开始。吴国一亡，景公的恐惧也就达到了极致。这个恐惧的过程太过漫长了，对于景公来说，最大的折磨，已不再是死亡预言本身，而是时间。

最精彩的描述，是预言中的死亡之日将来的时候，景公出逃了。他逃向哪里呢？死亡又不是某人某神，怎么能躲得掉？人在死亡恐惧的压迫之下显露出的那种脆弱，即使是一国之主也不会例外。但残酷的地方就在于，结尾处写道，景公逃到瓜圃里，死掉了，就在预言的那一天。等人们找到他，其尸体上已生出蛆虫。三个死亡预言，三次应验，作者要写的可不是刑史子臣的预言有多么神奇，而是要写死亡的可怖。所以写到景公逃走也不罢手，还要写他逃到的地方是瓜圃，让人想象到他的恐惧慌乱，最后还转换一下视角，以景公死后尸体生蛆虫的场景作为结束。在这个小故事里，延宕性的叙事技巧用得非常妙，但妙处并不只是借助它推迟事件的发生，而是通过一系列沉默和空白来达成这样的效果。

丽 娟 郭宪

帝①所幸宫人丽娟,年十四,玉肤柔软,吹气如兰。娟身轻弱,不欲衣缨②拂之,恐体痕也。每歌,李延年③和之。于芝生殿旁唱《回风》之曲,庭中花皆翻落。置丽娟于明离之帐④,恐尘垢污其体也。常以衣带系娟之袂,闭于重幕之中,恐随风起。丽娟以琥珀为佩,置衣裾里,不使人知,乃言骨节自鸣,相与为神怪也。

《洞冥记》

【注释】

①帝:汉武帝。

②缨:丝带。

③李延年:中山(今河北定州)人,汉武帝时著名乐师,任协律都尉。汉武帝宠妃李夫人是其妹。

④明离之帐:即琉璃帐。

【赏读】

这里的李延年,就是为武帝献歌"北方有佳人,绝世而独立。一顾倾人城,再顾倾人国。宁不知倾城与倾国,佳人难再得"的那位音乐天才。他是个先辱而后荣、荣而后亡并被灭族的悲剧人物。

他的妹妹，就是李夫人，受宠于武帝，还生了昌邑王刘髆。他的兄长，是大将军李广利。据说他们一家都擅长音乐歌舞，就是靠了这些，李延年先被重视，随后他妹妹当了武帝宠妃，一家人都因此飞黄腾达。后来李夫人一死，虽然李广利还在远征匈奴，武帝还是灭了李延年跟其弟李季两门。然后他兄长大将军李广利就投降了匈奴，结果李家又被灭了一次门，基本上都杀光了。

这个故事应该是发生在李延年的音乐才华刚被武帝欣赏，而李夫人还没入宫受宠之前。这里的丽娟姑娘，被描述得像花朵一样，娇柔芬芳，身轻仿佛不胜衣衫，皮肤细嫩得都怕被衣带刮出痕迹。这个十四岁的小姑娘让人不免联想到后来汉成帝宠幸的那位能做掌上舞的赵飞燕。丽娟姑娘是不是擅长舞蹈，这里没有提及，但她是非常会唱歌的，因此李延年才会做她的伴唱。这歌唱得怎么样呢？当她唱起《回风》之曲时，院子里的花都落了，让人惊奇。

丽娟姑娘受宠到什么程度呢？武帝怕她被灰尘污染，干脆就把她放在透明的帐子里。要是遇到刮风的天气，光这样还不够，因为丽娟体轻，怕风把她吹走，于是就用带子系住了她的衣襟，把她关在厚重的幕帐里。她是个很聪明的姑娘，把用琥珀做的环佩放在裙子里，谁都不知道她戴了这东西，琥珀环佩会在她走动时发出声音，她就对人说，是骨骼的响动，让人觉得很有意思，甚至觉得挺神奇的。

丽娟姑娘后来怎么样了呢？作者没有交代，只能悬疑了。换个角度说，她本来也就是小说中人物，又何必要去考究她将来怎么样呢？其实只要了解汉武帝的历史，就会发现，这位只是宫人身份的丽娟姑娘，很可能是没有什么好结果的。不是早夭，就是死于宫中内斗。因为汉武帝宠幸的女人，绝大多数都没有好结果。汉武帝为了防止后宫乱政，直到临终前还把自己最后宠幸的钩弋夫人——也就是太子的母亲赐死。

秦青韩娥 张华

薛谭学讴①于秦青,未穷青之旨,自谓尽之,于一日遂辞归。秦青弗止,乃饯于郊衢。抚节悲歌,声振林木,响遏行云。薛谭乃谢求反,终生不敢言归。

秦青顾谓其友曰:"昔韩娥东之齐,匮粮,过雍门②,鬻③歌假食。既去,而余音绕梁欐,三日不绝,左右以其人弗去。过逆旅,旅人辱之。韩娥因曼声哀哭,一里老幼,悲愁涕泣相对,三日不食,遽追而谢之。娥复曼声长歌,一里老幼,喜欢抃④舞,弗能自禁,乃厚赂而遣之。故雍门之人至今善歌哭,放娥之遗声也。"

《博物志》

【注释】

①讴(ōu):唱歌。

②雍门:齐国的城门。

③鬻(yù):卖。

④抃(biàn):鼓掌。

【赏读】

孔子闻韶乐,说是三月不知肉味。后人不管如何想象,也想不出这韶乐之美究竟是到了怎么样一个境界，只能遐想了。这个小故事里写了两位歌者秦青和韩娥的歌声的影响力，所用的方法，其实大体上就是孔子的三月不知肉味式的。

薛谭跟秦青学歌，以为自己得到了真传，可以出师了，就辞别师傅。秦青在送别之际，高歌一曲，其声音是悲伤而高亢的风格，所以作者描写其声音效果是"声振林木，响遏行云"，其实用今天的话来说，就是秦青的声音所形成的强大气场，把现场的一切都镇住了，林木振响只是实效，至于说行云都被震得停住了，那就是被听者的一种被深深震撼的瞬间感觉。薛谭就此明白，自己学的只是皮毛而已，只学到了技术层面的东西，而没学到精神灵魂层面的，也就等于没学到真正的歌唱艺术。

接着由秦青转述的韩娥歌哭的故事，则是从另一个角度来阐释歌者的境界可以高到什么地步。其实也就是讲给薛谭听的，告诉他什么叫艺无止境，把听者镇住，还不算高，真正高的是韩娥这种水准的，不夸张地讲，有移风易俗之力量。韩娥哭歌时，能把当地的老百姓都唱哭唱愁唱悲，以至于几天都吃不下饭去。她唱曼妙之歌时，能让大家随之载歌载舞、不能自控。在韩娥的影响之下，最后雍门的人都擅长歌哭了。从这个意义上说，秦青和韩娥的歌唱影响力，又是孔子所推崇的韶乐所不能比的了。

这个短故事写得之所以精彩，在于它能在几百字里写得一波三折、一唱三叹。从薛谭辞别秦青，到秦青以歌声服之，再到秦青讲出韩娥的故事，可以说是平中出奇，故事里套故事，震撼里生出更大的震撼。尤其是韩娥的故事，更是能让人生发无限联想和感动。所谓"物不平则鸣"，韩娥的歌声之所以能感人到那般地步，已不是技艺层面的境界了。秦青讲这个故事，是有自叹不如的意思。

千日酒 张华

昔刘玄石于中山酒家沽酒,酒家与千日酒,忘言其节度。归至家当醉,不醒数日,而家人不知,以为死也,权葬之。

酒家计千日满,乃忆玄石前来沽酒,醉向醒①耳。往视之。云玄石亡来三年,已葬。于是开棺,醉始醒。俗云:"玄石饮酒,一醉千日。"

《博物志》

【注释】

①向醒:已醒。

【赏读】

干宝的《搜神记》之卷十九里有这个故事的另一详尽版本,有对话,有描写,多出很多细节,真可以说是笔笔有致、字字生津。对比这两个不同版本的故事,尤其是对照其中的不同,是件非常有意思的事。

比如,这里说到刘玄石买到千日酒之后,提到酒家忘了提醒刘玄石这不是普通酒,要悠着点喝才行,不然真的会醉上千日。而在《搜神记》的那个故事里,则是开篇就由酒家点明了,这酒是喝一杯就要睡上千日的。说与不说,差别何在?忘了说,说明酒家与刘玄石之间有种酒友般的率性；刘玄石沽酒时酒家就提醒他，会带有一种"你行吗"这样的质疑意味在里面，多了几分刻意，少了几分超然的味道。

在结尾处，《搜神记》里写得很热闹，以至于会有一打开墓穴，那里面的酒气就把众人给熏得大醉三个月的情节。但在这个版本里，则非常简略，那位酒家也真是淡定至极的人，看看千日已满，就去了刘玄石家里。他没想到刘玄石已经误被家人当死人埋墓里了。打开墓穴，刘玄石自然就醒了酒。整个故事从头到尾的特点，就是非常节制，不加渲染。就好像对于作者来说，酒能醉人千日，这本身就已经够奇的了，再多加任何渲染的东西，都会显得很多余。因此这样看上去，无论是酒家还是刘玄石，都有种很纯粹的脱俗的气息。但是在干宝的《搜神记》里，在努力把故事讲得有意思的过程中，也有了很明显的世俗烟火之气。

河间男女 干宝

惠帝世,河间郡①有男女相悦,许相配适。既而男从军,积年不归。父母以女别适人,女不愿行。父母逼之而去,无几而忧死。

其男戍还,问女所在,其家具说之。乃至冢所,始欲哭之叙哀,而已不胜其情。遂发冢开棺,女即时苏活。因负还家,将养数日,平复。其夫闻,乃往求之。其人不还,曰:"卿妇已死。天下岂闻死人可复活耶?此天赐我,非卿妇也。"

于是相讼。郡县不能决,以谳②廷尉。廷尉奏以精诚之至,感于天地,故死而更生,在常理之外,非理之所处,刑之所裁。断以还开冢者。

《搜神记》

【注释】

①河间郡:汉置,治所在乐城(今河北献县东南)。
②谳(yàn):案情上报。

【赏读】

人世间能得遇两情相悦者,本就不容易,悦而能始终如一、忠贞不渝的,更是罕有。在中国古代的故事里,男人因战事远走戍边,一去很久杳无音信，然后女方家长强迫女子嫁给别人，结果女子或自尽或郁结而死，这样的故事很多。总的来说，就是生逢乱世，人总是希望世间还能有种东西是恒久的、坚不可摧的，比如爱情、友情。这会让人在绝望的处境中心生希望，在艰难中努力活下去。

　　这个故事并不复杂，当然最重要的，就是那女子死而复活后的部分。这一段写得比较喜剧化，可以想见当时的场面：那男子守着复活的女子，对那个追来要老婆的男人说，你老婆已经死了，死人能复活吗？这是老天给我的女人，不是你的。最后还打了场官司，结果自然是大团圆。这样的结局虽然太过理想化，但是当看到那已被埋葬的女子死而复生的时候，估计一般稍微有点善心的人都会想，就这样吧，该是谁的就是谁的吧，这就是天意，而人的诚心，是能感天动地的。作者写下这个小故事，难道要的就是这种感觉吗？

相思树 干宝

宋①时大夫韩冯,娶妻而美,康王②夺之。冯怨,王囚之,沦为城旦。妻密遗冯书,缪其辞曰:"其雨淫淫,河大水深,日出当心。"既而王得其书,以示左右,左右莫解其意。臣苏贺对曰:"其雨淫淫,言愁且思也;河大水深,不得往来也;日出当心,必有死志也。"俄而冯乃自杀。

其妻乃阴腐其衣。王与之登台。妻遂因投台下。左右揽之,衣不中手而死。遗书于带曰:"王利其生,妾利其死,愿以尸骨,赐冯合葬。"王怒弗听,使里人埋之,冢相望也。王曰:"尔夫妇相爱不已,若能使冢合,则吾弗阻也。"

宿昔之间,便有文梓木③,生于二冢之端,旬日而大盈抱,屈体以相就,根交于下,枝错于上。又有鸳鸯,雌雄各一,恒栖树上,晨夜不去,交颈悲鸣,音声感人。宋人哀之,遂号其木曰"相思树"。相思之名,起于此也。今睢阳有韩冯城,其歌谣至今存焉。

《搜神记》

【注释】

①宋:战国时的宋国。
②康王:宋国国君,名偃。

③文梓（zǐ）木：一种梓树，为名贵木材。

【赏读】

写夫妇情深的故事，古今多有，但能这样撼人心魄的，极少见。它总共也不过三段情节，为什么就能有这样的感染力？因为作者的叙事技艺高超，每段都能抓住关键。第一段里面，写康王的无德霸道，总共只用了二十四个字："宋时大夫韩冯，娶妻而美，康王夺之。冯怨，王囚之，沦为城旦。"让康王的无道无德显露无遗。接下来出现的韩冯妻子的信，以及苏贺准确地破解信中的诗，就让这短短一段生发出四个层次——夺妻、传信、解信、自杀。苏贺解得确实到位，但又无异于助纣为虐、落井下石。

韩冯的妻子很美，个性、思维特别，且忠诚。祸事也因此而来。第二段写的是腐衣、坠台、遗书、分葬。因妒生恨的康王全无半点人性，面对自杀殉情的夫妻，不但不准他们合葬，还执意把他们的坟墓相对而建，然后说出最恶毒的话：你们两个不是相爱吗？有本事就让你们的坟墓自己合在一起，我绝对不会阻止。真是世间罕有的恶人。

康王其实知道，自己到最后是一无所获的。毁掉一对恩爱夫妻的幸福与生命，带给他的快感是异常短暂的，只有嫉妒与恨在继续繁殖，他们凭什么那么相爱？凭什么执意殉情？这是康王根本想不明白同时又让他愤恨不已的问题。他意识到这是一种超越生命的，死神也无法阻挡的力量。对于作者来说，或许也正是这种力量，在最后让那两株文梓木"根交于下，枝错于上"，让那对鸳鸯"恒栖树上，晨夜不去，交颈悲鸣，音声感人"，让所有的障碍与恶毒都化为乌有，让最纯粹的感情交织繁茂如那两棵树。

李夫人 王嘉

汉武帝思怀往者李夫人①，不可复得。时始穿昆灵之池②，泛翔禽之舟，帝自造歌曲，使女伶歌之。时日已西倾，凉风激水，女伶歌声甚遒。因赋《落叶哀蝉》之曲曰："罗袂兮无声，玉墀兮尘生。虚房冷而寂寞，落叶依于重扃。望彼美之女兮安得，感余心之未宁！"帝闻唱动心，闷闷不自持，命龙膏之灯以照舟内，悲不自止。亲侍者觉帝容色愁怨，乃进洪梁之酒，酌以文螺之卮。（卮出波祇之国③，酒出洪梁之县，此属右扶风，至哀帝废此邑，南人受此酿法。今言"云阳出美酒"，两声相乱矣。）帝饮三爵，色悦心欢，乃诏女伶出侍。帝息于延凉室，卧梦李夫人授帝蘅芜之香。帝惊起，而香气犹著衣枕，历月不歇。帝弥思求，终不复见，涕泣洽席。遂改延凉室为遗芳梦室。

初，帝深嬖李夫人，死后常思梦之，或欲见夫人。帝貌憔悴，嫔御不宁。诏李少君，与之语曰："朕思李夫人，其可得见乎？"少君曰："可遥见，不可同于帷幄。"帝曰："一见足矣，可致之。"少君曰："黑河④之北，有暗海之都也，有潜英之石，其色青，轻如羽毛。寒盛则石温，暑盛则石冷。刻之为人像，神悟不异真人。使此石像往，则夫人至矣。此石人能传译人言语，有声无气，故知神异也。"帝曰："此石像可得否？"少君曰：

"愿得楼船百艘,巨力千人,能浮水登木者,皆使明于道术,赍不死之药。"

乃至暗海,经十年而还。昔之去人,或升云不归,或托形假死,获反者四五人。得此石,即命工人依先图刻作夫人形。刻成,置于轻纱幕里,宛若生时。帝大悦,问少君曰:"可得近乎?"少君曰:"譬如中宵忽梦,而昼可得近观乎?且此石毒,宜远望,不可逼也。勿轻万乘之尊,惑此精魅之物。"帝乃从其谏。见夫人毕,少君乃使舂此石人为丸,服之,不复思梦。乃筑灵梦台,岁时祀之。

《拾遗记》

【注释】

①李夫人:汉武帝乐师李延年的妹妹,妙丽善舞,颇受武帝宠幸,早卒,追赠孝武皇后。夫人,嫔妃称号。

②昆灵之池:昆明池,在古代长安西南。

③波祇之国:《洞冥记》记载:"波祇国,亦名波弋国,献神精香草。"

④黑河:在今甘肃省,又名甘州河、张掖河。

【赏读】

汉武帝为一代雄主,而此故事只写他的痴情念旧。前文说过,李夫人是音乐家李延年的妹妹,她是个能作曲能写词,而且能歌善舞的绝代美人。李延年写有传世名曲:"北方有佳人,绝世而独立。一顾倾人城,再顾倾人国。宁不知倾城与倾国?佳人难再得!"据说就是为他这个妹妹而作的。但现在看来也有些一语成谶的意味,"佳人难再得",也正是这个故事的基本语境。李家的音乐、美人,让李家荣极一时、备受恩宠。李夫人去世后,弟弟李广利因在匈奴战败投降,几乎被灭族,也应了盛极而衰的规律。

　　汉武帝的宫中从来都不会缺美女,但李夫人不仅美,还是个会作曲写词的歌者、舞者,这就让她的美超凡脱俗。而且她对于自己的美之在意,也是超乎寻常的,以至于生病后汉武帝去探视她都拒绝露脸,因为不想让自己的病相为帝所见,破坏了美好的印象。这种个性,就让汉武帝更加地怀念她了。所以第一部分写的就是汉武帝对李夫人的深切怀念。他泛舟湖上,让女歌者唱他写的怀念李夫人之歌,又即兴写了怀念之歌。最后喝醉了睡下,也要让唱歌的女伶陪侍,然后梦到了李夫人,醒时还能闻到衣枕上留下的她的余香,经久不去。在这段故事里,汉武帝已不是那个英明神武的皇帝,而只是个沉浸在怀念深处的痴情的人。

　　无论如何,佳人都是难再得了。但汉武帝并不甘心,于是就找来当时的著名方士、异人李少君。有另外的故事版本说,李少君搞了个类似于皮影戏式的把戏,让汉武帝看到了李夫人的倩影。但这个故事里,则说的是李少君像探险家那样,带着人远赴海外,花了十年时间,找回了一种很神奇的"潜英之石",让人雕出了李夫人的像,放在轻纱幕里,栩栩如生,满足了汉武帝的思念需要。但最后说又把这种石弄碎做成药丸,让汉武帝吃了,就不再思念做梦了。而前面还明明说这石头是有毒的,连靠近它都不行,因此这个故事里的两个故事,显然是从不同的书里辑来的,但在文字上只是简单地处理过,并没有多推敲。

怨　碑　王嘉

日南①之南，有淫泉之浦。言其水浸淫从地而出成渊，故曰"淫泉"。或言此水甘软，男女饮之则淫。其水小处，可滥舠褰涉②，大处可方舟沿溯，随流屈直。其水激石之声，似人之歌笑，闻者令人淫动，故俗谓之"淫泉"。

时有凫雁③，色如金，群飞戏于沙濑，罗者得之，乃真金凫也。当秦破骊山之坟，行野者见金凫向南而飞，至淫泉。后宝鼎④元年，张善为日南太守，郡民有得金凫以献。张善该博多通，考其年月，即秦始皇墓之金凫也。

昔始皇为冢，敛天下瑰异，生殉工人，倾远方奇宝于冢中，为江海川渎，及列山岳之形。以沙棠、沉檀为舟楫，金银为凫雁，以琉璃杂宝为龟鱼。又于海中作玉象、鲸鱼，衔火珠为星，以代膏烛，光出墓中，精灵之伟也。

昔生埋工人于冢内，至被开时皆不死。工人于冢内琢石，为龙凤仙人之像，及作碑文辞赞。汉初发此冢，验诸史传，皆无列仙龙凤之制，则知生埋匠人之所作也。后人更写此碑文，而辞多怨酷之言，乃谓为"怨碑"。《史记》略而不录。

《拾遗记》

【注释】

①日南：郡名，汉武帝时设。今越南中部。
②褰（qiān）涉：撩起衣裳就能蹚水过去。
③凫（fú）雁：野鸭与大雁。
④宝鼎：三国东吴末帝孙皓年号，即公元266~269年。

【赏读】

秦始皇修骊山大墓，到死都没能完成，但这一场浩大工程，把大秦帝国的精气神都耗尽了，以至于至二世而亡。后人揣测此工程，不知道生发多少奇思怪想，但其中的天地光景究竟如何，谁都不知道。都说为了这么个大墓，不知道牺牲了多少人命，包括那些殉葬的造墓劳工，还有宫廷里的男女。这个故事名为"怨碑"，但从头到尾，能看到的只有奇妙的金凫，还有那些在墓中长生不死的工人们的各种创作，看起来哪里有什么怨气，有的只是神仙般的其乐融融的感觉。

开篇就很出人意料，写的是"淫泉"，从水态，到水质，直到水声，写得非常生动有趣，让人宁愿信其有，而不愿当其无。但这其实也只是作者卖的一个关子而已，淫泉是个引子，是为了引出金凫来。金色的凫，飞到了淫泉水边沙滩上，有人捕到了，发现竟然真的是金的。日南太守是个博闻之士，一番考据证明确实是从秦始皇墓里飞出来的。这金凫又引出了对秦始皇墓的描述，就好像作者亲眼见到的一样，但实际上读下来就知道，仍旧是传说。可是真正让人惊诧意外的，其实是后面那一段，说是汉朝时，墓被打开了，发现那些工人还都活着呢，他们雕刻了很多仙人龙凤之类的东西，还立了碑，撰写了赞颂的碑铭。

故事写到这里，读者自然会发现，原来这秦始皇大墓里简直就是另一个世界啊，根本就不是传说中的那么一回事，完全没有什么殉葬者的悲剧感。当然这对于后人来说，是个问题，因为这样一来，秦始皇的残暴就无从说起了。于是有人就把那些碑文都改掉了，变成了控诉式的内容。所以这个故事有意思就在这里，在人们习以为常的"暴秦"想象之外，另开出一片想象的天地来，且不说它有多大的可信度，至少在让人回想秦始皇历史真相的时候，会多留个心眼儿，抛开残暴什么不说，应该还有很多不为人知的正面的东西在的。整个故事几经转折，一个点引出另一点，讲得还是比较巧妙别致的。

翔 风 王嘉

　　石季伦①爱婢名翔风，魏末于胡中得之，年始十岁，使房内养之。至十五，无有比其容貌，特以姿态见美，妙别玉声，巧观金色。石氏之富，方比王家，骄侈当世，珍宝奇异，视如瓦砾，积如粪土，皆殊方异国所得，莫有辨识其出处者。乃使翔风别其声色，悉知其处。言西方北方，玉声沉重而性温润，佩服者益人性灵；东方南方，玉声轻洁而性清凉，佩服者利人精神。

　　石氏侍人，美艳者数千人，翔风最以文辞擅爱。石崇尝语之曰："吾百年之后，当指白日，以汝为殉。"答曰："生爱死离，不如无爱，妾得为殉，身其何朽！"于是弥见宠爱。崇尝择美容姿相类者十人，装饰衣服大小一等，使忽视不相分别，常侍于侧。

　　使翔风调玉以付工人，为倒龙之佩，紫金②为凤冠之钗，言刻玉为倒龙之势，铸金钗象凤皇之形。结袖绕楹而舞，昼夜相接，谓之"恒舞"。欲有所召，不呼姓名，悉听佩声，视钗色，玉声轻者居前，金色艳者居后，以为行次而进也。使数十人各含异香，行而语笑，则口气从风而扬。又屑沉水之香，如尘末，布象床上，使所爱者践之。无迹者赐以真珠百琲③，有迹者节其饮食，令身轻弱。故闺中相戏曰："尔非细骨轻躯，那得百琲真珠?"

及翔风年三十,妙年者争嫉之,或者云"胡女不可为群",竞相排毁。石崇受谮润④之言,即退翔风为房老,使主群少。乃怀怨而作五言诗曰:"春华谁不美,卒伤秋落时。突烟还自低,鄙退岂所期。桂芳徒自蠹,失爱在娥眉。坐见芳时歇,憔悴空自嗤。"石氏房中并歌此为乐曲,至晋末乃止。

《拾遗记》

【注释】

①石季伦:石崇,字季伦。西晋富豪。
②萦金:弯曲缠绕金丝。
③百琲(bèi):极言珍珠之多。《玉篇·玉部》:"琲,珠五百枚也。"
④谮(zèn)润:积年累月的谗言。语本《论语·颜渊》:"浸润之谮。"

【赏读】

石崇的奢侈,古今闻名,世上鲜有。他好美色,最有名的就是那个跳楼的绿珠姑娘。翔风似乎没什么名气,但看完这个故事,就会觉得,她确实是非常特别的一个女子。这个胡人美女,长得漂亮自是不必说的,最大的特点有三:一是姿态美,二是识玉声,三是擅文辞。是个多才多艺的美女,别的女人很难与其相提并论。尤其是石崇那残忍的一句誓言"我百年之后你得殉葬",这翔风答复得真让人唏嘘:生爱死离,不如无爱,我能殉葬,身其可朽!一句话就把石崇彻底打动了。从通常的角度来看,这也就是顺着石崇的话来说的,不这么说还能怎么说呢?一般人若是听了石崇这么一说,估计早吓个半死了,但翔风毕竟不是个普通女子,而且十岁就跟了石崇,朝夕相处,石崇又对她宠爱有加,有比较深的感情,说出这样的真挚心声也是自然的。

　　后面接着写石崇对翔风的宠爱以及生活的极度奢侈,如何用各种玉、金、香来打扮区分不同的女子,包括对于体重的要求,都写得非常生动。总体上,这样的写法,营造了一种非常华丽的奢侈生活场景,让人有种眼花缭乱的感觉,绝对能感叹再三。但到最后一段时,你才会忽然发现,前面的这种华丽夺目的气氛,其实是一种铺垫,是为了最后的翔风失宠的结局而准备的。不这样写,最后的伤感效果就出不来。关键是这一切都发生在翔风三十岁的时候,也就是色衰之时。与此相比,那些妒忌她的人对她的排斥与诋毁还是次要的。她写的那首哀怨的诗,被谱上曲子,在石府中传唱多时,直到晋末才慢慢失传。诗写得固然哀婉,唱起来估计也能动人心,但也无奈且无力,对照一下当年她跟石崇的那两句精彩对白,就会有特别凄凉的反差效果。而且歌声也是会消失的。

外国道人　荀氏

　　太元十二年，道人外国来，能吞刀吐火，吐珠玉金银；自说其所受术，师白衣①，非沙门②也。尝行，见一人担担，上有小笼子，可受升余。语担人云："吾步行疲极，欲寄君担。"担人甚怪之，虑是狂人，便语云："自可尔耳，君欲何许自厝③耶？"其答云："若见许，正欲入笼子中。"笼不便担担人愈怪其奇："君能入笼，便是神人也。"下担，入笼中；笼不更大，其亦不更小，担之亦不觉重于先。

　　既行数十里，树下住食，担人呼共食。云："我自有食。"不肯出。止住笼中。出饮食器物罗列，肴膳丰腆亦办，反呼担人食。未半，语担人："我欲与妇共食。"即复口吐出一女子，年二十许，衣裳容貌甚美。二人便共食。食欲竟，其夫便卧。妇语担人："我有外夫，欲来共食；夫觉，君勿道之。"妇便口中出一年少丈夫，共食。笼中便有三人，宽急之事，亦复不异④。有顷，其夫动，如欲觉；其妇便以外夫内口中。夫起，语担人曰："可去。"即以妇内口中，次及食器物。

　　此人既至国中，有一家大富贵，货财巨万，而性悭吝，不行仁义。语担人："吾试为君破悭囊⑤。"即至其家。有好马，甚珍之，系在柱下，忽失去，寻索不知处。明日，见马在五升罂中，终不可破取,不知何方得取之。便语曰:"君作百人厨,以周穷乏⑥,马得出耳。"主人即狼狈作之。毕,马还在柱下。

明旦,其父母老在堂上,忽复不见,举家惶怖,不知所在。开装器,忽见父母在泽壶中,不知何由得出,复往守请之。其云:"当更作千人饮食,以饴百姓穷者,乃当得出。"即作,其父母在床上。

《灵鬼志》

【注释】

①白衣:俗家弟子。

②沙门:泛指和尚。

③自厝(cuò):自处。

④宽急之事,亦复不异:宽窄也没什么不同。

⑤悭(qiān)囊:吝啬之囊。

⑥以周穷乏:用来周济穷人。

【赏读】

从这位外国道人的最初特点来看,很像是今天所说的魔术师,但后面发生的事情,则完全不在日常理解的范畴了,非常神奇。从整个过程来看,概括起来说,就是他擅长大小变化之术。故事本身的趣味自不必多说,最有意思的是作者展现这个大小变化的过程时使用的技巧。

先写的是这个道人自己能随意变小,能待在笼子里,让担夫挑着走,而且全无重量。这是第一次让人惊诧。当然这还只是铺垫,第二次惊诧随即就来。担夫休息时让他一起吃饭,他不肯出来,自己在笼子里罗列出很多美食。第三次惊诧,是他还自带美女,从口中吐出来，跟他一起吃饭。估计此时那位担夫（当然也是我们这些读者）也只有瞠目结舌的份儿了。结果第四次惊诧马上就出现了。那女子还有她的年少情人，也从她口中出来，跟她共食，她还不忘提醒担夫：你不要告诉我丈夫哦。当然第五次惊诧，就是道人醒时，她把小情人重纳口中，而她跟那些酒食器物一道被道人放回口中。一口气写出五次惊诧，把这位外国道人的能耐写得神乎其神，给人的感觉就是他自己简直就是个小世界。

  在这一连串的惊诧过程中，读者会发现，外国道人说话了，那个女子说话了，担夫始终没有说话，只有看的份儿。也可能担夫说了话，但被作者有意省略掉了。这样处理的好处是让这递进式的惊诧一波连一波，不断强化惊诧的效果。这位外国道人能把自己变小，能从口里吐出小人来，这些奇技是不是仅限于他自身呢？这是我们读到这里时自然会有的联想。作者随即就安排了另外两件故事，让我们看这位道人把马、人变小，而且还捉弄一番那位抠门不仁义的巨富，让他先后免费宴请成百上千的穷人百姓，整个过程都很有喜剧色彩。这样一写，不仅让人觉得这位道人法术深不可测，还会让人觉得他有行善本色；不仅奇技惊人，还特别可亲可敬。如此收场，就会让前面的那些惊诧部分也一并被读者接受了。

虹丈夫　陶渊明

庐陵巴邱人陈济者,作州吏。其妇姓秦,独在家。忽疾病,恍惚发狂,后渐差。常有一丈夫,长丈,仪貌端正,著绛碧袍,采色炫耀,来从之。后常相期于一山涧间。至于寝处,不觉有人道相感,忽忽如眠耳。

如是积年。秦每往其会,不复畏难。比邻入观其所至,辄有虹见。秦云:"至水侧,丈夫有金瓶,引水共饮。"后遂有娠。生儿如人,多肉,不觉有手足。

济寻假还,秦惧见之,乃内儿著瓮中。因见此丈夫,以金瓶与之,令覆儿。济时醉眠在牖①下,闻人与秦语,语声至怆,济亦不疑也。又丈夫语秦云:"儿小,未可得将去。不须作衣,我自衣之。"即与绛囊与裹之,令可时出与乳。于时风雨晦冥,邻人见虹下其庭。

秦常能辨佳食肴馔,丰美有异于常。丈夫复少时来,将儿去,亦风雨晦冥,人见二虹出其家。数年而来省母。后秦适田,见二虹于涧,畏之。须臾,见丈夫云:"是我,无所畏。"从此遂疎。

《搜神后记》

【注释】

① 牖(yǒu):窗户。

【赏读】

丈夫不在家,妻子跟别的男人有染生子,要是我们从这个角度去看这个彩虹丈夫的故事,就会发现实在是大煞风景。因为这个故事写得实在是凄美至极。这女子的外遇对象,不是什么仙妖鬼怪,竟然是彩虹所变的男人,听起来就很奇妙。而且我们还会发现,假如我们把这个对象换成什么妖怪鬼魅,看到"秦每往其会,不复畏难"的时候,都难免会觉得此女淫荡,但当这个对象为彩虹时,这种感觉就消失了——她是个爱上彩虹的女子。

邻居们自然是会注意她的行踪的,发现她到的地方,总会有彩虹出现。但大家对她的说法以及彩虹会随她出现,为什么就没有半点闲话呢?只有一个可能,就是在大家的眼中,她是个精神病人,或者说疯子,她说什么都不会有人觉得奇怪,也不会有人去揭穿,原因或许只是都觉得她很可怜吧。接下来还有一个细节,就是她的丈夫喝醉了,回来在窗下听到有人对她说话,话音怆然,竟也没有怀疑。究其原因,很可能她丈夫也把她当作疯子了,或者他是个醉生梦死之徒。否则的话他怎么听到也不怀疑呢?

彩虹丈夫带走儿子的场景很是动人,可以想象,两道彩虹从她家离开,是多么神奇的景观。后来的结局是让人感伤的。随着时间的推移,彩虹丈夫跟彩虹儿子几年才来看望她一次,而且见面的次数也越来越少。那么这个女子到底是不是个有精神病的人呢?如果我们按常理还原这个故事的话,那么可能是这样的事实:姓秦的女子为人向来很好,在邻里间口碑极佳,得了精神病之后,大家都非常同情她。以至于当大家知道她被人欺负怀孕生子后,都不忍心把这事说出去,于是就有了这个彩虹丈夫的故事。当然也许她确实也是喜欢彩虹的,尤其是在神志不清的时候。

贾弼换头 刘义庆

河东贾弼,小名翳儿,具谙究世谱①。义熙中,为琅邪府参军。夜梦有一人,面齄鲍②,甚多鬓,大鼻瞷目。请之曰:"爱君之貌,欲易头,可乎?"弼曰:"人各有头面,岂容此理?"明昼又梦,意甚恶之,乃于梦中许易。

明朝起,自不觉,而人悉惊藏走。云:"那汉何处来?"琅邪王大惊,遣传教呼视,弼到,琅邪遥见,起还内。弼取镜自看,方知怪异。因还家,家人悉惊入内,妇女走藏,曰:"那得异男子?"弼坐,自陈说良久,并遣人至府检阅,方信。

后能半面啼,半面笑。两手各捉一笔俱书,辞意皆美。此为异也,余并如先。俄而安帝崩,恭帝立③。

《幽明录》

【注释】

①世谱:世族的谱牒,世族又称士族。
②齄(zhā)鲍:脸上小疮。
③安帝崩,恭帝立:晋安帝驾崩后,晋恭帝被立为帝。恭帝,字德文,晋安帝之同母弟。

【赏读】

这个奇事颇有喜剧色彩。换个脑袋,当然是不可思议的事情。

但好玩的是，这个换脑袋的意愿以及事实，是在贾弼的梦里发生的。贾弼显然是个相貌俊美之人，不说貌似潘安，应该也不会差多少。重视男人的相貌，早在魏晋就是时尚，可以想见在南北朝时仍是如此。因此那位出现在贾弼梦中的长得很丑的人，才会想要与他换脑袋。此人究竟是神是鬼，没人知晓，反正不是正常人的思维。

因为是梦，贾弼虽然觉得很烦，但也没有当成真事，所以后来实在烦不过了，就答应了，反正是梦嘛，又不会是真的，换就换吧，随你了。结果真的就换了。那个要求换脑袋的人也很有意思，既然有这个本事，直接动手换就是了，干吗还要反复跟贾弼商量呢？作者的言外之意，似乎是不管人间还是神鬼之界，规矩还是要讲的，不能强求。同样的道理，也不能随便就答应什么，答应了，就得认账，不能后悔，也就是所谓的重诺。

美男一夜之间变成了丑八怪，当然就成了爆炸新闻，且不说本人接受不了，别人也会觉得无法理解。在一段生动的描写大家反应的文字之后，作者没有接着写贾弼的反应，什么狂躁不安啊，惊慌失措啊，气得暴跳如雷啊，痛不欲生啊，都没写。只是写他赶紧解释清楚到底是怎么回事，验明自己的身份，否则的话别说长得难看，连真实身份都没了，就更没法活了。最后他还不得不接受这个现实状态。

奇人奇遇奇事之后，如果再没什么事了，显然这故事就太简单了，因此作者在最后还要再加上一笔。正所谓"塞翁失马，焉知非福"，贾弼换了脑袋之后，还获得了以前没有的本事。他能一半脸是哭相，另一半脸是笑相，这肯定让时人惊叹不已、哭笑不得。但这在士人的层面还算不上什么本事，关键是他还能双手写字，而且文章写得也好了。这才是一大收获。因为文人长得再漂亮，若是文章写得不好，也是俗人；文章写好了，即使长得难看，也是雅士。

最后作者还嫌不够奇，又以安帝驾崩、恭帝继位这样的大事收尾。此中隐含的意思似乎是，在他看来，贾弼换脑袋的事虽然近乎荒诞，但就像马生角之类的事情一样，可能是某种天意的不经意间的暗示。

夏侯弘 佚名

　　夏侯弘常自云见鬼神,与其言语委曲,众未之信。镇西将军谢尚,常所乘马忽暴死。会弘诣尚,尚忧恼至甚。弘谓尚曰:"我为活马何如?"尚常不信弘,答曰:"卿若能令此马更生者,卿真实通神矣。"弘于是便下床去。良久还,语尚曰:"庙神爱乐君马,故取之耳。向我诣神请之,初殊不许,后乃见听,马即尔便活。"

　　尚时对死马坐,甚不信,怪其所言。须臾,其马忽从门外走还,众咸见之,莫不惊惋。既至马尸间便灭。应时能动,有顷①,奋迅呼鸣。尚于是叹息,谢曰:"我无嗣,是我一身之罚。"弘经时无所告,曰:"顷所见小鬼耳,必不能辨此原由。"后忽逢一鬼,乘新车,从十许人,着青丝布袍。弘前捉牛鼻。车中人谓弘曰:"何以见阻?"弘曰:"欲有所问。镇西将军谢尚无儿。此君风流令望,不可使之绝祀。"车中人动容曰:"君所道正是仆儿。年少时与家中婢通,誓约不再婚而违约。今此婢死,在天诉之,是故无儿。"弘具以告。尚曰:"吾少时诚有此事。"

　　弘于江陵见一大鬼,提矛戟急走,有小鬼随从数人。弘畏惧,下路避之。大鬼过后,捉得一小鬼,问:"此何物?"曰:"广州大杀。"弘曰:"以此矛戟何为?"曰:"杀人以此矛戟,若中心腹者,无不轭死。中余处,不至于死。"弘曰:"治此病有方否?"鬼曰:"杀乌鸡薄②心,即差。"弘又曰:"今欲何行也?"鬼曰:"当至荆、扬二州。"尔时比日行心腹病,无有不死者。弘在荆州,乃教人杀乌鸡以薄之,十不失八九。今有中恶,辄用乌鸡薄之,弘之由也。

《志怪》

【注释】
　　①有顷:过了一会儿。
　　②薄:迫,意为治疗。

【赏读】
　　夏侯弘这个人,用武侠小说里的话来说,定是纯阳之体。同时他还是通灵之人,能跟鬼神交流。当然他把自己听到的鬼神之事,鬼言神语,说给别人听的时候,人家是不会相信的。因为普通人通常就是这样,只相信自己亲眼所见的事。他究竟是怎么说服庙神的,没人知道,只能听他回来追述,他怎么追述的并不重要,重要的是那匹马真的就活了,而且是马的灵魂从外面回来,附于马尸之上复活的。这个过程作者写得非常细致生动。
　　要证明夏侯弘的这种特异能力,就需要具体的事件。这个故事里,实际上用了三件事来证明,每件事都很让人感到稀奇。先是跑去说服了那位喜欢上谢尚将军胯下良马的庙神,让那匹马死而复生。但马活了之后,作者的笔头一转,转得非常精彩,他让谢尚在马复活的时候,开始自责。谢将军觉得自己喜欢的马虽然死而复生,但这也是老天对他的一次惩罚,就像让他一直没有子嗣一样。这样就很自然地引出了下一个故事。夏侯弘是个天下罕有的热心肠,也是个好奇心特别强的人，他要找鬼问个究竟。可是随手抓个小鬼还不行，得找有头有脸的鬼才可以。结果他就拦住了一个鬼界的有身份人士的车队。没想到这位鬼爷竟然是谢将军的先父，由这位老先生道出了事情的原委：谢将军少年时跟一个丫鬟有染，且违背誓约始乱终弃，那丫鬟死后告上天庭，所以上天罚谢将军无子嗣，算是一件典型的因果报应。通过这两件事，夏侯弘的神奇本事完全呈现出来。

夏侯弘能通鬼神，一般的鬼，他都不怕，但是，他怕大鬼、凶鬼。因此遇到那个名为"广州大杀"的大鬼时，他也会慌忙躲到一边。有意思的是，即使这样，他还不忘抓个小鬼，来问个究竟：这位广州大杀到底是何许鬼也？来干什么的？有什么祸患会随之而来？搞清楚了来龙去脉之后，他在自己所在的荆州就做了善事，把从小鬼那里获悉的秘方给大家，挽救了当地的老百姓。这最后一件事，其实是想证明，夏侯弘虽然是个能通鬼神的奇人，但比这个更为重要的，是他用自己的特长去做善事。如果说前面他帮谢将军还是小善的话，那么到最后帮百姓就是大善了。奇人而能为大善之事，上天也会保佑他的。

比肩人 祖冲之

吴黄龙①年中,吴郡海盐②有陆东美,妻朱氏,亦有容止。夫妻相重,寸步不相离,时人号为"比肩人"。夫妻云:"皆比翼,恐不能佳也。"后妻卒,东美不食求死。家人哀之,乃合葬。

未一岁,冢上生梓树,同根二身,相抱而合成一树,每有双鸿③,常宿于上。孙权闻之嗟叹,封其里曰"比肩",墓又曰"双梓"。后子弘与妻张氏,虽无异,亦相爱慕,吴人又呼为"小比肩"。

《述异记》

【注释】

①黄龙:三国东吴孙权的年号,即公元229~231年。

②海盐:今属浙江。

③鸿:旧时鸿是类似于天鹅的大型鸟类的泛称。

【赏读】

古人形容夫妻感情好的,有很多成语,如相敬如宾、举案齐眉、相濡以沫、白头偕老、百年好合、生死与共等,后来都变成了婚礼上的吉祥祝愿。其中感情至深的要数生死与共了。这也是最难做到的境界。做不到,其实也没人会说不好,因为确实很难。人皆惜命求生，即使至爱亡故，悲痛欲绝，就算是极致了。总之都是人之常情，完全可以理解。可要是真的做到了生死与共，那无论如何都会让人觉得是绝世佳偶，不能不为之动容。

陆东美夫妻活着的时候，感情好到形影不离，被称为"比肩人"。人通常都说比翼双飞，说比肩，恐怕也就没么好吧。你可以说这是低调谦虚，也可以认为这是出于某种担心。我们甚至可以假设这样的一个场景，在某次被人称赞为"比肩人"之后，晚上夫妻两个坐在窗前，看着外面的星空，随意地聊着天，说到动情处，可能反而会忽然有种莫名的伤感，一直这样相爱相好，可将来总有一天会生死离别，终归不能再做"比肩人"。陆东美或许就会淡定地说："你放心吧。"朱氏看了看他，点点头，不再说什么了。但她不会想到，有一天她去世后，他真的就毫不犹豫地绝食求死，并如愿以偿，与妻合葬，追随她到另一个世界去了。

但这并没有完结，在他们的墓上，生出两棵梓树，同根异株，却又枝干相抱，形同一树。而且还有两只大雁常宿树上。这场景你也只能用"感天动地"来形容了，情可同死，亦可同生，深情所至，可化为并生相抱之树，也可化为比翼齐飞之大雁，总之不管化为什么，此情永在。当时的吴主孙权封其乡里为"比肩"，其墓为"双梓"，也正是被这样的一种绝世之情深深地打动了。

阳羡书生 吴 均

阳羡①许彦,于绥安②山行,遇一书生,年十七八,卧路侧,云脚痛,求寄鹅笼中。彦以为戏言。书生便入笼,笼亦不更广,书生亦不更小,宛然与双鹅并坐,鹅亦不惊。彦负笼而去,都不觉重。

前行,息树下,书生乃出笼,谓彦曰:"欲为君薄设③。"彦曰:"善。"乃口中吐出一铜奁子④,奁子中具诸饰馔,海陆珍羞,方丈盈前。其器皿皆铜物,气味香旨,世所罕见。

酒数行,谓彦曰:"向将一妇人自随,今欲暂邀之。"彦曰:"善。"又于口中吐一女子,年可十五六,衣服绮丽,容貌殊绝。共坐宴。俄而书生醉卧,此女谓彦曰:"虽与书生结妻,而实怀怨。向亦窃得一男子同行,书生既眠,暂唤之,君幸勿言。"彦曰:"善。"

女子于口中吐出一男子,年可二十三四,亦颖悟可爱,乃与彦叙寒温,挥觞共饮。书生卧欲觉。女子口吐一锦行障遮书生。书生乃留女子共卧。男子谓彦曰:"此女子虽有心,情亦不甚,向复窃得一女人同行,今欲暂见之,愿君勿泄。"彦曰:"善。"男子又于口中吐一妇人,年可二十许,共酌戏谈甚久。

闻书生动声,男子曰:"二人眠已觉。"因取所吐女人,还纳口中。须臾，书生处女乃出，谓彦曰："书生欲起。"乃吞向男子，独对彦坐。然后书生起，谓彦曰："暂眠遂久，君独坐，当悒悒邪？日又晚，当与君别。"遂吞其女子、诸器皿，悉纳口中。留大铜盘，可二尺广，与彦别曰："无以借君，与君相忆也。"

彦大元中，为兰台令史⑤，以盘饷侍中张散。散看其铭题，云是永平⑥三年作。

《续齐谐记》

【注释】

①阳羡：今江苏宜兴。

②绥安：今在福建漳州。

③薄设：弄点简单的酒菜。

④铜奁（lián）子：铜制盛器。

⑤兰台令史：兰台，汉代内官藏书处，御史中丞掌管，后世因称御史台为兰台。东汉班固曾为兰台令史，受诏撰史，故后世亦称史官为兰台。

⑥永平：东汉明帝年号，公元58～75年。

【赏读】

此故事跟之前的《外国道人》，故事模式的源头都是《譬喻经》里的《梵志吐壶》（写的是梵志作法术，吐出一壶，壶中有一女子，也作法术吐出一壶，壶中有一男子，她就跟他共卧，然后被梵志发现，结果就是一个吞一个，都重新吞了回去）。外国道人不仅显露了惊人的"魔术"，还用将人与马变小的法术戏弄了一位巨富，让其宴请穷人。但这篇《阳羡书生》追求的是另一种趣味，它没有像

《外国道人》那样又衍生出新的故事环节，而是回到了《梵志吐壶》的框架里做文章，场景对话更为鲜活，给人一种层层控制的感觉。从书生到他吐出的女子，再到她吐出来的男子，以及他吐出来的女子，每个人都仿佛是其所吐出之人的主宰者，而中间两个被吐出之男女，又都是某种程度上的背叛者。如此这般，几乎写尽了男女关系的不稳定性。

另外，人能吐出人来，也是个有意思的空间话题。即一个人就是一个世界。人吐出人来，其实就相当于在说世界里套着世界，这是个"中国套盒"式的空间概念，会让人有种内在的无限空间感。而最后一段提到了两个重要的时间信息：一个是"大元"，也就是"太元"，这是东晋孝武帝的年号，即公元376~396年；另一个是那位书生临别送给许彦的大铜盘底下的"永平三年"，这其实是东汉明帝的年号。两相对照读者不免会想，那位阳羡书生难道是生在东汉明帝时代的人？这三百多年的时间差，意味着什么呢？这阳羡书生到底是得道之士还是神仙妖怪，没有人能知道，有的只是莫名的时空穿越感。

优师木人　萧绎①

　　有人以优师②献周穆王,甚巧。能作木人,趋走俯仰如人。领其颐,则可语,捧其手,则可舞。王与盛姬③共观,木人瞚④其目,招王左右侍者,王大怒,欲诛优师。优师大怖,乃剖木以示王,皆附会革木所为,五脏完具。王大悦。乃废其肝,则目不能瞚;废其心,则口不能语;废其脾,则手不能运。王厚赐之。

《金楼子》

【注释】

　　①萧绎（508~554）：字世诚,小字七符,武帝衍第七子,南兰陵（今江苏常州）人。天监十三年（514）封湘东郡王。承圣元年（552）即位,是为元帝。在位不到三年,西魏破江陵,被杀。萧绎自号金楼子,博学好文,多与文士结交,著述极多。有《梁元帝集》五十二卷,今存明人辑本八卷。所著志怪小说尚有《仙异传》三卷、《研神记》一卷,均亡佚。《金楼子》十卷,《隋书·经籍志》列在杂家类,元明时此书已罕见,今见者为杂辑而成。

　　②优师：表演艺人。

　　③盛姬：周穆王的宠妃。

　　④瞚（shùn）：同"瞬",眨眼。

【赏读】

　　这个精短的故事着实让人惊讶。这么短，可是内容如此丰富，这在志怪小说里比较少见。那么它的丰富体现在哪里呢？首先它有五个层次：第一层是有人送木偶表演师给周穆王，木偶有人性，可语可舞；第二层是木偶表演过火，激怒了周穆王；第三层是木偶表演师把木偶剖开让周穆王看，五脏俱全；第四层是周穆王很开心，挖了木偶的肝，发现眼睛不能眨了，又挖了心，就不能说话了，再挖掉脾，手也不能动了；第五层是周穆王重赏了木偶表演师。

　　这五个层次层层递进，环环相扣，可以说每一层都让人惊讶，因为想不到。最让人惊讶的，当然就是周穆王把木偶的五脏一个个挖掉，看会影响到身体哪个部分的功能，读者明知道他挖的是木偶的五脏，但还是会觉得残忍到发指。这一小段就那么慢慢道来，没有任何夸张的感觉，像解剖实验现场记录一样，但是这样写的效果确实非常好，把整个故事的空间都撑了起来，极富弹性。

首阳山天女 佚名

后魏明帝正光二年①，夏六月，首阳山②中，有晚虹下饮于溪泉。有樵人阳万，于岭下见之。良久，化为女子，年如十六七。异之，问，不言。乃窃告蒲津戍将③宇文显，显取之，以闻明帝，召入宫，见其容貌姝美，掩于六宫。问之云："我天女也，暂降人间。"帝欲逼幸，其色甚难。复令左右拥抱，作异声如钟磬④，复化为虹，经天而去。后帝寻崩。

《八朝穷怪录》

【注释】

①后魏明帝正光二年：后魏，即北魏（386～534）。明帝，孝明帝元诩（510～528）。正光，孝明帝年号，公元520～525年。

②首阳山：位于甘肃定西境内。

③蒲津戍将：蒲津，古黄河渡口名。戍将，守将。

④磬：古代一种石制打击乐器。

【赏读】

彩虹，美女，入宫，化虹，帝崩。从这个故事的结构来看，彩虹跟北魏孝明帝驾崩，应该是两个本不相关联的事件。而在彩虹出现的地方，发现一个美女，她被宇文显找到并送给孝明帝，然后没过多久孝明帝就驾崩了。这样的事情倒是很有可能的。彩虹变美女这个故事,其实是要在最后暗示孝明帝的死跟他贪色且无道逆天有关。这里有一个比较有意思的细节,孝明帝让左右人等去拥抱彩虹女时,彩虹女竟然会发出钟磬般的响声。我们可以设想一下,如无此句,在"复令左右拥抱"之后,直接就是"复化为虹,经天而去",就会觉得失色不少。

京都儒士　皇甫氏①

近者,京都有数生会宴,因说人有勇怯,必由胆气;胆气若盛,自无所惧,可谓丈夫。座中有一儒士自媒曰:"若言胆气,余实有之。"众人笑曰:"必须试,然可信之。"或曰:"某亲故有宅,昔大凶,而今已空锁。君能独宿于此宅,一宵不惧者,我等酬君一局。"此人曰:"唯命。"

明日便往。实非凶宅,但暂空耳。遂为置酒果灯烛,送于此宅中。众曰:"公更要何物?"曰:"仆有一剑,可以自卫,请无忧也。"众乃出宅,锁门却归。

此人实怯懦者。时已向夜,系所乘驴别屋,奴客并不得随,遂向阁宿,了不敢睡,唯灭灯抱剑而坐,惊怖不已。至三更,有月上,斜照窗隙,见衣架头有物如鸟鼓翼,翻翻而动。此人凛然强起,把剑一挥,应手落壁,磕然②有声。后寂无音响。恐惧既甚,亦不敢寻究,但把剑坐。

及五更,忽有一物,上阶推门;门不开,于狗窦③中出头,气休休然。此人大怕,把剑前斫,不觉自倒,剑失手抛落。又不敢觅剑,恐此物入来,床下跧④伏,更不敢动。忽然困睡,不觉天明。

诸奴客已开关,至阁子间,但见狗窦中,血淋漓狼籍。众大惊呼,儒士方悟,开门尚自战栗,具说昨宵与物战争之状。众大骇异。遂于此壁下寻,惟见席帽,半破在地,即夜所斫之鸟也:乃故帽破弊,为风所吹,如鸟动翼耳。剑在狗窦侧。众又绕堂寻血踪,乃是所乘驴,已斫口喙,唇齿缺破,乃是向晓因解,头入狗门,遂遭一剑。众大笑绝倒,扶持而归。士人惊悸,旬日⑤方愈。

《原化记》

【注释】

①皇甫氏:名与生平不详。据《太平广记》引佚文,皆开元后事,"华亭堰典"条后有"洞庭子曰"的评论,"洞庭子"或为皇甫氏之号,作者或为荆楚人。《原化记》所载多求仙访道或高僧方士之种种灵异。《通志略》著录一卷,《太平广记》收佚文六十余则。

②磕然:剑碰到墙上。

③狗窦:狗洞。

④踡(quán):蜷曲。

⑤旬日:十来天。

【赏读】

这是志怪故事里一个难得的情景喜剧。通常人总是喜欢强调或显示自己所没有的东西,而真正拥有的人却常常会淡然处之,不事张扬。同样的道理,在一个闲聊扯淡的场合里,迫切地表达自己有胆的人,一定是无胆但又很虚荣的人。前两段,一看即知此人逞强,但在第三段开头即交代此人怯懦后,后面两段一直到"众大骇异",读者又会被带回到这个人的体验视角下,且心生疑惑,难道真的有什么鬼怪出现？此人的那种魂飞魄散的狼狈状，自是生动可笑，尤其可笑的是他竟然会"忽然困睡"！也真是憨得可以，呆得可爱。换成别人，恐怕要一直瑟缩到天明了，哪里还能睡得着啊。但喜剧性也恰恰最容易发生在这种憨哥身上，胆小，逞能，又傻乎乎地自作聪明，就像英国喜剧里的憨豆先生。

　　写到他用剑杀的飞鸟其实是只帽子时，虽已让人明白了这场闹剧，但作者的本事在于，仍然能继续将故事再曲折一下，大家顺着血迹，找到了那头被剑伤了嘴的驴，也就是他的坐骑。实际上到这里，作者也是顺手揶揄了一下此人，以受伤的驴嘴，来暗喻他自吹胆大的那张臭嘴。看这种类型的故事，需要注意的是作者的手法，在基本情节清楚的情况下，一样讲得有滋有味，尤其是叙事过程中的那种从容不迫的笔调。

丘长春 都穆①

元太祖②尊礼丘长春③,屡试其术。一日,长春入朝,语弟子,可掘坎以俟④。及入,太祖赐鸩酒⑤一杯,长春饮之,无难色。

亟归,浸坎中,得生,顶发尽秃。

明日,又谓弟子索丝绳以入。太祖赐玉冠,长春出丝绳系之而谢。

太祖神其术,礼之愈隆。后欲妻以公主,坚不可辞,遂自腐⑥以告绝。其日乃十月九日,今京师谓之阉九⑦,为会甚盛。

《都公谈纂》

【注释】

①都穆(1459~1525):明代大臣、金石学家、藏书家。字玄敬,一作元敬,郡人称南濠先生。都穆好学不倦,尝奉使至秦中,搜访金石遗文,拓印缮写,作《金薤琳琅录》二十卷。又富藏书,每得异本,则向人夸示以为乐趣,亦好蓄名画。

②元太祖(1162~1227):成吉思汗,庙号元太祖,孛儿只斤氏,名铁木真,蒙古族,政治家、军事家。1206年,被推举为蒙古帝国的大汗,统一蒙古各部。在位期间多次发动对外征服战争,征服地域西达西亚、中欧的黑海海滨。

③丘长春（1148～1227）：即丘处机，金著名道士，全真道北七真之一。龙门派尊奉之为祖师。字通密，号长春子，世称长春真人，登州栖霞（今属山东）人。成吉思汗待之甚厚，尊其为神仙，命其掌管天下道教，诏免道院和道人一切赋税差役。全真道成为北方道教最大之派别。他逝世后，元世祖于至元六年（1269）诏赠他为"长春演道主教真人"。至大三年（1310）又加封其为"长春全德神化明应真君"。

④掘坎以俟（sì）：挖个水池等着。坎，八卦之一，代表水。作动词用有掘坑的意思。

⑤鸩（zhèn）酒：毒酒。鸩是一种传说中的毒鸟。形象为黑身赤目，身披紫绿色羽毛，喜以蛇为食。它的羽毛有剧毒，放入酒中能置人于死地。

⑥自腐：自宫。

⑦阉（yān）九：北京旧俗以正月十九日为祭祀道教全真教主长春真人丘处机的节日。阉，指割去男性或雄性动物的生殖器。

【赏读】

长春子丘处机的名气很大，主要得益于金庸小说《射雕英雄传》的广泛流传。在小说里他不仅是全真派七子的代表人物，还是武林高手。但在历史上，他的影响力之所以会那么大，关键在于他赢得了成吉思汗的重视和礼遇，并借此力量把全真道做成了北方道教最大的一派。成吉思汗为什么要支持丘处机？其实主要还是想利用全真道的影响力，帮助蒙古人在中国北方实现政治上的认同感和长久统治。从政治上讲，成吉思汗与丘处机都是赢家。

蒙元稳固统治之后，全真道的政治价值自然会下降，加之它的发展抢了佛教的很多生存空间，于是就有了元宪宗八年（1258）的"僧道之辩"，以全真道失败告终。二十多年后，僧、道再次辩论，全真道又以失败告终,朝廷诏令除《道德经》外,其他道经尽数焚毁,使全真道遭到了非常沉重的打击。元成宗时,禁令渐松,全真道才又见恢复。明代朝廷重视正一道,全真道相对削弱,入清后更为衰落。

都穆选择的叙事点是术。主要是为了达到传奇的效果,本篇把丘道长塑造成怀奇术而仿佛有不死之身的道士。看了这个故事,我们基本上可以断定,金庸所写《射雕英雄传》全真七子中的王处一中毒后把自己浸在水缸里以内力驱毒的情节,就是受了都穆这个故事的启发。只不过在这个故事里,水缸变成了水坑而已。

成吉思汗要验证丘道长的道术,丘处机早有预料,并事先做好了应对的准备。第一次是在赴宴之前就知道会被迫饮鸩酒,预先让弟子们挖好水坑备用。随后果然借此驱毒成功,尽管代价是脑顶的头发都掉光了。第二次是他在上朝见成吉思汗之前,让弟子为他备好丝绳,待上朝后,成吉思汗赐了他一顶玉冠,刚好可以用丝绳把玉冠系在头上。以此折服了成吉思汗。但真正让人震撼的,其实并非他的道术,而是他的决绝之勇气。成吉思汗要把公主嫁给他,可是他不要,为断大汗的念头,他干脆就把自己阉了,读到这里,谁能不瞠目结舌?这大概可以称得上是信仰的力量吧。

都穆的文笔简练,颇有魏晋风度,寥寥数笔就把丘处机道长的奇与绝写透了。而且在这个短篇里,能把节奏感、层次感把握得恰到好处,于短小精练中见出一种舒展、从容的状态,真的是特别难能可贵。

清凉石 都穆

高皇帝①征陈友谅②，舟次九江③。有周颠仙者，伏谒④门道左。上命登舟，其人若风颠之状，一语不发。

上曰："汝何为者？"对曰："欲太平耳。"曰："我伐陈友谅何如？"曰："中涂覆舟。"上怒，令推堕水中，不溺，行水上，如履平地。遂与同载。

至中途，舟果覆，上惊，得免。

陈氏既平，上至南京，置颠仙于灵谷寺。颠仙日与住持聒恼。僧衔之，一日，以闻上。命以缸覆颠仙，焚之。一昼夜，启缸如故。复命焚三昼夜，缸内结如蚕茧之状，颠仙但颡⑤有微汗。僧覆奏，上怪之。然颠仙自是不说，终日不食。僧亦不与。凡阅月，上知之，命仍饿十日，而颜色自若。上始大惊，亲幸寺中见之。

既而颠仙求归庐山，许之。

临行，上问："世间何事最乐？"曰："吃饭去便最乐。"

颠仙归，上一日忽大便不通，百方不效。颠仙已预知，密令庐山赤脚僧献药阙下，并侑⑥一诗。适是日至，上见药，用一小石。问其僧，曰："清凉石。"心颇疑之。见诗，乃颠仙手迹。用水磨之，异香袭人，久之不散。服已，大便随通。上感其意，令人随僧人入山求之,杳不可得。人还,乃新撰碑文,命詹孟举⁷书立于庐山之上。

《都公谈纂》

【注释】

①高皇帝:这里指明太祖朱元璋(1328~1398)。其原名重八,后更名兴宗,字国瑞,生于濠州钟离之东乡(今安徽凤阳),明朝开国皇帝,年号洪武,其统治时期被称为"洪武之治"。

②陈友谅(1320~1363):沔阳(今湖北仙桃)人,元末农民起义领袖,大汉政权建立者,后为朱元璋所灭。

③九江:秦设九江郡,治所在寿春(今安徽寿县),范围包括了今天的九江市,不过并未置县。这是九江之名第一次出现,但是很快九江郡范围大大缩小,到三国时被改名为淮南郡,所以从西汉到明朝之间的"九江"的地名一般与今天的九江市并无关系。

④伏谒(yè):伏地拜见。

⑤颡(sǎng):额头。

⑥侑(yòu):助兴。

⑦詹孟举:即詹希元,明后更名希原,字孟举,号逸庵、丙寅讷叟,新安(今安徽歙县)人。洪武初为铸印副使,后官中书舍人。善大书,兼欧、虞、颜、柳,凡宫殿城门坊匾署书,于端重严整中,寓苍劲雅秀之趣,是为难能。小字则稍熟媚。尝作太学集贤门,字画遒劲。

【赏读】

明太祖朱元璋起事成大业,靠的是知人善用,是以能聚拢天下才俊,颠覆了蒙元王朝。但他还有另外一面,就是多疑、残忍、好杀。也正因如此，他在位期间杀了很多功臣良将，虽为其幼孙继位后的安全创造了条件，但也间接导致了后来燕王朱棣的夺位之变，在很大程度上改变了明王朝的历史走势。

这个故事写得很奇。周颠仙的出场，写得颇为精彩。朱元璋问他想做什么，他的回答很淡定大气："欲太平耳。"当时的能人俊杰，跟随朱元璋的目的，都是想谋一番大事业，成就自己的功业。因此在见朱元璋时，都会围绕如何打天下献计献策。这位周颠仙却与众不同，他只要天下太平。这种胸怀和境界，对于正热衷于打天下得江山的朱元璋来说，哪里能听得进去呢？在他听来，顶多不过是迂腐大话而已。因此当听周颠仙说他讨伐陈友谅会中途翻船时，大怒也就不奇怪了。他允许这个举止古怪的人上船，不过是展示一下自己能广纳贤才的姿态而已。一言不对，瞬即翻脸，直接把周颠仙推到江里去了，着实残忍。但奇事也随即发生，周颠仙不但没有溺水而死，反而在水上如行平地，接下来又是预言成真。这个奇人怪人，总算是被留了下来。后面怎么样，没写，直接转到朱元璋入南京之后，把周颠仙安置在灵谷寺里。但实际上也只是闲置而已，并没重用。因此才会有周颠仙整天对着住持说个不停，让人受不了的事。朱元璋知道这事儿之后，就立即让人把周颠仙放在缸里，用火烧，烧不死，那就再饿上十天……其实就是想再试验一下他到底有什么法力。这一段写得很细致，也很饱满，可以说是构建起一个想象的平台，为接下来的出人意料的转向，打好了基础。

朱元璋终于亲自到寺里见周颠仙了。按理说，接下来就是如何重视周颠仙的事了，但笔及此而住，直接转到周颠仙要归隐庐山。朱元璋答应了他的请求。他们两个人的这轮交道，看似无内容，其实是大有文章。一是朱元璋已知此人是世外高人，近乎神仙，但对自己的大业，却又并无可用之处，当然也不会有不好的影响。因此没有挽留，由他去吧。二是周颠仙知道朱元璋能平定天下，创造太平，同时也知道他虽然是残忍之君，但也不会骚扰民生，他无须再留。最有意思的是他们临别前的对话。因为知道他是神仙般的人，朱元璋就问了个既俗又不俗的问题：人世间什么事最快乐？周颠仙答得出人意料：吃饭拉屎。估计朱元璋听了会不禁哑然失笑吧。不笑不足以为道。禅宗人士听了，一定会认为这话真是大有禅意。黄老人士听了，会觉得这周颠仙讲的是无为之道。人活在世上，能吃得香、拉得顺畅，就很快乐了。这样的道理还要讲吗？当然要讲。常人总为欲望所驱使，迷恋感官之乐，多多益善，但真要多起来，反而会慢慢变得麻木不仁了，多有满足则必厌倦丛生，哪里再有什么乐趣可言呢？但陷于其中的人，是不会明白这道理的。朱元璋也是如此。

既然有此对话为伏笔，那么结尾处自然要有点睛之笔才通透。周颠仙归隐庐山之后，有一天朱元璋就便秘了，用什么方子都无效，难受至极。这时对此事早有预料的周颠仙，就让一个赤脚僧带着解药来了，还顺带了一首诗。然后朱元璋就大便通畅了。关键是他终于明白了，当初周颠仙那句话其实是大有深意的。一个平常的便秘，就足以让人乐趣尽失，烦恼不已。一旦通畅，顿时就会觉得快意无限了。道理竟然就是这么简单。为了满足无边的欲望，人才要费尽心机、极尽精力，但最后往往会成了欲望的走狗，全然不知乐趣何在。而在超脱了欲望之后，达到了淡泊自然、无欲无求之境界，则会在最简单的日常事中轻易就得到纯粹自在的乐趣。朱元璋是个聪明人，经这一点拨，自然会有豁然开朗之感，赶紧派人去找周颠仙，当然，找到是不可能的。只好书碑志之，算是留个纪念，以示感激。这一部分还有一个有意思的地方，就是作者提到周颠仙写了首诗给朱元璋，但到了也没提究竟写了什么。这个留白，留得真是好。实际上诗中之意，已尽在文中了。你要猜内容，就去猜好了。

铁冠道人 都穆

铁冠道人张景华者,精天文地理之术。太祖与陈友谅战鄱阳湖,以道人从。友谅中流矢死,两军莫之知。

道人望气,语上曰:"友谅死矣。"使上作文,遥望祭之。陈军夺气,战遂败。

上定鼎①金陵,其相地多出道人。道人尝结庐钟山下。

梁国公蓝玉②一日乘间访之,道人野服③出迎。玉戏之曰:"脚穿芒屩④迎人,足下无履。"时玉以椰子瓢饮,道人答云:"手执椰杯劝酒,尊前不钟。"盖密寓讥讽之意。玉武臣,勿悟,相与一笑而散。

不久,玉果被祸,而道人之言始验。道人一日无故投大中桥水而死。

后潼关守臣奏:"有铁冠道人者,以某日过关。"计之⑤,即投水之日也。盖异人云。

《都公谈纂》

【注释】

①定鼎:建都。

②蓝玉(?~1393):明朝开国名将,常遇春妻弟,汉族,定远(今属安徽)人。有谋略,勇敢善战,屡立战功。官拜大将军,

封凉国公。于捕鱼儿海中大破北元，基本摧毁其职官体系而名震天下。他恃功骄纵，又多蓄庄奴、假子，恣意横暴，夺占民田，触怒太祖，以谋反罪被杀。究其党羽，牵连致死者达一万五千余人，史称"蓝玉案"。

③野服：村野之服。

④屦（juē）：草鞋。

⑤计之：算日期。

【赏读】

跟前面讲到的周颠仙比起来，铁冠道人张景华，只能算是个专家型高人了。打仗时，他通过"望气"就知道敌方统帅阵亡了。平定天下之后，他帮着朱元璋选府第、选陵址、定格局，用处很大。张道士是个有道之人，不仅在于他能望气相地，还在于他知道功成身退。与之相对照，那个大将蓝玉，就是个不懂此中道理的武夫。这个故事，写的就是他们之间的一次见面，非常耐人寻味。

当时蓝玉已是有大功之重臣，抽空来拜访这位道长，其实也是要显示一下自己的礼贤之德吧。当然也可能有求指点的意思。但两人一问一答，这事就过去了。蓝玉的话只是打趣而已：我来看你，你穿着草鞋就出来了，有点不着调吧？意思是跟你的身份太不相称了。其实也是一种恭维。但张道士的回答却别有深意：我虽然这样随便就出来迎接你，显得不够有礼数，但我是个闲人，山野之人，无伤大雅。可是你这样地位的人，要是也随意起来，恐怕会不得善终。但如此委婉的话，蓝玉是不可能听得懂的。在很大程度上，也正是因为蓝玉性情如此随意，又居功自傲，全然不知低调收敛的道理，才导致了后来杀身灭门之大祸，殃及数万无辜者。

蓝玉的谋反案子，牵连的人太多。张道士又接待过他，自然也难以排除嫌疑。所以张道士必须想法子自保。他的办法，就是来一次"自杀",投河了,而且有人亲眼看到。这就是他的脱身之计。当然他成功了。后来有人看到他出了潼关,报到朝廷,一算日期,刚好就是他投河的那天。这个局造得真是漂亮。我们可以假设,他自己事先就到达潼关,然后在约定的某一天,让其弟子扮成自己的样子投河消失,自己则同日过了潼关。这样做的目的,就是让朝廷相信,他不是个凡人,而是得道之人。唯有如此,他才能免除祸患。如果他真的是个仙人,其实根本不需要这么麻烦造局了。

酒　友　蒲松龄

　　车生者，家不中资①，而耽饮，夜非浮三白②不能寝也，以故床头樽常不空。

　　一夜睡醒，转侧间，似有人共卧者，意是覆裳堕耳。摸之，则茸茸有物，似猫而巨；烛之，狐也，酣醉而犬卧。视其瓶，则空矣。因笑曰："此我酒友也。"不忍惊，覆衣加臂，与之共寝。留烛以观其变。

　　半夜，狐欠伸③。生笑曰："美哉睡乎！"启覆视之，儒冠之俊人也。起拜榻前，谢不杀之恩。生曰："我癖于曲糵④，而人以为痴；卿我鲍叔也⑤。如不见疑，当为糟丘⑥之良友。"曳登榻，复寝。且言："卿可常临，无相猜。"狐诺之。

　　生既醒，则狐已去。乃治旨酒一盛⑦，专伺狐。抵夕，果至，促膝欢饮。狐量豪，善谐，于是恨相得晚。狐曰："屡叨⑧良酝，何以报德？"生曰："斗酒之欢，何置齿颊！"狐曰："虽然，君贫士，杖头钱⑨大不易。当为君少谋酒资。"

　　明夕，来告曰："去此东南七里，道侧有遗金，可早取之。"诘旦而往，果得二金，乃市佳肴，以佐夜饮。狐又告曰："院后有窖藏，宜发之。"如其言，果得钱百余千。喜曰："囊中已自有，莫漫愁沽⑩矣。"狐曰："不然。辙中水胡可以久掬？合更谋之。"

　　异日，谓生曰："市上荞⑪价廉，此奇货可居。"从之，收荞四十余石。人咸非笑之。未几，大旱，禾豆尽枯，惟荞可种。售种，息十倍。由此益富，治沃田二百亩。但问狐，多种麦则麦收，多种黍则黍收，一切种植之早晚，皆取决于狐。日稔密，呼生妻以嫂，视子犹子焉。

后生卒，狐遂不复来。

《聊斋志异》

【注释】

①家不中资：家产不丰厚。

②浮三白：饮三杯酒。浮，旧时行酒令罚酒之称，引申为满饮。白，酒杯的一种，供罚酒用。浮白，亦称"浮一大白"。

③欠伸：伸懒腰。

④癖于曲糵（niè）：嗜酒成癖。曲糵，酒曲。此处代指酒。

⑤我鲍叔也：意为我的知己。鲍叔，春秋时齐人，管仲好友，"管鲍之交"即指友好如此二人。

⑥糟丘：酒糟堆成的小丘。此处代指酒。

⑦旨酒一盛（chéng）：美酒一杯。旨，美味。盛，杯盂之类的器皿。

⑧叨（tāo）：叨扰，辱承，表示承受的谦辞。

⑨杖头钱：买酒钱。《世说新语·任诞》："阮宣子常步行，以百钱挂杖头。"

⑩莫漫愁沽：不要徒然为酒钱犯愁。贺知章《题袁氏别业》："莫漫愁沽酒，囊中自有钱。"

⑪荞：荞麦。

【赏读】

蒲松龄的《聊斋志异》，是中国古今短篇小说之冠。然世人多重视其中较长篇幅的,而对那些短小的则重视不够。孙犁晚年谈及《聊斋志异》时,即称早年喜欢那些篇幅长的,而后来更喜欢那些短小的。《酒友》可以说是那些短小之作中的上乘精品。

故事并不复杂,但频现惊奇。人狐因好酒成好友,自然让人觉得与那些写人鬼、人狐恋情的大异其趣。但真正奇的并非题材本身,而是车生与狐成为好友至交的过程。一奇是车生发现有狐同床时竟无顾忌、不畏惧,只因此狐是醉的。"因笑曰:'此我酒友也。'"这段写得真是精彩。"不忍惊,覆衣加臂,与之共寝。留烛以观其变。""半夜,狐欠伸。生笑曰:'美哉睡乎!'""不忍惊"三个字,把他的厚道都写出来了,一个人连狐的熟睡都不忍心打扰,其心有多仁阔啊。二奇是他对那只醒来的狐说的第一句话:睡得真美啊!完全是一种当成同类的感同身受式的感叹。三奇是车生竟进而直呼狐为鲍叔。因酒而与狐精为管鲍之交,不能不说是种超然齐物的通达。

车生与狐精成酒友后的一部分,笔墨着力于这段世间罕有的友谊境界的描述。狐精报答了车生的友谊,逐步让车生变得富裕,但拥有"沃田二百亩",也算不上大富。难得的是,车生无贪意,对酒友狐精无所求,只要不愁买酒钱就很好了。最后,车生与狐精亲如同怀。写到这里,突然一转笔锋,结束于"后生卒,狐遂不复来",让人忽然有种空落落的感觉。一个"卒"字,一个"不复来",把本来并不同类但因酒而成同道的车生与狐精共同构建起来的充满酒香的友谊空间转眼就倾空了,就像一个酒器犹存、酒香未尽的房间,两个沉浸其中多时的人,再也不会出现了。让读者除了怅惘,一时真不知该说什么好。世间最难得的就是如此这般的知人与解人,虽然出自殊世陌路,却可以因癖好而成至交,实是三生有幸,全是机缘。"人无癖不可交",是此谓也。

祝 翁 蒲松龄

济阳祝村有祝翁者,年五十余病卒。家人入室理缞经①,忽闻翁呼甚急。群奔集灵寝,则见翁已复活,群喜慰问。翁但谓媪曰:"我适去,拚不复还。行数里,转思抛汝一副老皮骨在儿辈手,寒热仰人,亦无复生趣,不如从我去。故复归,欲偕尔同行也。"咸以其新苏妄语,殊未深信。

翁又言之。媪云:"如此亦善。但方生,如何使死?"翁挥之曰:"是不难。家中俗务,可速料理。"媪笑不去,翁又促之。乃出户外,延数刻而入,绐②之曰:"处置安妥矣。"翁命速妆,媪不去,翁催益急。媪不忍拂其意,遂裙妆以出,媳女皆匿笑。翁移首于枕,手拍令卧。媪曰:"子女皆在,双双挺卧,是何景象?"翁捶床曰:"并死有何可笑!"

子女见翁躁急,共劝媪姑从其言。媪如言,并枕僵卧,家人又共笑之。俄时媪笑容忽敛,又渐而两眸俱合,久之无声,俨如睡去。众始近视,则肤已冰而鼻无息矣。视翁亦然,始共惊怛。康熙二十一年,翁弟妇佣于毕刺史之家,言之甚悉。

异史氏曰:"翁其夙有畸行与?泉路茫茫,去来由尔,奇矣!且白头者欲其去,则呼令去,抑何其暇也!人当属纩③之时,所最不忍诀者,床头之昵人④耳。苟广其术,则卖履分香,可以不事矣。"

《聊斋志异》

【注释】

①缞绖（cuī dié）：丧服。亦指服丧。

②绐（dài）：欺哄。

③属纩（kuàng）：指病危。属纩是病人临终之前，用新的丝絮（纩）放在其口鼻上，试看是否还有气息的古代汉族丧礼仪式。

④昵人：亲昵之人，此指妻子。

【赏读】

这个故事在《聊斋志异》里，是志怪的味道比较浓的一篇。它比较注重的是事实的呈现，重视现场感，而不是情节的曲折、人物的个性在不同境况中的逐渐显露。

老翁死而复生，本来就让人意想不到，而他复生的目的，竟然是带上老伴一起下黄泉。随后就是一连串的家人不信，没人信他说的是真的，都以为是胡话。子女们不但不相信他的话，还一直笑着帮他说服老伴跟他走。第二、三段写得特别生动多姿。老翁跟老伴的对话本身就有可笑的感觉，以至于老翁生气地捶床说：一起死有什么可笑的？读者可能也会忍不住发笑。

这一路的笑，直到老太太真的收起笑容、闭眼死去，才忽然现出落差来。读到这里，恐怕没有人再笑得出来了。这也是一种不求同生、但求同死式的牵挂吧？面对这样的事情，是应该悲伤，还是应该赞叹呢？大概有的只是感慨不已。

口　技 蒲松龄

　　村中来一女子，年二十有四五，携一药囊，售①其医。有问病者，女不能自为方，俟暮夜问诸神。晚洁斗室，闭置其中。众绕门窗，倾耳寂听，但窃窃语，莫敢咳。内外动息俱冥。至夜许，忽闻帘声。女在内曰："九姑来耶？"一女子答云："来矣。"又曰："腊梅从九姑耶？"似一婢答云："来矣。"三人絮语间杂，刺刺不休②。

　　俄闻帘钩复动，女曰："六姑至矣。"乱言曰："春梅亦抱小郎子来耶？"一女曰："拗哥子③！呜呜不睡，定要从娘子来。身如百钧重，负累煞人！"旋闻女子殷勤声，九姑问讯声，六姑寒暄声，二婢慰劳声，小儿喜笑声，猫子声，一齐嘈杂。即闻女子笑曰："小郎君亦大好耍，远迢迢抱猫儿来。"

　　既而声渐疏，帘又响，满室俱哗，曰："四姑来何迟也？"有一小女子细声答曰："路有千里且溢，与阿姑走尔许时始至。阿姑行且缓。"遂各各道温凉声，并移坐声，唤添坐声，参差并作，喧繁满室，食顷始定。即闻女子问病。九姑以为宜得参④，六姑以为宜得芪⑤，四姑以为宜得术⑥。参酌移时，即闻九姑唤笔砚。无何，折纸戢戢然⑦，拔笔掷帽丁丁然，磨墨隆隆然；既而投笔触几，震笔作响，便闻撮药包裹苏苏然⑧。

顷之，女子推帘，呼病者授药并方。反身入室，即闻三姑作别，三婢作别，小儿哑哑，猫儿唔唔，又一时并起。九姑之声清以越⑨，六姑之声缓以苍⑩，四姑之声娇以婉⑪，以及三婢之声，各有态响，听之了了可辨。群讶以为真神。而试其方，亦不甚效。此即所谓口技，特借之以售其术耳。然亦奇矣！

　　昔王心逸⑫尝言："在都偶过市廛⑬，闻弦歌声，观者如堵。近窥之，则见一少年曼声度曲⑭。并无乐器，惟以一指捺颊际，且捺且讴，听之铿铿，与弦索⑮无异。"亦口技之苗裔也。

《聊斋志异》

【注释】

①售：行。

②刺刺不休：话多。《管子·白心》："愕愕者不以天下为忧，刺刺者不以万物为笑。"

③拗哥子：倔孩子。

④参：人参。

⑤芪（qí）：黄芪，多年生草本植物，茎横卧地上，根可入药。

⑥术：白术。

⑦戢（jí）戢然：折纸声。

⑧苏苏然：同"窣窣然"，物摩擦声。

⑨越：高昂。

⑩苍：苍老。

⑪婉：婉转。

⑫王心逸：名德昌，字历长，清长山（今山东邹平一带）人，顺治进士。

⑬市廛（chán）：集市。廛，民居区域之称。

⑭曼声度曲：舒缓地唱歌。
⑮弦索：乐器上的弦。指弦乐器。

【赏读】

　　文字不是录像机，也不是录音笔，其实完全没有办法直接传达口技奇妙的现场效果。不过蒲松龄在这个故事里却展现出高超的叙事技巧，他先是写了一下那女子行医卖药时候刻意营造的神秘气氛，引发读者的好奇。随后，在一种很安静的环境下，一句"九姑来耶"的问话，才真正为这出戏拉开了幕布。从这里开始，蒲松龄用的是递增法，人是越来越多。九姑带了个婢女腊梅，等到六姑携春梅出场时，又多了个孩子，还有猫，结果一片日常对话声响起，场面感一下子扩大了不少。四姑还没出场，就让人觉得，这一大家子到底要来多少人啊？但作者其实也只是虚晃一枪而已，四姑远道而来，也只一人。这又不免让人有点意外。人到齐了，也还是要拖延一下故事的进度，写一家子人吃饭的嘈杂声。然后再来写开方抓药的声音，将故事推进下去。等到散场时，再一一写尽种种声态。读到这里，再回过头去看前面的内容，就会发现，其实蒲松龄主要还是通过来人的变化来营造不同的声音效果，以便让这个无法传达现场声效的故事，保持足够的想象空间和叙事驱动力。最后平淡地说："群讶以为真神。而试其方，亦不甚效。"点破了整个故事神奇感，医药不过是幌子，主要还是口技，但是口技能到如此地步，也是神乎其神了，这里用的是似抑而实扬的手法。

偷　桃　蒲松龄

童时赴郡试，值春节。旧例，先一日各行商贾，彩楼鼓吹赴藩司①，名曰"演春②"。余从友人戏瞩③。

是日，游人如堵。堂上四官皆赤衣，东西相向坐，时方稚，亦不解其何官，但闻人语哜嘈，鼓吹聒耳。忽有一人率披发童，荷担而上，似有所白；万声汹涌，亦不闻其为何语，但视堂上作笑声。即有青衣人大声命作剧。其人应命方兴，问："作何剧？"堂上相顾数语，吏下宣问所长。答言："能颠倒生物④。"吏以白官。小顷复下，命取桃子。

术人应诺，解衣覆笥上，故作怨状，曰："官长殊不了了！坚冰未解，安所得桃？不取，又恐为南面者⑤怒，奈何！"其子曰："父已诺之，又焉辞？"术人惆怅良久，乃曰："我筹之烂熟，春初雪积，人间何处可觅？惟王母园中四时常不凋谢，或有之。必窃之天上乃可。"子曰："嘻！天可阶而升乎？"曰："有术在。"乃启笥，出绳一团约数十丈，理其端，望空中掷去；绳即悬立空际，若有物以挂之。未几愈掷愈高，渺入云中，手中绳亦尽。乃呼子曰："儿来！余老惫，体重拙，不能行，得汝一往。"遂以绳授子，曰："持此可登。"

子受绳有难色，怨曰："阿翁亦大愦愦⑥！如此一线之绳，欲我附之以登万仞之高天，倘中道断绝，骸骨何存矣！"父又强鸣拍之，曰："我已失口，追悔无及，烦儿一行。倘窃得来，必有百金赏，当为儿娶一美妇。"子乃持索，盘旋而上，手移足随，如蛛趁丝，渐入云霄，不可复见。久之，坠一桃如碗大。

术人喜，持献公堂。堂上传示良久，亦不知其真伪。忽而绳落地上，术人惊曰："殆⑦矣！上有人断吾绳，儿将焉托！"移时一物坠，视之，其子首也。捧而泣曰："是必偷桃为监者所觉。吾儿休矣！"又移时一足落；无何，肢体纷坠，无复存者。术人大悲，一一拾置笥中而阖之，曰："老夫止此儿，日从我南北游。今承严命，不意罹此奇惨！当负去瘗⑧之。"乃升堂而跪，曰："为桃故，杀吾子矣！如怜小人而助之葬，当结草以图报耳。"坐官骇诧，各有赐金。

术人受而缠诸腰，乃扣笥而呼曰："八八儿，不出谢赏将何待？"忽一蓬头童首抵笥盖而出，望北稽首⑨，则其子也。以其术奇，故至今犹记之。后闻白莲教能为此术，意此其苗裔耶？

《聊斋志异》

【注释】

①藩（fān）司：布政司。

②演春：迎春活动。

③戏瞩：游玩观看。

④颠倒生物：能变出反季节的东西。

⑤南面者：当官的。官府衙门都是面南背北，故以坐北朝南喻当官者。

⑥大愦愦：太糊涂。

⑦殆：危险。
⑧瘗（yì）：掩埋，埋葬。
⑨稽首：古时跪拜礼，跪下并拱手至地，头也至地。

【赏读】

　　这个故事最大的特点，就是对话起到了至关重要的作用。甚至可以说，稍加处理，就是一出可以直接放在舞台上演出的独幕话剧。而对话的关键，在于这位术人，他主导着对话中的叙事线索以及相应的起伏。从一开始，故事的调子就很明确，这是一出戏。大家都在等着看一场戏，就看他们父子怎么演了。实际上这就像今天的魔术表演一样，在技术方面有固定模式的前提下，关键就在于过程的呈现能不能从容自如而又扣人心弦。

　　从叙事的节奏上说，主要靠的是父子二人交替为难同时又相互说服来实现。先是官员们要他们弄桃子来，父亲为难：大冬天哪里能弄来桃子呢？儿子说：你都答应了，能不弄吗？然后父亲就说只好去天上王母娘娘那里偷了。结果儿子又为难：怎么可能上天啊？父亲说有办法，拿出绳子往天上一抛就挂住了。儿子又为难了：这要是断了我不是完蛋了吗？父亲又劝：我都答应了，你就上吧，完事得了赏钱给你娶漂亮媳妇。其实，这一部分的对话，用的技巧有点像说相声，起到的是延滞情节发展的作用，增强悬念。

　　等到儿子爬上去，然后真的有桃子落下来，那些官员也还是半信半疑，连桃子的真假都不能确定。但这些也仍旧是铺垫而已，关键还在于后面的情节，先是绳子断了，让人一惊，随后就是儿子的脑袋、胳膊、腿等都掉了下来，让人一惊再惊。这个变化自然出乎大家的意料。等这套把戏成功地赢得了官员们的肯定，得到了足够的赏钱，他才让儿子从箱子里出来谢谢大家。原来竟然是个大变活人的魔术。

蒲松龄在讲这个故事时，用的是现场亲历者的视角。顺着绳子爬上天去偷王母娘娘的桃子，这无论怎么说都是荒诞不经的事，用今天的眼光来说，再牛的魔术师也做不到，因为整个方案并不具备可操作性。但是，在这个故事里却恰恰是可以的，因为这是个文字世界，而不是视觉的世界。只要读者觉得生动有趣，有身临其境的感觉，这个故事也就自然成立了。精彩的故事，不是可能不可能的问题，而是能不能让读者慢慢进入故事空间里并觉得神奇的问题。

金世成 蒲松龄

金世成,长山人,素不检。忽出家作头陀①,类颠②,啖不洁以为美。犬羊遗秽于前,辄伏啖之。自号为佛。愚民妇异其所为,执弟子礼者以万千计。金诃使食矢,无敢违者。创殿阁,所费不赀③,人咸乐输之。

邑令南公恶其怪,执而笞之,使修圣庙。门人竞相告曰:"佛遭难!"争募救之。宫殿旬月而成,其金钱之集,尤捷于酷吏之追呼也。

异史氏曰:"予闻金道人,人皆就其名而呼之,谓为'今世成佛'。品至啖秽,极矣。笞之不足辱,罚之适有济,南令公处法何良也!然学宫圮④而烦妖道,亦士大夫之羞矣。"

《聊斋志异》

【注释】

①头陀:梵语音译,意指和尚。原意是"抖擞",即去掉尘垢烦恼。

②类颠:类似疯癫。

③不赀(zī):不可计量。

④宫圮(pǐ):孔庙的坍塌。圮,毁,塌坏,倒塌。

【赏读】

　　清时怪事，现在也有。金世成之辈，今人当称之为"大师"。愚众盲从巨骗，也是本性无知使然，其实与盲从什么人没有关系，盲从是一种愚蠢无知的本能需要，愚众即是今日之"脑残粉"也。蒲松龄写这个故事，显然是要尖锐地批判的，但写得非常克制，只述其事实而已，不加任何点评。疯子愚众，是什么样的状况特征，你们自己看吧。还需要评说吗？但就是这么样的一个短故事，他却要在最后加个"异史氏曰"。他也还是有话要讲。可是他评论的重点，却并非金世成这个烂人，因为在他看来，这种垃圾货色，打他都不足以称之为羞辱他，罚他做点有用的事，这位南县令做的很不错啊。但是，真正的批判其实是最后一句：用这么个妖人去帮助修复孔庙，也是让士大夫们蒙羞的事。修孔庙，是个颇具象征性的活动，是保持儒家道统的需要，应该是个日常就必须做好的事务，还要等到让这么个烂和尚来出力才能修缮，也可见世风日下到了什么地步。

唐打猎 纪昀

族兄中涵知旌德县①时，近城有虎暴，伤猎户数人，不能捕。

邑人请曰："非聘徽州唐打猎，不能除此患也。"乃遣吏持币往。归报唐氏选艺至精者二人，行且至。

至则一老翁，须发皓然，时咯咯作嗽；一童子十六七耳。大失望，姑命具食。老翁察中涵意不满，半跪启曰："闻此虎距城不五里，先往捕之，赐食未晚也。"遂命役导往。

役至谷口，不敢行。老翁哂曰："我在，尔尚畏耶？"

入谷将半，老翁顾童子曰："此畜似尚睡，汝呼之醒。"童子作虎啸声。

果从林中出，径搏老翁。老翁手一短柄斧，纵八九寸，横半之，奋臂屹立。虎扑至，侧首让之。虎自顶上跃过，已血流仆地。

视之，自颔下至尾闾②，皆触斧裂矣。乃厚赠遣之。老翁自言练臂十年，练目十年。其目以毛帚扫之不瞬，其臂使壮夫攀之，悬身下缒③不能动。

《阅微草堂笔记》

【注释】

①知旌德县：做旌德的知县。旌德，即今安徽东南之旌德县。

②尾闾：经穴名，长强穴别称，位于尾骨尖端下方，尾骨端与肛门之间的陷凹处。亦指尾骨。

③缒（zhuì）：《说文解字》云"以绳有所悬也"。此处指悬挂。

【赏读】

纪昀的《阅微草堂笔记》与《聊斋志异》齐名，但在写法上，却是不同的路子。据说纪昀对于后者的写法颇有不满，认为蒲松龄虽然有才，但并不能算是严肃的作者。因为那些栩栩如生的场景，就好像作者亲眼见到似的，这显然是说不通的，也不真实。但他显然忘了，若是按他的这种标准，那么太史公《史记》的写法就更加说不通，何况志怪小说呢？说到底不过是文人的偏见而已。不过说归说，轮到他自己写笔记小说时，也免不了为了叙述生动而如同亲历一般了。作为文章好手，他写起小说是朴素而老到的。鲁迅对《阅微草堂笔记》评价很高："惟纪昀本长文笔……又襟怀夷旷，故凡测鬼神之情状，发人间之幽微，托狐鬼以抒己见者，隽思妙语，时足解颐；间杂考辨，亦有灼见。叙述复雍容淡雅，天趣盎然，故后来无人能夺其席，固非仅借位高望重以传者矣。"

《唐打猎》只有三百多字，但其行文的简约多姿，层次的丰富，节奏的微妙，都着实令人赞叹。起首写旌德有老虎为患，"伤猎户数人，不能捕"，只有八个字，就写明了虎之凶猛。然后写有人推荐徽州唐打猎，以"非……不能"的句式，让读者知道唐氏打猎名声之大。怎么请的，完全不写，接下来只写唐氏选派了"艺至精者二人"来打虎，赚足了人们的期望值。但没人想到出场的会是一老一小，老的还不停地咳嗽，小的也只是毛头少年。以如此老弱来对付暴虎,这不是开玩笑吗?知县大失所望是难免的。之前的部分,叙事极为轻快,但到这里,速度忽然一慢,"姑命具食"四个字,既写足了失望之意,又把行文节奏一下子就压住了。老翁的初次开口,谦恭中是含着很强自信的:打虎的地方离城这么近,打完再吃饭也来得及。随后刚到谷口那一段非常见作者的功力。一停一行,两句话,将老翁的霸气完全展现了出来。尤其是当小的学虎啸将虎叫出来时,新奇而又紧张的现场气氛顿时做足了。

  但真正的精彩处,还是要属打虎这一段高潮的描写。纪昀真是深谙以慢写快手法的大行家。描写了老翁一连串的动作,如"手一短柄斧,纵八九寸,横半之,奋臂屹立。虎扑至,侧首让之。虎自顶上跃过,已血流仆地"。"视之,自颔下至尾闾,皆触斧裂矣。"原本不过是转眼间的事儿,可是在纪昀写来,就仿佛是用照相机来了个六连拍,或者是电影胶片剪辑出的六个闪回画面:翁执斧、屹立,虎扑,翁侧首,虎跃、仆地。而且在这样说时迟那时快的当口,他还不忘交代一下斧子的样子跟尺寸。但读到"视之"那一小段时,你才忽然意识到,写得仍然是"快"啊——虎快,手快,斧子快。"乃厚赠遣之"这五字也用得极好。知县是什么反应,说了些什么,其他人怎么赞叹,都省略不写了。给人心服口服的感觉。但在结尾处,纪昀让老翁揭了一下谜底:练臂力十年,练眼力十年。这样的功夫,是一天天苦练得来的。这样一写,就显得前面展现的杀虎绝技是很自然的事了,在传奇与真实之间,显然纪昀更看重真实。

剧 盗 纪昀

外叔祖张公雪堂言：十七八岁时，与数友月夜小集。时霜蟹初肥，新笋①亦熟，酣洽之际，忽一人立席前，著草笠，衣石蓝衫，蹑②镶云履，拱手曰："仆虽鄙陋，然颇爱把酒持螯③。请附末坐可乎？"众错愕不测，姑揖之坐。问姓名，笑不答。但痛饮大嚼，都无一语。

醉饱后，蹶然起曰："今朝相遇，亦是前缘。后会茫茫，不知何日得酬高谊。"语讫，耸身一跃，屋瓦无声，已莫知所在。视椅上有物粲然，乃白金一饼，约略敌是日之所费。或曰："仙也。"或曰："术士也。"或曰："剧盗④也。"余谓剧盗之说为近之。小时见李金梁辈，其技可以至此。

又闻窦二东之党。（二东，献县剧盗。其兄曰大东，皆逸其名，而乳以名传。他书记载，或作窦尔敦，音之转耳。）每能夜入人家，伺妇女就寝，胁以刃，禁勿语，并衾褥卷之，挟以越屋数十重。晓钟将动，仍卷之送还。被盗者惘惘如梦。一夕，失妇家伏人于室，俟其送还，突出搏击。乃一手挥刀格斗，一手掷妇于床上，如风旋电掣，倏已无踪。殆唐代剑客之支流乎！

《阅微草堂笔记》

【注释】

①筹（chōu）：本义是指一种竹制滤酒器，此处指酒。

②蹑（niè）：踩，踏。

③螯（áo）：螃蟹等节肢动物的变形的第一对脚，开合如钳。此代指蟹。

④剧盗：大盗。

【赏读】

忽然来了一个能飞檐走壁转瞬即无影踪的人，有人猜是仙，有人猜是术士，也有人猜是大盗，三种猜测，实际上代表着三种不同的观念。前两种是志怪里易见的，只要稍加演义，就是个志怪故事。而作者自己的观点，则完全是从现实角度上根据自己的经验做出的判断。他小时候就见到过会轻功的人。但不管怎么说，就是这么一位来无影去无踪的奇人，来这里的目的，也不过是为了大吃肥蟹再痛饮一番而已，走时还不忘留下银子当费用。从作者的角度来说，不论此人是仙是术士是剧盗，说到底还是特近人情的。身怀绝技而又能近人情，醉饱后仍不忘言遇说缘，才算得上高人奇人。

作者写此人的出场与离去，笔法精到简练，非常传神，活画出奇人奇格。然后笔一转，又说起小时候认识的李金梁，也有这样的本事，又会引人生发另一层想象，但也是只道其人，不说其事，为的是在后面说"窦二东之党"入室劫走女人然后再送回的事。可是写这样的劫掠女人的事，却并没有加以任何反面评说，而仍旧是惊叹其技艺高超，最后称之为唐代剑客支流，这一点是很让人意外的，可以说是终不落俗套。

椒 树 纪昀

同郡某孝廉未第时,落拓不羁,多来往青楼中。然倚门者视之漠然也。惟一妓名椒树者独赏之,曰:"此君岂长贫贱者哉!"时邀之狎饮,且以夜合资供其读书。比应试,又为捐金治装,且为其家谋薪米。

孝廉感之,握臂与盟曰:"吾傥①得志,必纳汝。"椒树谢曰:"所以重君者,怪姊妹惟识富家儿。欲人知脂粉绮罗中,尚有巨眼人耳。至白头之约,则非所敢闻。妾性冶荡,必不能作良家妇,如已执箕帚,仍纵怀岁月,君何以堪?如幽闭闺阁,如坐囹圄,妾又何以堪?与其始相欢合,终致仳离,何如各留不尽之情,作长相思哉?!"

后孝廉为县令,屡招之不赴。中年以后,车马日稀,终未尝一至其署。亦可云奇女子矣。使韩淮阴侯②能知此意,乌有"鸟尽弓藏"之憾哉!

《阅微草堂笔记》

【注释】

①傥(tǎng):倘若,假如。

②韩淮阴侯:韩信,楚汉争霸时刘邦之名将,封韩王,后迁淮阴侯,汉初因谋逆罪死。

【赏读】

志怪者，总归记述种种不可思议事也。此故事讲的是一青楼奇女子为一穷书生抱不平，资助其考取功名，却又拒绝任何回报。但她的奇，不是奇在她能以妓女之身份去帮助穷书生，而是奇在她做此事时的那种坦荡心态。以往妓女帮书生，不外乎两种结局：要么是大团圆，书生谋取功名后，帮妓女从良，从此过上了幸福的生活；要么就是痴情人遇上负心郎，落得个杜十娘怒沉百宝箱式的悲剧结局。这两种不管如何曲折，最后结果其实都不算什么奇，总归在得失爱恨间缠绕而已。

这位椒树姑娘，奇就奇在她有义有情，而又有自知之明，此自知之明，不是说她觉得自己身份如何如何，而是她知道自己能做什么、不能做什么。帮助这位穷书生，是因为她看出此人并非庸类，而是个人才，助他一臂之力，其必有出头之时。她相信自己的眼光。她就是要让大家看看，虽然身在青楼，但也还是有她这样不势利有眼光的女子。同时，她之所以拒绝了书生的回报之约，说出的理由也是一针见血的：我的生活方式，我的生活习惯，都决定了我不可能跟你有什么长相厮守的白头之约，与其从欢合到背离，不如"各留不尽之情，作长相思哉"。而且她也是说到做到，多次拒绝他的召唤，特别是中年色衰之后，生意冷落之时，仍旧守诺如初。如此明理、知情、坦荡的女子，古今罕有。

那位书生，相信他终生都不会忘记这位见识、气度非凡的椒树姑娘。《老子》里有"为而不有，成而不居"之语，这样的境界，她足以当之。而这样的境界，即使是韩信这样的大人物，在经历过波澜壮阔的大事件之后也没能达到。之所以达不到，只是因为没能看透，仍不过是追逐名利游戏中的走狗而已。

梦画姻缘 俞樾①

楚士②吕凤梧，游于姑苏。于舟中见一女子，美而艳。来桡去楫③，一瞬即过，然思之盈盈在目也。是夕就枕，梦有人告曰："舟中人，汝妻也。"吕固未娶，不能无动，然无可踪迹，亦姑置之。

明年，以贡入成均④，遂如京师。偶于琉璃厂见一画，画中一女子像，酷似舟中人。上有诗云："新妆宜面出帘来，共数庭花几朵开。我比敬君差解事，不曾轻去画齐台。"吕不知敬君事，惘然莫测，姑以青蚨一贯⑤买得之。

是岁，以知县签分江西，与同官沈君甚得。沈君者，苏人也。一日至吕斋中，见画大惊，曰："此亡妇像，仆所手绘。昔岁在京师，亡一箧，遂失此帧。君得无于都门市上得之乎？"吕曰："然则仆曾见君夫人。"因告以吴门舟中遇事。

沈曰："否，否。吾妇前一年已物故矣。"吕曰："若然，何相似之甚？"吕曰："此必吾姨也。吾妻父生二女，面目相同，虽家人不能辨别。长即亡妇，君所见者其妹也。"吕因以梦中语告，沈曰："吾姨固待聘者，当为君作蹇修⑥。"竟然宛转媒合之，一时以为佳话。

按《说苑》⑦载：齐王起九成之台，募国中能画者，赐之钱。有敬君居常饥寒，其妻妙色，敬君工画台，贪赐画钱，去家日久，思忆其妻，画像对之而笑。沈所用敬君事即此。然事见《艺文类聚》⑧所引，今本《说苑》无此文也。

《右台仙馆笔记》

【注释】

①俞樾（1821～1907）：字荫甫，号曲园，浙江德清人，清末著名学者、文学家、经学家、古文字学家、书法家。他是现代作家俞平伯的曾祖父，章太炎、吴昌硕、日本井上陈政皆出其门下。清道光三十年（1850）进士，曾任翰林院编修。后受咸丰皇帝赏识，放任河南学政，被御史曹登庸劾奏"试题割裂经义"，因而罢官。遂移居苏州，潜心学术达四十余载。治学以经学为主，旁及诸子学、史学、训诂学等，可谓博大精深。俞樾平生勤奋治学，著作极丰，曾国藩赞扬他"拼命著书"，有《春在堂全书》，二百五十卷。

②楚士：楚地（今湖南、湖北一带）的文人。

③来桡（ráo）去楫：摇动船桨。桡，船桨。

④以贡入成均：以贡生的身份进入国子监肄业。贡生指的是科举时代，挑选府、州、县生员（秀才）中成绩或资格优异者送到国子监肄业的人。

⑤青蚨一贯：青蚨，形状像蝉，卵附在树上、草叶上。传说青蚨生子，母与子分离后必会仍聚回一处，人用青蚨母子血各涂在钱上，涂母血的钱或涂子血的钱用出后必会飞回，有"青蚨还钱"之说，因以"青蚨"称钱。一贯，贯是我国古代的一种货币单位，唐前已出现。一枚铜制铸币（方孔钱）为一文，一千文用绳子从中间的孔里穿起来，称为一贯或一吊。明洪武年间开始发行的纸币大明宝钞，面值之一也叫"一贯"，相当于一千文。

⑥蹇（jiǎn）修：指媒妁。

⑦《说苑》：汉刘向编著。是书凡二十篇。隋、唐志皆同。《崇文总目》云今存者五篇，余皆亡。曾巩《校书序》云：得十五篇于士大夫家，与旧为二十篇。刘向曾领校秘书，本书就是他校书时根据皇家藏书和民间图籍，按类编辑的先秦至西汉的一些历史故事和传说，并夹有作者的议论，是一部富有文学意味的重要文献，对魏晋乃至明清的笔记小说有一定的影响。

⑧《艺文类聚》：唐高祖李渊下令编修的类书，给事中欧阳询主编，其他参与人员还有秘书丞令狐德棻、侍中陈叔达、太子詹事裴矩、詹事府主簿赵弘智、齐王府文学袁朗等十余人。武德七年（624）成书，与《北堂书钞》、《初学记》、《白氏六帖》合称"唐代四大类书"。

【赏读】

从偶遇惊艳、梦中寄语，到京城得画，再到真相大白之时，这个故事的进展，俞樾都把握得很到位。他推进故事的方式是波浪式的，行文也极为简练。而且从技术上说，也不只是简练，更重要的，还是简练中的叙述方式的变化错落。

比如第一段，只有五句，但这并不是平铺直叙的五个句子，而是功能类型都不相同的五个句子。第一句"楚士吕凤梧，游于姑苏"是概述何人去何处。第二句"于舟中见一女子，美而艳"是交代发生了什么事件，而且是视觉的句子。但这个视觉也只是概括式的，假设我们从这里直接切到第四句："是夕就枕，梦有人告曰：'舟中人，汝妻也。'"似乎也并无不妥，至少不会影响叙事的进程和基调吧，但俞樾没这么做，他一定要有这第三句："来桡去楫，一瞬即过，然思之盈盈在目也。"我们会发现这个句子展现的效果特别蒙太奇，是一种从现场到追忆、从视觉到感觉的复合过程。这一句出现在这里，就把整个开头这部分都撑了起来，五个句子瞬间浑然一体，气脉贯通，全都活了。哪怕是第五句"吕固未娶，不能无动,然无可踪迹,亦姑置之"这样貌似平常的交代心理的句子,也会让人有了意味悠然的感觉。仅此一段,真的就可以证明俞樾着实是个文章高手,知道如何做出文眼。

首段最后三字"姑置之"余音犹在,第二段起首就已是时过境迁,"明年"两个字,就像画面转换时的暗中钟声,让读者不免会有种恍兮惚兮之感。这第二段的写法与第一段基本相同。主要的变化,在于引入了那首题画诗。后来结尾时,作者解释其中的典故,实际上是包含了另外一个故事,相当于以映射的方式拓宽了已有的叙事空间。此段以吕生买画结束,这时候你会发现,这一段的主要作用,还是在强化第一段铺垫出的那种让人特别想知道那个美人究竟是什么人的期待和想象。

第三、第四段里,俞樾笔法又一变,开始以对话为主。为什么要用对话呢?因为俞樾显然知道,这种揭开真相的场面,只有用对话的方式才能够鲜活呈现。而且在第三段里,双方的对话其实是错位的状态,沈君说这画是当年他为亡妻画的像,这个说法一下子就让人觉得,原来这又是个遇见鬼的故事。吕生说自己见过画中人,并讲了当年在姑苏城中的惊艳之遇,也是很自然的事。这时读者要是敏感的话就会发现,这段开始时作者提到沈君,特意点出他是苏州人,是预埋了伏笔的。直到揭出谜底——美人是沈君的亡妻之妹,这故事的力度节奏把握得还是好的,但随后两句则收得有些草率,或者说,写到这里俞樾忽然不知道该如何收束了。多少有些令人叹息。

水　遁 俞樾

有孝廉下第①南归,病于逆旅,不携仆从,惟一车夫与之周旋。病月余乃愈,而负逆旅主人及车夫钱已数十缗②,无以为计。

车夫曰:"君行既无资,住又不可。此间有一馆③,吾托人选容④,当可成。君曷就之,稍积馆谷⑤,再谋归计,何如?"孝廉喜而从之。已而车夫来告曰:"事谐矣。惟距此尚百余里,明日吾御君行也。"

迟明首涂⑥,所行殊非恒境⑦,始则阡陌纵横,继则山径丛杂,间有小村聚,亦不知名。行三日,始达其家,雕墙峻宇,规制甚宏。然无多人,亦无与交一语者。车夫导之入,历十余重屋,至一院落,花木翳然,窗明几净,乃语之曰:"此下榻所也。所司惟笔墨事。主人适他出,并笔墨事亦无之,君但居此,无苦也。君所负钱,已悉为君偿之,勿以为念。惟此间仆御不多,苦无伺候之人,但于壁间置轮盘以通饮食。君有所需,扣盘而语之,即得也。"言已辞去。

孝廉独居是室,供馔颇丰。然居有余,不见一人,殊深疑虑。偶出散步,则诸屋悉加扃锁,不得而入。独一室未扃,入之,则有书十余囗匧。因携一册归,将以遣日。书面大书一

"水"字，中多符咒，不可通晓，殊无意味。明日拟往易之，而迷其处所，因复持归，姑置案头。

又居数月，朔风戒寒，木叶尽脱，乡思颇切。偶啜茗，手披是书，见一符，屈曲如蛇，旁有咒语。戏以指蘸杯中茗，画其符，并诵咒语。忽觉身在大水中，风涛澎湃，茫无畔岸。大惧，自分必死，姑闭目听其所之。食顷⑧，忽履平地，衣履不沾湿。道有行人，就之，问此何地？曰："绍兴府也。"骇甚。孝廉本吴中人，距家非远。

适有同年生宦于越，乃往谒之，助以资斧⑨而归。既抵家，妻子迎问曰："君馆某所，何遽言归？"问："何以知之？"曰："数月前，有客持百金来，言君之脯⑩，寄家中，供薪水，因事冗故无书也。"孝廉益怪之，乃语其事，又虑为所踪迹，移家避之。后亦无他。或曰其符乃术家水遁法，孝廉已不能记忆，且亦不敢试也。

《右台仙馆笔记》

【注释】

①下第：科举时代指殿试或乡试没考中。

②缗（mín）：原指穿钱的绳子，后为钱的单位，同"贯"，一千钱为一缗。

③馆：私塾学馆。

④选容：举荐。

⑤馆谷：教书的报酬。

⑥迟明首涂：黎明上路。首涂，即首途。

⑦恒境：易行的道路环境。

⑧食顷：一顿饭的工夫。

⑨资斧：旅费。

⑩脯：本义是干肉，此处喻指银钱。

【赏读】

　　穷书生病困羁旅，是常有之事，得异人或狐仙相助脱难，也是志怪小说里多见的题材。但俞樾写的这个故事之所以精彩别致，有两个重要原因，都是写法上的。

　　首先是他空置了那个神秘的助人者。那个热心肠的车夫在开始时帮忙牵线搭桥，并送书生到了那个学馆，之后发生了很多事，但没人知道那个幕后的主人是谁，直到最后也没有露出庐山真面目，甚至一点具体的线索都没有。我们猜想这个神秘人物一定是个精通道术的世外奇人。那位穷孝廉只是偶然画了一下他留的水遁之符，就穿越了，由此可以想见，此人道术该有多么深不可测。因此这种空置的效果非常好，让整个故事始终弥漫着神秘奇妙的气氛，隐藏着一个大大的问号。

　　其次是俞樾在行文节奏上特别讲究。因为这个故事的关键，就在于节奏的控制。哪怕稍微讲得快了一些，可能效果就会荡然无存了。因此在第二段，他没有接着前面的叙述来讲，而是以车夫的话来交代事情的转折，这既是叙事角度的变化，又是一种延宕。如此慢一下，接下来再去写第三段的出行和到达的场景，就显得很从容，反之就会显得仓促。而且此段又以车夫的话收束，透露出馆中虽然暂时无人但可放心食宿的细节，很自然地就把铺垫做到了十足，悬念也悄然流露。这种看上去颇为妥帖的安排，其实读者也难免要心生疑虑。这位孝廉作何想法，作者没提。从最初听到好消息的"喜而从之"，到如今的独居空宅，他怎能无疑？却又为何一句都不问车夫呢？作者在这里采取的是主人公静默化的处理方式，这样可以避免产生故弄玄虚的感觉，达到一种空寂的效果。

　　第四和第五段写得尤其好。第四段讲孝廉偶然在一室中得到一本水符书，再想还回去时，却找不到了那间屋子，给人的印象是，他住的这个宅子很像迷宫。但作者并不就此展开，仍是保持悬念在悄然扩张的状态。第五段开始就有一个时间的跨度，几个月过去了，入冬了，他开始想家了。这一跨度很有意思，这几个月他在这个空无他人的大宅里是怎么过的呢？作者就此笔头一转，直接写孝廉闲来无事，照着水符书，用指头蘸茶水画符并诵咒语，结果惊人的事情终于发生了，一阵突如其来的大水卷走了他，落地时衣服都没湿，而且竟然就到了离家乡不远的绍兴府。这回他是真被吓到了。估计此前种种不解，都在瞬间放大到了极致。等他跟朋友借钱回了家，听老婆讲起几个月前有人来送钱，他就彻底搞不清楚状况了。以至越想越怕，最后干脆就把家都搬了，生怕再有什么不好的事情发生。写到这里，作者的收尾非常淡定。先是"后亦无他"，四个字就像一个休止符，让整个故事就此打住。后面再补一句"有人觉得孝廉当初画的那个符其实是水遁法，当然孝廉自己也想不起来了，就算能想起来也不敢试了"，这一句有余音不绝之妙。

屠 户 俞樾

某甲,农家子也,其父母爱之。以其荏弱①不任农事,有叔父开药肆于市,使从之学贾②。

其叔父嗜饮,每日必使就对门屠肆沽酒。甲时十二三,眉目娟好,屠妇爱之,辄多与之酒。如是数年,甲年十六七矣。屠妇语之曰:"若③知我爱汝乎?"曰:"知之。""然则何以报我?"甲曰:"不知所报。"妇笑曰:"易耳。"乃出酒肉共食,食已,招之登楼,私焉④。嗣后伺屠他出,辄就之,事秘无知者。

一岁值中秋,药肆中友皆出步月,甲亦与焉。已而雨作,诸友皆反,而甲后之。及肆,则门阖矣。念叩门而入,必为叔父所责。正徬徨间,屠妇适开楼窗下视,楼固临街者,见甲在下,招之以手。甲曰:"屠在乎?"曰:"买猪去矣。"乃开门纳之,登楼而寝焉。

会屠亦遇雨而归,呼于门。甲窘曰:"奈何?"妇曰:"无妨。"使尾其后以行,匿甲于门侧,屠入而甲出,不知也。甲念夜益深矣,叩门而入,叔父怒更甚,乃立檐下,以待天明。俄其妇又启窗,见甲犹在,曰:"未归乎?"曰:"然。屠安在?"曰:"醉而眠矣。"

甲因遗其帽于楼,乃以手自扪其头,且伸手作索取之状。妇曰："喏。"未几开门招甲，甲入曰："屠在，招我何为？"妇曰："已杀之矣。"甲惊曰："奈何杀人？"妇曰："汝以手示我，使我杀之，何问焉？"

登楼视其床，赫然死人也。问："何刀？"曰："屠刀。""刀安在？"曰："在床下。"甲即就床下取刀，斫⑤妇死，而取帽以出，径归其家，绐其父母曰："顷偕诸友步月，行稍远，距家近矣，故暂归也。"父母喜而留之。

有皮匠者，药肆之邻也，素艳⑥屠妇，而未得间。迟明，荷担出，过屠肆之门，见门虚掩。入之，无问者。皮匠固知昨暮出，而不知其反，私计妇必独寝于楼。乃登其楼，则屠死于床，妇死于地，流血濡其履，惊而走出，归而闭户，卧久之。

天大明，列肆皆启，见屠户已启无人，呼之不应。入视得状，又穷履迹，而至皮匠之门，遂缚送官。不胜鞭挞，自诬服⑦。

越数日，某甲反，诸友告之曰："对门屠肆夫妇为邻人皮匠所杀矣。"甲曰："信乎？"曰："到官已自承，不久将尸诸市⑧矣。"甲曰："此我为之，何诬匠为？"叔父掩其口。甲不可，走县，挝鼓以闻，述本末。官曰："义士也。"末减其罪，竟不死。

《右台仙馆笔记》

【注释】

①荏（rěn）弱：柔弱，怯弱。荏，一年生草本植物，茎方形，叶椭圆形，有锯齿，开白色小花，种子通称"苏子"，可榨油，嫩叶可食。

②学贾：学做生意。

③若：你。
④私焉：行男女之事。
⑤斫（zhuó）：砍。
⑥素艳：平时就觊觎。
⑦自诬服：屈打成招，认罪服法。
⑧尸诸市：被斩陈尸于市。

【赏读】

  俞樾真是不多见的善用对话的高手。这桩情节诡异的凶杀案，整个的叙事进程与转换，几乎都用对话来支撑调节，每个重要的事件场景，皆以对话来构建，一气读下来，让人很难不赞叹作者功夫了得。

  写屠妇引诱少年甲得手的一幕，原本是不易处理的，写不好，就容易显得淫秽不堪，但用那样一种简练自然的对话来处理，却意外地产生了一种干净的效果。屠妇的直接、大胆和从容，以及少年甲的懵懂青涩，完全活现出来，却又点到为止，自然毫无渲染的感觉。

  接下来写中秋夜，此二人私会险些被回来的屠夫发现，但又因屠妇的淡定自如，少年甲得以安然脱身。这部分对话很少，但很关键。先是少年甲问："屠在乎？"屠妇答曰："买猪去矣。"显出二人的默契。等到屠夫突然回家，在外面敲门，"甲窘曰：'奈何？'妇曰：'无妨。'"一问一答，每人两个字，把少年甲的怯弱和这个屠妇超强的心理素质顿时活画出来，以至于后面的行为都成了补充。

  "俄其妇又启窗，见甲犹在，曰：'未归乎？'曰：'然。屠安在？'曰：'醉而眠矣。'"这三句对白，听起来让人不免忽然有些伤感。他们虽然有的是见不得光的私情，但从这对白中至少可以看出屠妇对少年甲的牵挂，而且颇有意犹未尽、恋恋不舍之感。这样的一种隐约纯情的场景,直到少年甲示意自己的帽子落在楼上,而屠妇随后招他进去时,都没能让人感觉到凶杀马上就要发生了。当少年甲问她屠夫在家怎么还叫他进来的时候,她的回答却是:已经把他杀了。这时读者或许才会恍然意识到,之前在少年示意要取帽子时,她那一声"喏"意味着什么。这个屠妇真是为爱疯狂了,什么都不管了。

但更让人意想不到的是接下来的这一段,少年跟屠妇上了楼,看到屠夫已死,"问:'何刀?'曰:'屠刀。''刀安在?'曰:'在床下。'甲即就床下取刀,斫妇死,而取帽以出,径归其家,给其父母曰:'顷偕诸友步月,行稍远,距家近矣,故暂归也。'"通过这段中的对话我们会忽然发现,那个荏弱少年变了,他变得出奇地冷静。他不但冷静,还很绝情,竟然手刃为与他在一起而杀亲夫的屠妇。然后他还很淡定地取了帽子,离开现场回了自己的家,平静地跟父母说了谎。之前作者描绘出的那个柔弱少年的形象就此瞬间颠覆。他究竟是怎么样的一个人呢?读者不免暗自觉得他的狠和残忍已近乎变态。

但是最后他又一次做出了超乎常人想象的事。当知道皮匠被屈打成招马上就成为替死鬼之后,他去自首了。县官说他是义士,虽然说法很官方,但也符合事实。敢作敢当,不让不相干者受冤枉白丢性命,这样的人,怎么能不算义士呢?说到底,他杀屠妇,也是怒其残忍。在那个瞬间,他不再是个柔弱少年,而变成了能够坦然面对并担当这一切的男人。